LES FAUSSES PROMESSES DES CIGOGNES

MARION GROSJEAN

LES FAUSSES PROMESSES DES CIGOGNES

roman

l'Archipel

Collection « Instants suspendus »
dirigée par Virginie Fuertes

Retrouvez Marion Grosjean sur les réseaux sociaux :
Instagram : @mariongrosjean

Notre catalogue est consultable à l'adresse suivante :
www.editionsarchipel.com

Éditions de l'Archipel
92, avenue de France
75013 Paris

ISBN 978-2-8098-4940-0

À mes enfants

And the award goes to...

Un bourdonnement empêcha Joséphine d'entendre les syllabes suivantes. Elle tressaillit. Avait-elle manqué « le plus beau moment de sa vie » ? Clignant des yeux pour s'assurer qu'elle se trouvait bien là où elle pensait être, elle se cramponna à l'accoudoir de son siège avant de se tourner vers son voisin. Il avait beau sourire, un doute subsistait. Une pluie de mains fendit l'air pour s'abattre sur ses épaules ; celles qui ne pouvaient l'atteindre applaudirent dans un brouhaha qui n'était pas pour lui déplaire.

— Dois-je me lever ? demanda Joséphine à son complice.

— Je crois bien que oui...

Elle pouffa de gêne avant de se redresser.

— Il y a peu, chez moi, en France, j'ai reçu un prix, dit-elle au micro dans sa langue maternelle. Le César du meilleur espoir féminin...

Son souffle mourut alors que l'interprète accusait un léger décalage. Joséphine marqua une pause pour retirer les œillères fictives dont elle s'était parée ; elle n'aurait jamais osé monter sur l'estrade, autrement. Depuis sa position sous les projecteurs, elle ne distingua aucun visage dans la salle. Une bouffée de panique la saisit. Elle se tourna vers l'homme qui se tenait debout à ses côtés ; celui qui lui avait tendu la récompense et annoncé son nom. Rompu au protocole, il ne semblait pas lui tenir rigueur de l'avoir à peine salué, et elle espérait puiser en son self-control les ressources pour se ressaisir. Hélas, la seule pensée qui vint à Joséphine en le dévisageant l'accabla davantage.

« Tom Hanks. Voilà à quoi ressemble Tom Hanks de près. C'est dingue. J'arrive à voir tous les pores de sa peau. »

Elle secoua la tête pour en chasser les inepties.

— Le meilleur espoir féminin, oui.

C'était déjà prestigieux, et elle n'était pas destinée à l'emporter. Pourtant, elle n'avait rien volé. Ne méritait-elle pas d'être ici ? Le cœur battant, elle reprit d'une voix chevrotante mais audible ; prête à se soumettre à la consécration.

— *But first, pardon my French... Soon, I swear I will be fluent enough in English and will dare to make my speech in this beautiful language of yours. I promise, one day, I will come back and won't be scared anymore.**

Le clin d'œil de Joséphine fut accueilli par une nouvelle salve d'applaudissements. Elle laissa le public aller

* « Mais d'abord, pardonnez mon français... Bientôt, je le jure, je serai bilingue en anglais et j'oserai faire mon discours dans votre belle langue. Je promets que, un jour, je reviendrai et je n'aurai plus peur. »

au bout de sa ferveur, incitant le traducteur à se tenir prêt pour la suite.

— Être un espoir, à quarante ans… dois-je y voir un brin d'ironie ? Pour m'avoir insufflé cette nouvelle vie, je voudrais remercier mon fils, Raphaël. Il a saboté tant de mes nuits qu'au petit matin, lorsque le sommeil m'avait oubliée, ne me restait plus rien d'autre à faire qu'apprendre mes textes !

Quelques rires s'éparpillèrent, alors qu'une larme, imperceptible depuis la salle, roula sur une joue de Joséphine. Elle la balaya avant de poursuivre.

— S'affranchir de la pudeur des ambitions… ça nécessite, de toutes les manières, pas mal de travail. Et pas mal d'aide surtout, sans laquelle je n'aurais jamais eu le cran de me tenir ici, devant vous. Merci, donc, à Kamel, mon génial professeur qui m'a prouvé que tout était possible. Même de faire d'un mulet un cheval de course ! Et merci à Hélène, pour filer la métaphore… parce qu'elle m'a remise en selle. Notre rencontre dans une salle d'attente est arrivée à point nommé. L'endroit ne se prêtait pas vraiment à ça, mais il était à l'image de ma vie. En attente.

Arborant désormais un large sourire destiné à son public, comme si les personnes qu'elle citait se trouvaient toutes face à elle, elle déclina :

— À mes camarades de toujours, groupe de soutien fidèle et disgracieux… Faut pas croire ! Notre parcours initiatique nous a embellis. Peu importe nos bosses, nos cicatrices au cœur et aux genoux. Je vais paraphraser Leonard Cohen, mais… c'est par la fêlure qu'entre la lumière, n'est-ce pas ? Sur scène, vous avez fait de moi une autre. Une *meilleure* autre. Merci pour ça.

Enfin...

La lauréate marqua une dernière pause solennelle. La lumière ne l'aveuglait plus ; elle l'accompagnait dans son succès.

— À celui qui partage mes nuits, mes jours, mes états d'âme. Je sais que l'indocilité ne balise pas bien le chemin. Mais... le voyage en vaut quand même la peine, non ?

Un klaxon fit sursauter Joséphine. Une voiture bloquait l'artère principale. Les yeux grands ouverts, elle se tourna vers le réveil ; il était 6 heures du matin et la ville s'activait. Dans la chambre, la lueur du jour gagnait sur l'ombre. Joséphine pensa à sa dernière conversation avec Prudence.

— Qui n'a jamais rêvé de faire un discours après avoir été récompensé par ses pairs ? lui avait dit sa meilleure amie. Qui ne l'a jamais répété ?

Joséphine avait ri, mais Pru n'avait pas tort.

La rappelant à la réalité, une masse compacte remua dans le lit, et des bras vinrent se fermer sur son corps en sueur. Elle regarda celui qui partageait sa couche et l'embrassa sur le front.

« Ce décalage horaire..., pensa-t-elle, je ne m'y ferai jamais. »

Il était inutile d'essayer de se rendormir. Elle s'extirpa le plus discrètement possible de son cocon et se dirigea vers la fenêtre. À Los Angeles, le Beverly Wilshire Hotel bénéficiait d'une position splendide.

« Richard Gere, pourquoi pas, puisque c'est ici qu'a été tourné *Pretty Woman*. Mais... franchement... qu'est-ce que vient faire Tom Hanks dans cette histoire ? »

PARIS, TROIS ANS PLUS TÔT

1.

JOSÉPHINE

Pour la deuxième fois en neuf minutes, l'alarme du téléphone sonna et Joséphine soupira.

— Daviiiiid...

— Ça va, ça va... Je me lève.

David se retourna sur le ventre, l'oreiller sur la tête, tandis que son épouse excédée se levait du lit. Il était 6 h 39.

— Tu vas être à la bourre, lança-t-elle en quittant la chambre.

Dans la cuisine, la lumière artificielle l'agressa. Joséphine avança à tâtons le temps que ses yeux acceptent l'apprivoisement. Il restait encore du décaféiné soluble, mais il faudrait l'inscrire sur la liste des courses. Liste enregistrée sur son portable ; portable oublié sur sa table de chevet.

— *Fu... dge.*

Comme souvent, l'anglais lui sembla plus propice aux grossièretés, même si elle les corrigeait de justesse. Hésitant à retourner sur ses pas pour récupérer l'objet qui lui servait de pense-bête, elle laissa la flemme l'emporter sur sa volonté. Dans la bouilloire, l'eau frémissait quand David la rejoignit.

— Tu fais un café ? demanda-t-il en bâillant.

La question lui arracha le deuxième soupir de la matinée.

— Non. Raph a beau être en cours de sevrage, la caféine n'est pas recommandée, ça n'a pas changé au cours des quatre derniers mois. Il me bousille suffisamment les nuits pour que je ne lui transmette pas, en plus, des substances excitantes. On a déjà eu cette conversation ; c'est pas comme si tu m'écoutais.

— Ah… désolé, je suis naze.

— Je comprends. J'ai dû perturber ton sommeil en me levant trois fois pour aller m'occuper de ton fils.

La repartie avait fusé et Joséphine la regretta aussitôt. Elle ne put ignorer la moue de son mari, mais ne bredouilla aucune excuse. Le privilège d'une décennie de mariage, croyait-elle : ne plus avoir à se justifier. Quand elle était épuisée, son intonation était plus hostile que son intention. David le savait bien, rien qui n'implique un divorce à 6 h 45 du matin. Et le colocataire stoïque plongea le nez dans le réfrigérateur.

— OK. On commence comme ça de bon matin, à jeun… Bien, chérie ! Je prendrai mon p'tit déj au bureau.

Parant au plus pressé, il but une gorgée de lait au goulot de la bouteille pour avaler ses vitamines. Hélas, quand elle était épuisée, les réflexes de sa femme s'en trouvaient également altérés.

— Gaffe ! dit-elle trop tard. C'est du lait maternel. Il se conserve mieux comme ça.

David recracha aussitôt les résidus de liquide qui lui restaient en bouche.

— Putain, Jo… Tu pourrais prévenir !

— Ben, je te préviens.

Cette fois, le cynisme conjugué à l'irritabilité latente poussa David à déserter la cuisine. La pénibilité de son travail amoindrissait sa marge d'acceptation d'autres nuisances, et Joséphine le savait. Avant la naissance de Raphaël, elle était elle aussi conditionnée. Elle en avait gardé des séquelles à la moindre sonnerie du téléphone : la jauge de mauvaise humeur au paroxysme, le « allô ? » interrogatif rendu idiot par l'affichage sans équivoque du nom de l'enquiquineur… Tous ses réflexes de maltraitance professionnelle étaient encore affûtés.

Seule désormais, accoudée au comptoir de leur bar américain, les yeux mi-clos, elle rassembla ses forces ; il fallait faire amende honorable. La pendule martela plusieurs secondes qui s'échappèrent pour ne jamais revenir.

« Ce n'est pas sa faute s'il part travailler. Il n'y est pour rien. C'est moi qui suis frustrée. Et envieuse. Frustrée et envieuse : c'est ça. Ce n'est pas sa faute », se répéta-t-elle.

Hélas, la traversée du couloir suffit à lui faire oublier ce qu'elle avait projeté de formuler en guise d'excuse.

L'exprimer par un geste éloquent, éventuellement ?

Y penser la fit secouer la tête. En plus de sa libido, sa tendresse était en berne depuis la naissance de leur fils. Non pas qu'elle ait disparu, mais Raphaël l'avait accaparée et Joséphine n'imaginait pas qu'elle puisse en « fabriquer » comme autant de lait maternel.

Enfin, à l'entrée de la salle de bains, il ne lui restait qu'une solution pour arrondir les angles : feindre. Faire croire à David qu'il demeurait le centre du monde, même s'il était évident, depuis quatre mois, qu'il ne tournait plus qu'autour de leur progéniture. Avec le peu de dignité qui lui restait, elle lui lança, ou, plus exactement, elle lança à la porte vitrée de la cabine de douche dans laquelle son mari se trouvait, la question garante de son intérêt pour lui.

— C'est aujourd'hui ta grosse réunion, non ?

Ainsi débarrassée de toute culpabilité, elle saisit le tube de dentifrice posé à côté de la vasque, et se félicita.

« Voilà. De la désinvolture. C'est le minimum, mais c'est mieux que rien. »

Après tout, c'était David qui avait amputé Raph de son déjeuner ; il fallait voir à ne pas inverser les rôles.

Rinçant la mousse qui lui couvrait le torse, son partenaire pivota pour lui faire face. Sans rancune, il s'apprêtait à s'épancher évoquant son stress, ses doutes. Joséphine lui reprochait souvent de ne pas assez s'ouvrir à elle. Hélas, l'heure était mal choisie, et fronçant les sourcils, elle baissa les yeux vers sa brosse à dents, comme si y déposer la juste quantité de dentifrice exigeait d'elle une habileté et une concentration extrêmes. Il se contenta de confirmer :

— Oui. À 10 heures, mais j'ai pas mal de détails à revoir, c'est vraiment important.

Joséphine se regarda grimacer dans le miroir.

— Évidemment, tes réunions sont toujours importantes, comparées à mes petits rendez-vous de merde avec le pédiatre, l'électricien, le droguiste...

— Tu m'as parlé ? J'entends rien avec l'eau qui coule.

— Non. Je pensais juste qu'il fallait que j'aille chez l'épicier.

— Ah, bonne idée ! Tu pourras prendre des patates douces ? Ce serait top pour mon entraînement.

L'épouse se mordit les lèvres et acquiesça, résignée. Elle détestait les patates douces, il le savait. Ainsi serait enterrée la hache de guerre : autour d'un gratin sucré-salé. David ne l'humilierait pas davantage mais elle le soupçonnait de sourire derrière la buée formée sur les parois de la cabine. Il devinait certainement la lutte interne qui couvait entre le bon sens de sa femme et son caractère de cochon.

— Au fait, tu m'as pas dit... Raph a beaucoup pleuré cette nuit ?

Joséphine fulmina, mais il était trop tôt pour une nouvelle agression. Fermant les yeux, elle se remémora le cortège des minutes qu'elle avait vu défiler toute la nuit.

— Il a commencé ses jérémiades à 1 h 30. Il s'est rendormi au sein. Rebelote à 3 heures. Et vers 4 h 15. Ça doit faire quarante-cinq minutes que je l'ai recouché.

— Ma pauvre... Tu vas pouvoir te remettre au lit après mon départ.

Elle secoua la tête mais David ne la regardait plus ; son temps de compassion était passé. Elle aurait voulu lui expliquer qu'il se trompait, mais elle craignait qu'il la voie comme une femme inactive, geignarde et autocentrée, loin de la grande journaliste dont il s'était épris, douze ans plus tôt. Elle mourait d'envie de hurler : « Non, David. Je ne vais pas me recoucher, parce que

TU vas faire craquer le parquet dans le couloir juste devant la porte de Raph en partant au bureau, et ça le réveillera. J'ai deux paniers de linge sale qui m'attendent, et le plombier qui doit venir réparer la chasse d'eau. Il faut aussi que je complète les courses que tu as faites de travers, sous prétexte que ma liste n'était pas assez explicite, que tu manques d'initiative et que tu n'as pas tout trouvé dans les rayons. Je dois y ajouter tes patates douces, d'ailleurs, et puis je ne sais plus trop quoi ! Après, je filerai chez le pédiatre, et si j'ai le temps, je regarderai sur Internet les activités que je peux faire avec Raph dans le porte-bébé ce week-end, parce que tu vas me planter pour aller t'entraîner à ton triathlon. Sacré programme pour la grande reporter Joséphine Richard, non ? »

— On va voir dans combien de temps Raph se réveille, concéda-t-elle diplomatiquement tandis que son mari, habillé et prêt à partir, tapotait sur son téléphone un message qui nécessitait plus d'attention que sa conversation.

Joséphine grinça.

— Qui t'envoie des textos à cette heure-ci ? Ta mère ? Ta sœur ?

— Je t'ai déjà dit d'arrêter la parano avec ma famille. C'est le bureau.

Le bureau était l'imparable nom de code pour clore tout débat. La seconde résidence de David Richard, l'incontournable lieu de vie/meuble/refuge/source de revenus et d'inspiration du responsable marketing à succès que Joséphine avait épousé. Les points de repère et point de rencontre, enfin, de M. et Mme Richard avant que celle-ci ne quitte son emploi pour pouponner.

En apparence, les « DJ », comme les surnommaient leurs amis, formaient un couple exaltant : moderne et sensuel, brillant et ambitieux. Lui réunissait toutes les qualités pour séduire la ménagère de moins de cinquante ans et les publicitaires en costume trois pièces. Elle possédait la grâce des félines qui savent retomber sur leurs pattes lors des numéros improvisés nécessités par les scoops du journal télévisé. Irrésistible avant que leur fils n'ébranle sa prestation, le duo maîtrisait les codes de la méritocratie et ne connaissait que deux chorégraphies de dispute. Si la politique et la belle-famille l'envoyaient parfois valser, jamais elles ne l'emportaient.

— *Fine*. Bonne journée, chéri.

— Bonne journée aussi, bébé.

Tournant les talons, David ajouta :

— Ah… quand tu te seras reposée, tu pourras aller chercher mon costard au pressing ? Tu l'as zappé hier… C'est pas grave, mais faut qu'on y aille quand même, j'en ai besoin lundi.

— Tu dis « on » en t'excluant de l'action, toi ?

— Merde, Jo ! Ça suffit.

Cette fois, le soupir s'échappa du mari.

— Je me débrouillerai, puisque je ne peux rien te demander. Mais t'attends pas à ce que je rentre tôt. J'ai aussi entraînement ce soir.

D'une grimace, Joséphine exprima son désaccord. Elle en rajouta. Peu lui importait d'envenimer la situation, tant qu'elle grappillait un « rab de présence » du seul autre résident adulte du logis.

— Tu déconnes ? Tu vas encore au stade ? Je croyais que le triathlon de l'Alpe d'Huez était l'été prochain ! C'est peut-être pas le moment idéal, au cas où tu n'aurais pas remarqué.

Aussi louable que fût la raison, David n'en avait cure. Il leva les yeux au ciel tandis que sa femme maudissait le vaudeville dans lequel ils s'étaient enfermés.

— Jo, je bosse comme un chien toute la semaine, j'ai le droit de prendre un peu de temps pour moi, non ?

En guise de didascalies, Raphaël commença à gémir au fond du couloir.

— Moi aussi, j'aimerais bien avoir un peu de temps pour moi, grommela Joséphine avant de crier au nourrisson qui pleurait pour de bon : J'arriiiiiiiiiive !

David se pencha et embrassa son épouse sur la bouche. Elle ferma les yeux ; il lui caressa la joue dans une dernière tentative de conciliation.

— Essaie juste de pas rentrer trop tard, ce soir, s'il te plaît...

— Je fais de mon mieux, Jo, OK !

Joséphine ferma la porte sur son départ courroucé. Puis elle se dirigea vers la chambre de leur fils.

***

Ainsi, depuis la naissance du petit Raphaël, la grande journaliste Joséphine Richard était métamorphosée en maîtresse de maison qui s'ennuyait à mourir.

À chaque lever, le rituel était le même. Une discussion âpre avec son mari puis un ultime soupir, précurseur d'une journée dévouée à un bébé qui ne faisait ni ses nuits, ni ses jours. À quatre mois, le minuscule despote bénéficiait de toutes les louanges dues à son rang d'adorable nouveau-né, et en jouissait en toute innocence. Ses parents, à commencer par Joséphine, étaient fous de lui. Il suscitait en eux une délicieuse extase, mais révélait aussi d'autres facettes plus saisissantes de leurs personnalités ; car le désœuvrement poussait la jeune mère à perpétrer une félonie insoupçonnée envers son conjoint.

« C'est ma faille, admettait-elle uniquement pour elle-même. C'est là que le bât blesse. »

A priori, muée en esclave soumise, Mme Richard avait pour seule mission de divertir ou nourrir l'être chétif qu'elle avait créé, dans un appartement cossu, pendant que M. Richard partait accomplir son travail d'homme. Elle apprenait ainsi sur le tas les aspérités de son nouvel emploi non rémunéré, formée par un fils qui lui imposait sans vergogne ses leçons.

Leçon numéro un : « Quand je dors, tu dois dormir ». Joséphine en était sûre : c'était ce que Raphaël lui aurait dicté s'il avait su parler. Laisser tomber le linge sale qui s'amoncelle ou la couche de poussière sur la bibliothèque du salon. Il fallait dormir pour éviter d'être agressive, dépressive ou intrusive, voire les trois en même temps.

Hélas, pour sa girouette de mère, l'opération se révélait plus difficile qu'elle n'y paraissait.

« Dors ! »

L'injonction, une fois lâchée, perdait sa précieuse signification et Joséphine avait beau compter les moutons ou les fissures au plafond allongée sur son lit, elle n'arrivait pas à trouver le sommeil. Aussi se métamorphosait-elle en traîtresse qu'elle n'assumait pas être.

C'était plus fort qu'elle.

Le meilleur moment de sa journée.

Une fois le café décaféiné versé à flots (« pas-de-substance-excitante-pendant-l'allaitement », les sages-femmes le lui avaient suffisamment répété), dans les minutes qui suivaient le départ de David, Joséphine verrouillait la porte d'entrée et ouvrait l'ordinateur portable abandonné sur la table de la salle à manger. Un petit *laptop* que son conjoint utilisait pour répondre à quelques e-mails en rentrant du bureau. D'abord, elle se connectait sur Yahoo pour lire la page *people*. En tant qu'ancienne journaliste, il fallait bien qu'elle se tienne informée ! Elle se régalait, entre autres, des dernières disputes au sein de la royauté britannique, probablement en raison des origines de sa belle-famille. Puis, l'onglet ouvert, elle n'était qu'à un clic du compte privé. Ainsi, chaque matin, elle se connectait sur la boîte mail de David pour lire ce qu'il écrivait, et qui lui écrivait.

Les premières fois, quelques frissons l'avaient irradiée lorsque les messages étaient apparus sur l'écran. Un amalgame de honte et d'angoisse que son manège soit percé à jour. De la culpabilité, dans une moindre mesure. Comment se rendormir alors qu'elle pouvait s'adonner à une activité tellement plus croustillante ? Elle regardait par-dessus son épaule pour être certaine que personne ne voie ce qu'elle trafiquait ; réflexe de criminelle dont seul le mutique Raphaël était le complice, à son insu. Depuis, cette précaution relevait davantage d'un rituel que d'une sécurité, car personne ne pouvait l'espionner… en train d'espionner.

Bien sûr, elle savait que la préméditation rendait l'acte infâme. C'était pire qu'éventrer un paquet de cookies en phase aiguë de régime. Son forfait impliquait une trahison ; il ne ressemblait pas à la personne qu'elle prétendait être. Qu'elle aspirait à être. Tous les prétextes étaient donc bons pour le justifier.

Combien de femmes connaissaient les mots de passe de leur conjoint ?

Combien s'en servaient à bon escient pour être à l'écoute de leurs sentiments ?

Il s'agissait là d'un souci d'altruisme !

Et elle épluchait tout sans jamais découvrir quoi que ce soit de suspect. Les mémos professionnels, les blagues potaches transférées aux copains, les rendez-vous chez le médecin… C'était sa façon de se tenir informée de ce qu'il se passait en dehors des murs de l'appartement, et une mine d'or pour la mère esseulée qu'elle était devenue.

Enfin, un échange l'intéressait plus que les autres dans les e-mails de David. Un échange virtuel qui la confortait dans sa légitimité à accéder aux états d'âme de son mari puisqu'il les partageait tous en ligne avec une tierce personne. Une autre femme, qui plus est.

Pas une maîtresse.

Sa sœur.

Mary Richard.

Ancienne puéricultrice britannique, leur mère, Mary-Jane, avait traversé la Manche pour suivre son *french lover*. De leur amour étaient nés Mary, et vingt-deux mois plus tard, David. Hélas, la figure paternelle avait disparu très tôt d'une crise cardiaque et le fils prodige avait grandi entre deux femmes jusqu'à ses vingt-huit ans ; âge auquel il quitta le nid pour s'installer avec sa future épouse. Tenue responsable de lacérer ledit tableau familial, cette dernière s'assura de l'animosité de sa belle-mère, et la situation ne fit qu'empirer quand Mary annonça, presque simultanément, son intention de quitter l'Hexagone pour renouer avec ses origines. À quarante-deux ans, l'aînée des deux enfants Richard n'avait pas encore trouvé l'amour de sa vie, et Mary-Jane n'avait jamais refait la sienne.

Dès les premiers mois, Joséphine avait perçu la relation entre le frère et la sœur comme une entrave à leur idylle. La douce, la chaleureuse Mary recevait le meilleur de David en confidente bienveillante, alors qu'elle-même ne récoltait, le soir, que les miettes de ses émotions et les fruits de son stress professionnel : fatigue, mauvaise humeur, conversation monosyllabique. Plus agaçant encore : David s'octroyait le droit de vider son sac sans que Joséphine ne puisse faire le tri dans le linge sale de leur vie conjugale. Ainsi, lire ses e-mails n'était pas si différent de lire la page *people* de Yahoo, puisqu'il y faisait l'article de leur quotidien, de leurs hauts et de leurs bas.

Elle s'adressa à son fils en le sortant de son lit à barreaux.

— Allez, mon chat... On va se refaire un graaaaaand déca, parce que maman a besoin de faire croire à son corps qu'elle boit du café pour que la journée commence. Ensuite, on va s'habiller pour aller faire quelques courses, ça va être trop cool, tu vas voir. Puis, on rentrera pour attendre le plombier, téléphoner aux copines... Tout un programme ! Maman va te préparer un bon lolo avec le lait que j'ai tiré cette nuit, tu vas te régaler. Si papa n'a pas tout bu, bien sûr.

Dans ses bras, Raphaël serra et desserra ses petits poings. Elle le regarda faire et respira le dessus de son crâne en l'embrassant. L'odeur de la tête chaude de son bébé la réconciliait avec tout. Elle l'installa dans son transat pour pouvoir le balancer du bout du pied, et posa sa tasse à côté de l'ordinateur du salon. Les gazouillis de son fils, les effluves de déca, l'écran qui s'allumait et ses doigts qui connaissaient la position exacte sur le clavier pour entrer le mot de passe en moins de cinq secondes, déverrouillant aussitôt la session... étaient le point d'orgue de sa journée. Ses scrupules s'envolaient dès lors qu'elle faisait défiler les nouvelles. David et elle n'avaient rien à cacher.

— Alors, mon trésor ? On lit ensemble les derniers e-mails de papa ?

Raphaël battit énergiquement des bras.

— Je ne fais rien de mal, tu sais... Je suis même certaine qu'il m'y autoriserait si je le lui demandais. Papa sait qu'il faut que j'aie quelque chose à me mettre sous la dent. Dix pour cent des femmes souffrent de dépression post-partum, j'ai fait mes recherches ! Et puis, tu l'apprendras bien assez tôt... il faut rester sur le qui-vive pour qu'un couple fonctionne. Les hommes ne disent jamais rien, on doit leur tirer les vers du nez. Tu ne seras pas comme ça, hein, mon bonhomme ? Tiens d'ailleurs… tu sais d'où ça vient, l'expression « tirer les vers du nez » ?

Joséphine but une gorgée puis laissa glisser son index droit sur le pavé tactile de la souris, avant de reprendre :

— Ça va te faire rire. Ça remonte au XVIIIe siècle… Les médecins devaient dialoguer avec leurs patients… ceux qui avaient des parasites dans les narines… pour qu'ils acceptent d'avouer la raison de leur consultation. Ils avaient trop honte d'en parler de leur propre chef. Tout s'explique ! Tu vois, j'apprends des tas de trucs sur Yahoo.

Une nouvelle pause dans son monologue lui permit de s'immerger dans les échanges les plus récents de son mari. Enfin, un cri lui échappa, et Raphaël regarda sa mère avec des yeux ronds.

— Un nouvel e-mail de ta tante ! On y vient… La *so British* mijaurée a encore frappé. C'est à se demander laquelle de nous deux est la plus intrusive… Qu'est-ce qu'elle veut encore ? Attends… On va d'abord lire ce que papa lui a envoyé, afin d'être à jour.

Salut, sis',

Je sais que ce serait plus simple de t'appeler mais Jo est à la maison non-stop, et elle va hurler si elle me voit pendu au téléphone avec toi.

À peine son surnom mentionné à voix haute, l'intéressée s'offensa.

— Non mais t'entends ça, loulou ? Comme si c'était mon genre !

Paraît que c'est pas sain, d'être trop proche de ma sœur. Non pas qu'elle ne t'aime pas, hein ! C'est juste qu'elle a ce besoin constant d'être la seule femme dans ma vie, et ses hormones en ébullition n'arrangent pas mes affaires. Depuis la naissance du petit, elle pleure pour rien, s'irrite pour tout, change d'avis comme de chemise...

J'y crois pas ! C'est même pas vrai !

Joséphine essuya une larme et recula sur son siège dans un mouvement d'indignation.

Dernier exemple en date : madame a décidé de mettre toute la famille au végétarisme. Enfin... Je l'ai quand même retrouvée à 4 heures du mat' en train d'ingurgiter l'intégralité du dindonneau que j'avais acheté pour me faire des sandwichs.

Raphaël ne quittait pas sa mère des yeux ; elle était prise la main dans le sac.

— OK. Je plaide coupable. J'avoue. J'aurais pas dû engloutir ces foutues tranches de dinde. Faut dire que c'est lui, aussi ! Il me les met sous le nez... Qu'est-ce que j'y peux ? Et ce n'est pas la peine de me regarder comme ça. Si tu me pompais moins d'énergie, ce serait plus facile.

Pour créer une diversion, elle poursuivit en imitant grossièrement la voix de l'expéditeur.

Je t'imagine rigoler... Ma femme traverse un baby-blues et moi, une crise de la quarantaine ; je suis sûr que c'est ce que tu penses ! Sincèrement, je ne crois pas. Jo me reproche tout le temps des trucs... Quoi que je fasse, ça ne va jamais. Comme si elle seule détenait la vérité absolue.

C'est n'importe quoi.

Enfin, désolé, je suis un parfait égoïste. Je ne t'ai même pas demandé comment tu allais... Tu survis à l'obscurité et à la pluie qui cogne sur les carreaux ?

Patati, patata. On s'en fout.

Joséphine parcourut la suite de l'e-mail dans lequel David prenait soin d'interroger sa sœur sur sa vie outre-Manche. Ça ne l'intéressait pas, et son esprit vagabonda à l'époque où, elle aussi, écrivait pour vider son sac. Ce n'était pas virtuel ni destiné à quelqu'un. Adolescente, elle avait noirci mièvreusement les pages d'un journal intime, nourrissant une vocation de journaliste qu'elle embrasserait plus tard en guise de pied de nez à ses parents.

2.

JOSÉPHINE

L'exercice lui avait longtemps trotté dans la tête avant qu'elle n'ose se lancer. Puis, une rencontre cruciale sur le chemin de sa puberté l'avait décidée. À l'été 2001, ses émois avaient débordé, et coulé sur le papier. Enfin, quand elle s'était jetée à l'eau, tant dans sa relation que dans son récit introspectif, elle l'avait fait à corps perdu, nageant à contre-courant ! Ses camarades se tournaient déjà vers d'autres loisirs. À l'heure où elles écoutaient leurs chanteurs préférés et punaisaient leurs posters aux murs de leur chambre, Joséphine, elle, découvrait que la plume était une arme redoutable pour dompter les émotions, ou les apostropher. Ainsi, elle se souvenait encore de sa première page brutale et de celles qui suivaient.

JOURNAL INTIME DE JOSÉPHINE DUARNET
21 JUILLET 2001

Que d'émotions !

Il s'appelle Batiste Martin, et c'est le meilleur ami de mon meilleur ami. Il débarque au lycée à la rentrée (même niveau que moi, en première), parce que dans le sien (Henri Moissan), il n'y a pas l'option qu'il veut. Ça veut déjà dire qu'il prend son avenir au sérieux, ce n'est pas n'importe quel gugusse ! Il veut bosser dans une ONG, un truc du genre Greenpeace... Je n'y connais rien, mais j'ai fait comme si j'étais à fond... Il pense que c'est à nous de sauver la planète. Notre génération. Il a des convictions, en plus !

Je voudrais ne jamais oublier ce que j'ai ressenti quand je l'ai vu.

Je passais l'après-midi chez Chacha, et on devait rejoindre Éric avant qu'il ne parte en vacances avec ses parents dans le Sud. Cha m'a fait une crise d'ailleurs, parce qu'ils ne vont pas se voir pendant trois semaines du coup, mais bon. C'est une autre histoire, et elle survivra.

On s'est retrouvés dans le parc d'à côté, et là... Éric a débarqué avec Batiste. Ce n'était tellement pas prévu ! Il espérait me le mettre dans les pattes le temps qu'il papouille Chacha. C'était donc pas un vrai coup fourré, mais... c'était un vrai coup de foudre. La vache ! Je suis tombée raide. Il est blond. Il a les yeux bleus. Il a l'air trop cool. Non, il n'a pas l'air... Il EST cool ! Moi, je me sentais comme une idiote à côté de lui ; à opiner du chef tout le temps. On aurait dit le petit chien en plastique que papa a sur son tableau de bord dans la voiture. Celui qui remue la tête dès qu'elle roule. Ce n'est pas complètement ma faute : il m'a raconté en détail le concert de Ben Harper qu'il est allé voir. Ben Harper, quoi ! On a les mêmes goûts. On est faits l'un pour l'autre, c'est sûr !

Charlotte a tout de suite compris que j'avais flashé, mais Éric n'a rien vu. Et maintenant ? Elle va le sonder pour qu'il sonde Batiste. Est-ce qu'il voudra sortir avec moi à la rentrée ? Je ne le reverrai probablement pas avant. Ça va être loooonnnnng... Mais ça me permettra de me préparer. Celui-là, je veux finir ma vie avec.

Se frottant les yeux, Joséphine Richard chercha à se reconcentrer sur la lecture de l'e-mail de son mari. Elle la termina à voix haute pour informer son fils du contenu du post-scriptum.

PS : Je suis dans l'angoisse totale pour aller faire les courses. Est-ce que j'achète un poulet rôti ? Je ne sais pas si Jo va le vivre comme un affront personnel, ou si elle va trouver ça attendrissant...

L'intéressée grommela.

— Ce qu'il ne faut pas entendre... Bref. La réponse de l'autre cruche, maintenant.

Ciao frangin,

OK, le bureau des pleurs est ouvert.

Après tout, je n'ai pas de mari, pas d'enfants, pas de vie ! Je peux bien t'écouter te plaindre de la tienne...

Une nouvelle fois, la lectrice ne put s'empêcher d'intervenir, sarcastique et désobligeante.

— C'est sûr... Personne ne veut d'elle ! À quarante ans passés, ma fille, pose-toi des questions !

Sois gentil avec ta femme, Dav', elle traverse une période difficile. Tu sais bien que la naissance d'un bébé chamboule tout. Et Jo a un sacré caractère... C'est pour ça que tu l'as choisie, elle, la « grande » ambitieuse ! Elle doit se sentir si frustrée de ne plus travailler.

Putain, mais qu'est-ce qu'elle en sait ? Et c'est quoi, ces guillemets ?

PS : achète le poulet rôti et planque-le. Si Jo craque, tu pourras toujours le dégainer.

Tu vois, Raph, c'est ce que je te disais : y a vraiment rien de neuf sous le soleil. Enfin, sous la pluie britannique, plutôt.

Claquant l'ordinateur d'un geste de dépit, Joséphine se demanda s'il y avait un poulet rôti quelque part et, le cas échéant, dans quel endroit insolite David aurait pu le cacher. Elle fut contrainte de se rendre à l'évidence.

— La leçon à tirer de tout ça, c'est que ton père n'arrive pas à couper le cordon, et que ta tante reste une grosse relou. Allez, on va s'habiller ?

S'emparant du transat, elle l'installa dans la salle de bains pour le garder à l'œil pendant qu'elle se douchait le plus rapidement possible. Elle ne parvenait pas encore à décrypter les pleurs qui exprimaient la faim, la fatigue, les angoisses ou les selles de son fils. À la maternité, elle en avait plaisanté avec les sages-femmes, leur demandant que son nouveau-né soit livré avec un mode d'emploi. Hélas quatre mois plus tard, le constat la navrait : elle n'y comprenait rien et elle n'osait plus appeler celle qui lui avait rendu visite les premiers temps pour vérifier qu'elle se débrouillait.

À travers la porte de la douche, comme son mari l'avait fait, la conversation à sens unique se poursuivit.

— Je sais, cria Joséphine pour que Raphaël entende sa voix, tu dois te dire que ta mère est odieuse ou désespérée. Ou peut-être même les deux, tiens ! Mais... je te promets que non. Je suis juste… à poil, en ce moment même, à discuter avec un bébé pendant que mon mari, ton père accessoirement, continue d'évoluer dans un monde extérieur auquel je n'appartiens plus. Ne le prends pas mal, hein ! Mais reconnais quand même qu'à trente-sept ans, le renoncement arrive prématurément.

Sortant de la douche, elle s'agenouilla devant son fils qui lui souriait.

— Ça t'intéresse ce que je raconte ? Qu'est-ce que tu en dis, toi ? Si ça ne tenait qu'à papa, on te trouverait une solution de garde vite fait bien fait, et je reprendrais le boulot. Attention… il ne me force pas la main, j'ai pas dit ça ! Je te connais, tu risques de me balancer ! Je sais bien quel homme j'ai épousé, et ce n'est pas n'importe quel goujat. Papa, il est gentil avec maman. Il ne me met pas la pression. Il comprend que je vais culpabiliser de t'abandonner si je repars sur des tournages. C'est compliqué, non ? Allez… viens, mon tout beau. Je m'habille fissa, et je te change la couche. *Deal* ?

Joséphine se sécha et enfila un pull jaune sur un jean bleu foncé. La couleur mettait ses cheveux châtain clair en valeur. Quelques mois plus tôt, elle accordait une attention minutieuse à chacun de ses vêtements, qu'elle préparait la veille au soir avec un large panel d'accessoires et de bijoux assortis. Désormais, dans le miroir, elle avait du mal à reconnaître la femme qui se tenait face à elle. Cette femme fatiguée, aux traits tirés, encore belle mais peu apprêtée. Elle appliqua une couche de mascara et attacha sa tignasse humide. Enfin, elle sortit Raphaël de son transat pour l'emmener dans sa chambre, où le nécessaire de puériculture l'attendait.

— Comment on va faire, hein ? On est dans l'impasse, toi et moi. Obtenir une place en crèche, c'est quasiment mission impossible, mais te confier à ta grand-mère, ça, c'est du domaine de la science-fiction.

Comme il fallait une marâtre dans son conte de fées, Joséphine avait offert le rôle sur mesure à Mary-Jane Eyze Richard. Sa belle-mère lui cassait les pieds ; elle le lui rendait bien, et tous jouissaient de cette confortable situation jusqu'à la naissance de Raphaël. David et Joséphine ne connaissaient alors, pour seule responsabilité, que l'équité entre leur charge de travail, leur histoire d'amour, et leur lot de disputes sur le controversé prisme familial. Aucun n'avait ressenti d'urgence à pouponner ; Joséphine s'étant elle-même proclamée bébé conçu « par embarras ». Ses géniteurs, comme elle les appelait, avaient convenablement rempli leurs devoirs, la nourrissant et la logeant jusqu'à maturité, mais il était flagrant qu'ils avaient célébré leur liberté après son départ, bourlinguant à travers le monde ; et surtout, laissant leur fille incapable d'anticiper la femme nouvelle qu'elle deviendrait une fois maman. Une répercussion qui trouvait sa source dans les disputes domestiques pendant son adolescence, toutes consignées dans les pages de son journal intime, comme autant de lamentations qui balisaient le chemin de sa crise identitaire.

JOURNAL INTIME DE JOSÉPHINE DUARNET
18 JANVIER 2002

Il fait un froid de canard. Et je me suis engueulée avec maman. Vive l'hiver !

Ce qu'elle peut m'énerver... À croire qu'elle n'a jamais eu dix-sept ans. Elle trouve que depuis que je sors avec Batiste, j'ai changé, et pas dans le bon sens. Je n'en reviens pas. Alors que pour la première fois de ma vie, je sais ce que je veux !

Ce matin, elle avait le temps pour me déposer au bahut en voiture, et elle en a profité pour me faire un sermon. « Redescends sur terre, Joséphine ! Tu ne seras jamais journaliste, Joséphine ! On ne connaît personne dans le milieu... C'est le genre d'emploi que tu obtiens par des relations bien placées... Sois réaliste, Joséphine... T'es douée en langues étrangères. File en fac pour faire quelque chose d'accessible avec ce que tu sais faire... » Elle m'a même suggéré de partir en droit ! Sérieusement ? Elle imagine sa fifille avocate ?

Si j'avais un frère ou une sœur, elle me foutrait peut-être un peu plus la paix... mais là, je suis son unique et éternelle source de déception, parce que mes projets ne coïncident pas avec ceux qu'elle a pour moi. Et la goutte d'eau qui a fait déborder le vase, bien sûr, c'est quand elle m'a balancé que j'étais influencée par Bat'. Sympa. Donc, je n'ai aucune personnalité, c'est ça ? Je ne peux pas penser par moi-même ? Pourtant, je ne lui ai pas demandé de faire un chèque pour financer notre voyage... Je ne vois pas où est le problème. Je veux juste une année pour nous, lui et moi, pour découvrir le monde après le bac. On peut très bien se débrouiller avec des petits boulots, et il a déjà mis de côté. Elle aurait seulement à filer un coup de pouce pour le logement. Mais évidemment, il en est hors de question. Me financer un studio pour étudier à Paris, ça oui. En revanche, pour m'ouvrir l'esprit ailleurs, c'est niet. *Moi, je veux voir d'autres horizons. Comme Batiste. Et surtout, avec lui.*

Batiste. On a fêté nos trois mois ! C'est l'homme de ma vie. Si on décide d'avoir des gosses, ils liront ce journal et s'attendriront en découvrant que leur mère savait déjà qu'il serait l'élu. Je dis « si », parce que vu mes rapports avec la mienne, pas sûre que j'ai vraiment envie de me reproduire !

Charlotte a tant de chance. Elle a de super parents, un mec génial (même s'il est moins bien que le mien), un rêve à portée de main si elle se débrouille correctement (elle veut être professeur)... Son avenir est tracé comme une autoroute à trois voies. Elle a juste à profiter du trajet.

3.

CHARLOTTE

Charlotte s'engouffra dans le métro en milieu de matinée. Elle évitait ainsi les rames bondées, et préférait corriger ses copies à domicile plutôt qu'en salle des profs. C'était plus calme, même si Éric oubliait que ça restait un temps de travail, la perturbant régulièrement par des messages inopportuns : « Tu peux regarder sur ma table de nuit si j'ai laissé mon chargeur ? » « Le livreur Amazon est en route. Tu seras là pour lui ouvrir ? »

À 10 heures, il fut facile de trouver une place assise dans le wagon, et Charlotte en profita pour somnoler, jetant de temps à autre un coup d'œil aux stations pour ne pas rater son arrêt. Prudence et Joséphine détestaient les transports en commun qu'elles trouvaient propices à une promiscuité incommodante, mais pour elle, c'était un lieu de micro-siestes et de réflexions sur sa *to-do list* mentale.

De nouveaux voisins venaient d'emménager au-dessus de son appartement, et Charlotte se sentait lasse.

Même si elle comprenait la frénésie qui caractérisait la vie du jeune couple, elle la supportait difficilement : le dernier verre des copains de passage qui s'éternise, les fous rires sous la couette, les cours de danse improvisés à 3 heures du matin ; elle avait connu ça, elle aussi, avec Éric. Malheureusement, ses journées étaient chargées et sa patience en pâtissait. Se laissant bercer par le rythme de la rame, elle pensa qu'une fois rentrée, il lui faudrait vider le sac de sport de son aîné et jeter dans le panier à linge sale son short et son t-shirt de foot. Elle visualisa le panier ; il débordait déjà. Elle devrait programmer une machine à laver qui s'enclencherait dans la nuit et qu'elle étendrait le lendemain avant le petit déjeuner. Dans la minuscule buanderie, elle en profiterait pour trier les vêtements repassés pour les ranger dans les différentes armoires selon leur appartenance : Éric, Gabriel, Victoire et elle-même. Entre-temps, elle ferait couler l'eau du bain pour Vicky, préparerait le goûter du lendemain et commanderait sur Internet un nouveau coupe-vent pour que Gaby n'ait pas froid sur le terrain de football dans les mois à venir. À moins que…

Charlotte ouvrit un œil.

Station Ranelagh.

Avec un peu de chance, elle aurait du réseau pour s'en occuper immédiatement et se faire livrer. Elle était passée au magasin de sport la veille, mais il n'y avait plus la bonne taille et son fils avait encore grandi. Elle sortit son téléphone de son sac pour vérifier la connexion ; l'écran lui indiqua un nouveau message de Joséphine dans le groupe WhatsApp qu'elles partageaient avec Prudence.

Depuis la naissance du petit Raphaël, les deux amies se trouvaient de nouveau sur un pied d'égalité, comme au lycée. Il n'existait plus aucune pudeur à partager leurs inquiétudes : des sécrétions sur la table d'accouchement (« Éric t'a dit, à toi, si tu avais expulsé des selles en même temps, quand tu as poussé ? ») à l'épisiotomie (« Non, mais j'ai dû lui demander d'aller regarder si tous les fils s'étaient résorbés, parce que j'ai fait une méga infection après Gaby, et j'avais trop mal »). Ensemble, elles arrivaient même à mettre des mots sur l'indicible violence qu'engendrait le sentiment émergeant inconnu : l'amour maternel.

— Pense à Mary-Jane qui a produit les mêmes gestes avec la même fatigue et la même patience que toi, avait déjà glissé Charlotte à Joséphine pour tenter d'apaiser l'animosité entre la belle-mère et sa bru. Elle a dû, elle aussi, panser chaque bobo de ton David, y a quarante ans. Vous auriez pu être super copines à l'époque !

L'idée de transmission était réconfortante. Elles avaient le même âge mais Charlotte avançait avec quelques années d'expérience de plus que Joséphine sur tout ce qui touchait au monde de la petite enfance. Et elle savait que chaque minute perdue dans les angoisses parentales, personne ne les lui rendrait.

Dites... Laquelle de vous deux je peux appeler tout à l'heure pour me plaindre ?

Charlotte écarquilla les yeux en lisant la réponse de Prudence s'afficher en direct.

Certainement pas moi aujourd'hui, désolée. Nuit de folie avec Paul, et grosse réunion au bureau en début d'aprèm. Faut que je me remette dans le bon sens !

À côté d'elle, l'homme assis dans le compartiment à quatre ronflait, bouche béante. Charlotte cilla. Le quotidien de Joséphine était chamboulé, c'était normal après un premier bébé. Celui de Prudence ? Toujours aussi pimenté. Quant au sien… avec Éric… était-il bien rodé, ou trop élimé ?

4.

JOSÉPHINE

Quelles que fussent la météo et l'organisation requise, Joséphine s'efforçait de mettre le nez dehors chaque jour pour garder des repères autres que les quatre coins de son salon. Si elle devait faire des courses, elle calait Raphaël dans une poussette sous laquelle elle glissait un sac afin d'avoir les mains libres. Elle repensait parfois aux conseils de la vendeuse, lorsque enceinte, elle avait consciencieusement préparé l'arrivée de son bébé :

— C'est évident. Il faut que vous achetiez une poussette avec une barre transversale, pas avec des poignées de chaque côté.

— Pourquoi ? avait demandé la future mère.

La commerciale avait levé les yeux au ciel, comme si elle avait posé la plus imbécile des questions.

— Avez-vous déjà essayé d'en pousser une en ne la tenant que d'une poignée, madame ?

— Ben non... mais en même temps... pourquoi n'en tenir qu'une seule ? Et pas les deux ?

L'experte en puériculture montrait des signes d'agacement.

— Comment comptez-vous faire avec un parapluie ? Ou votre téléphone ? Hein ? C'est quand même plus facile de manœuvrer d'une main posée au milieu de la barre, plutôt qu'avec une poignée, qu'elle soit à gauche ou à droite. Allez-y, puisque vous ne me croyez pas ! Essayez ! Vous verrez bien que vous roulerez de travers !

Ainsi, Joséphine avait déambulé avec un modèle bas de gamme dans les allées de Sauvel Natal, le magasin de référence périnatal. Et elle avait tourné en rond.

Quelques mois et une certaine expérience plus tard, elle apprit à ses dépens que la vendeuse avait omis un point de détail essentiel : comme la plupart des bébés, Raphaël préférait les bras de sa maman à la poussette, aussi sophistiquée soit-elle. Il hurlait dès que leurs peaux étaient séparées de quelques centimètres. Aussi était-elle retournée dans la boutique pour investir, cette fois, dans un porte-bébé. Être mère, c'était choisir entre se détruire les oreilles ou le dos. Elle avait choisi le dos.

— Vous comptez sérieusement repartir avec n'importe quel modèle, madame ?

— Bah… ils ne se valent pas tous ?

Yeux au ciel.

— Si vous en prenez un qui s'enfile comme un pull, par la tête, vous serez bloquée pour le harnacher en hiver avec votre manteau. Vous allez vous retrouver engoncée sans pouvoir rien faire.

À l'image d'une hôtesse de l'air, la vendeuse avait agité les bras en guise de démonstration.

— D'accord… Donc, quel est le meilleur ?

— Je suis catégorique : le BabyBjörn Miracle, celui que vous enfilez comme un gilet ; c'est ce qui se fait de mieux sur le marché.

Et l'hôtesse de rayon, maniérée, avait une nouvelle fois joint le geste à la parole.

— Alors, OK… Va pour celui-là !

— Enfin… vous n'avez jamais envisagé une écharpe de portage ?

— Une quoi ?

Dès les premiers mois de grossesse, Joséphine s'était sentie jugée. La sacro-sainte maternité ne lui avait pas garanti l'épanouissement, contrairement à ce qu'elle avait lu dans les magazines spécialisés. L'instinct maternel était un leurre, et elle se trouvait projetée dans un monde parallèle, hostile et angoissant.

— Liste des courses : du lait en poudre, mon chat, dit-elle à voix haute en marchant dans la rue. On va aller dans une parapharmacie pour tester une nouvelle marque parce que celle qu'on utilise te constipe, c'est pas une réussite. Je sais que tu préfères que je tire mon lait, mais je commence un peu à en avoir marre de traire mes seins comme une vache. Ça manque de glamour, faut le reconnaître. Ah ! Fais-moi penser à te racheter des couches également. Et du dentifrice. On n'a quasiment plus de légumes non plus. Ni de riz. Des sacs-poubelles… Quoi d'autre encore ? J'ai l'impression d'oublier un truc, mais je ne sais plus quoi.

Le nécessaire dans le sac, Joséphine fila à l'appartement pour accueillir le plombier, non sans avoir fait demi-tour pour le décaféiné qu'elle avait oublié. Enfin, ce fut l'heure de la sieste, aussi précieuse pour la mère que pour l'enfant. Une trêve salutaire qui permettait de baisser la garde ; et souvent, elle aimait la dépenser au téléphone avec Charlotte ou Prudence, selon leur disponibilité.

5.

PRUDENCE

Prudence avait eu le trac de s'installer avec Paul. Comme une gamine avant un exposé face à sa classe.

L'excitation des premiers émois, c'était ce que tout le monde préférait, d'ordinaire. L'attrait de l'inconnu, la découverte. Ce n'était pas son cas. Paul était déjà cabossé, échaudé par une première expérience maritale ; et ça le sublimait. Par défi ou par tendresse, elle avait cherché à l'apprivoiser, rêvant de sauter les étapes qui l'effrayaient. Elle se languissait d'une intimité absolue avec l'homme de sa vie. Elle voulait pouvoir le dessiner les yeux fermés ; ses formes, ses traits de caractère, les courbes de sa personnalité. Elle n'était pas idéaliste, elle était opiniâtre, et pensait que l'amour pouvait tout surmonter.

L'incertitude de savoir si ça collerait entre eux… elle la vénérait et la redoutait tout en même temps.

— Bon, par quoi on commence ? La cuisine ou la chambre ? avait-elle trépigné une fois le camion de déménagement parti.

— Je croyais que la chambre, c'était ce qu'on venait de faire…

— Oh, Paul… je parlais de ranger les cartons !

Paul avait bâillé.

— Le problème, c'est que je te connais… Si je commence à mettre les tasses et les assiettes dans les placards de la cuisine, tu vas me dire qu'elles ne sont pas au bon endroit.

— Ne sois pas de mauvaise foi. C'est autant chez toi que chez moi, alors on peut tout à fait en parler et leur trouver la meilleure place. Une qui nous convienne à tous les deux.

— Sérieusement, Pru ! On va débattre de la place de chaque truc ?

— Mais ça va être trop sympa… Tu vas voir !

Paul avait regardé sa compagne, consterné.

— T'as pas la dalle ? Je vais aller chercher un truc à manger chez le traiteur chinois.

Aussitôt, il avait enfilé sa vieille paire de baskets pour détaler ; non sans oublier d'exfiltrer avec lui son téléphone portable, grâce auquel il pourrait rejoindre quelques copains. « Ses potes », comme il les appelait.

Prudence était si solaire, pourtant ! Un petit bout de femme sportive, dynamique, gracieuse et bienveillante. Il l'avait immédiatement cernée sur l'application de rencontres, et leur premier rendez-vous non virtuel avait confirmé son impression. D'abord, sa silhouette lui avait plu. Elle apparaissait menue, un mètre soixante, peut-être ? De larges bottes à talon tentaient de tromper sa taille réelle. Des cheveux blonds et lisses s'échappaient de part et d'autre d'un chapeau en velours bordeaux, et la couleur noisette de ses yeux malicieux était habilement mise en avant par une robe kaki tombant sur ses genoux, qu'il devinait sous un imperméable anthracite. Paul avait souri devant un tel panaché de couleurs ; conquis. Prudence avait l'excentricité suffisante pour ne pas céder à la monotonie du quotidien, et la force tranquille de ces femmes qui portent le monde sur leurs épaules sans jamais laisser paraître la moindre fatigue. Elle était son roc, son âme sœur, sa fortune et sa chance.

Cette conscience pleine, toutefois, n'empêchait pas le nouveau divorcé de freiner ses ardeurs dès lors qu'elle évoquait son désir de materner ! Ni de s'agacer des théories loufoques qu'elle ressassait. Il savait que c'était sa façon d'évacuer ses inquiétudes, mais son premier échec lui avait laissé des séquelles, et il rechignait à exposer l'adoration qu'il lui portait, par crainte qu'elle ne se présente au monde comme un aveu de faiblesse.

— Je trouve ça dingue, assena-t-elle au petit déjeuner, le médecin que j'ai vu lundi dernier et qui m'a reçue avec une heure de retard, m'a dit la même chose que le Dr Lamproi. Il a été prouvé par A + B que l'alcool engendrait des problèmes de conception, aussi bien chez l'homme que chez la femme. Du coup, je crois qu'il vaut mieux ne plus en toucher une goutte, tant qu'on n'arrive pas à faire ce bébé. On doit mettre le maximum de chances de notre côté.

En portant sa cuillère de céréales à la bouche, Paul leva un sourcil.

— On est en train de parler pinard au milieu de nos corn-flakes, là ?

— Ben quoi ? Je sais ce que tu penses. Nos parents ne se posaient pas de question, et il y avait moins de souci de stérilité... Je suis entièrement d'accord.

— Non, c'est pas le genre de truc auquel je pense à 7 heures du mat'. Absolument pas.

— Mais regarde... C'est pareil que les tests sur la toxoplasmose ou tous ces conseils qu'ils préconisent pour éviter les malformations. Ma mère n'a jamais pris d'acide folique et je m'en sors très bien quand même ! Elle, d'ailleurs, elle ne se privait pas pour boire le petit coup de rouge qui va bien tous les soirs, enceinte ou pas enceinte... elle s'en fichait. Bon... en même temps, c'est vrai aussi qu'avec la pollution et les saloperies qu'on ingurgite... Peut-être que c'est pas si étonnant de galérer à faire un enfant maintenant. Les produits étaient meilleurs à leur époque, les compositions étaient moins opaques... Bref. Tiens, tu sais que Jo a arrêté de manger de la viande ? Elle ne s'en porte pas plus mal. Elle est fatiguée, c'est vrai, mais qui ne le serait pas avec un nouveau-né ? J'ai hâte de voir nos têtes quand ce sera notre tour !

Souvent, Prudence comparait sa vie à celle d'autrefois ou, pour s'inscrire dans l'air du temps, à celle de ses amies. Parfois, c'était divertissant d'apprendre que l'une avait des relations sexuelles farfelues, ou l'autre des problèmes de gaz à cause de régimes absurdes. Mais, quand Paul était vraiment las, il éteignait son cerveau et ne se souvenait plus si c'était Charlotte qui se battait sans cesse avec sa belle-mère ou Joséphine qui s'emportait contre des élèves amorphes. Peut-être était-ce l'inverse ?

— Faut que tu te reposes pour être en forme dans les jours qui viennent, tu sais. Ça va être le moment, j'ai acheté de nouveaux tests. Dounia, au bureau, m'a dit qu'ils étaient vraiment efficaces. Elle a une cousine qui a même réussi à choisir le sexe de son bébé avec ! Tu te rends compte ? Elle rêvait d'un garçon parce qu'elle avait déjà deux filles, et pour y arriver, elle avait lu qu'il fallait s'envoyer en l'air le jour même de l'ovulation. Il paraît que les spermatozoïdes mâles sont moins résistants que les femelles, mais beaucoup plus rapides. C'est drôle, non ? Je trouve que ça en dit long sur la nature humaine, en tout cas ! Enfin... Elle a tenté le coup selon le jour de son cycle et ça a marché : elle a eu un beau p'tit gars. Quelle chance !

— Mmm, accorda Paul. Enfin, c'est surtout pathétique d'avoir une préférence, et de calculer en fonction du sexe. On s'en fout un peu de ce qui vient, non ?

Prudence haussa les épaules ; ce n'était pas la réponse qu'elle espérait.

— Oui, évidemment... mais c'était juste pour te dire que les tests d'ovulation ont l'air super efficaces.

6.

JOSÉPHINE

Charlotte et Prudence étaient la famille que Joséphine s'était choisie depuis le lycée. La première enseignait l'histoire dans un collège, jonglait avec son emploi du temps, ceux de ses deux enfants et d'Éric, son mari. Quant à Prudence, fiscaliste en entreprise, la magie d'une application l'avait poussée dans les bras de Paul, qui s'était remis en selle après un divorce houleux pour « différends irréductibles ».

— Tu parles d'un différend irréductible, avait-elle commenté lorsqu'elle avait parlé de lui à ses amies. Sa femme l'a quitté pour un autre !

Souvent, les réunions des trois amies d'enfance servaient d'exutoire pour accepter qui elles devenaient, et le monde tel qu'il se présentait ; pour les rendre plus patientes ou plus compréhensives selon les besoins de la saison. Ensemble, elles extrapolaient, surenchérissaient, comparaient selon leurs propres expériences et suggéraient des solutions plus ou moins pertinentes.

Joséphine appuya sur la touche directe attribuée au numéro de Charlotte dans ses favoris.

— Je te dérange ?

— Non, je reprends dans trente minutes. J'étais en train de m'énerver sur les dernières copies de mes élèves. Alors ? Comment va Raphy ?

— Il dort, le chameau. Les nuits sont compliquées, mais bon… j'espère que quand j'arrêterai l'allaitement, ça ira mieux. Et toi ?

— Ça roule… Gaby m'a scotchée ce matin. J'étais hystérique à cause d'un devoir qu'il a planté, et tu sais ce qu'il m'a balancé ? Comme si c'était lui le plus adulte de nous deux ? « Maman, pas la peine de me crier dessus… C'est pas ta voix, mais ton cœur que tu dois m'apprendre à écouter. » L'équivalent poétique et moderne de « Tu me soûles ». À onze ans, ça promet.

— Oh, je trouve ça trop mignon ! C'est du Éric tout craché !

— Du Éric des années 1990, tu veux dire. Ça fait un bail qu'il ne m'écrit plus de lettres enflammées…

Le combiné calé entre l'oreille et l'épaule pendant qu'elle vidait la poubelle débordante de couches, Joséphine se remémora les missives que les deux tourtereaux de lycée se faisaient passer par son intermédiaire. Elle sourit.

— Tu devrais être fière, Gaby est un ange.

— Ben, je te laisse me rappeler quand ton fils entrera dans la préado, hein ! Ça colle pas vraiment avec la définition du petit bonhomme avec les ailes et l'auréole. Enfin… On déjeune toujours ensemble demain ?

— Absolument ! Aucun risque que j'oublie ma seule bouffée d'oxygène de la semaine. Pendant que tu philosophais avec Gaby, chez moi, c'était pas la joie avec David. Tu le crois, ça ? Il va encore s'entraîner pour son fichu triathlon ! Comme si c'était le moment de s'inscrire à des challenges à la con ! Ça va pour lui... L'arrivée de Raph n'a pas changé grand-chose, alors que je me suis pris un TGV en pleine figure.

— Mais l'arrivée de Raph n'a RIEN changé pour lui, confirma Charlotte en rangeant ses affaires dans son sac. Tu lui mâches tout le travail...

— Moque-toi ! Je serais bien curieuse de savoir comment tu fais, avec Éric et les gosses ?

— Bah... j'abdique sur plein de trucs, sinon je ne m'en sors pas. Comment veux-tu que je fasse ? Tu connais Éric... Il ne manque pas de bonne volonté, mais faut rabâcher, sinon tout est fait de travers. Je te jure... Chaque lundi, faut que je prévoie le goûter à partager entre les copains de Gaby... Selon le jour, il y en a un qui fournit aux autres. Bref, pour Gaby, c'est le lundi. Le mardi, il a ses entraînements de foot ; faut penser à préparer son sac et le vider au retour, sinon les affaires macèrent. Le mercredi, il y a bibliothèque à l'école, et on doit rapporter le livre emprunté avant d'en choisir un autre. Livre que je passe évidemment ma soirée du mardi à chercher partout comme une folle dans l'appart, parce qu'il ne sait plus où il l'a mis. Enfin, le jeudi, Vicky a son cours de gym, à l'autre bout de l'arrondissement. Le planning est aimanté sur le frigo, il n'a pas bougé depuis le début de l'année. Il n'empêche que toutes les semaines, quand je demande un coup de main à Éric, j'ai droit à « Et la gym, c'est où déjà ? », ou encore « La bibliothèque pour Gaby, c'est bien mardi ? ». Non, la bibliothèque, c'est le mercredi, bordel ! Tu vois ce qui t'attend ? Ha ha ! Et mon « Ha ha » est ironique, crois-moi.

L'intervention de Charlotte, ponctuée par quelques onomatopées de Joséphine, finit par lui arracher une grimace.

— Aïe. Je suis pas sortie de l'auberge...

— Pardon... J'oubliais que t'avais plein de problèmes, poulette. T'en étais où ?

— Au triathlon.

— Ah oui ! Le triathlon ! Qu'est-ce que tu veux que je te dise ? C'est sa soupape de décompression, à ton David. Tant que t'as pas repris le boulot, t'as pas à objecter. T'es plus dans le jeu, ma grande.

Critiquer leurs maris respectifs était le sport collectif auquel s'adonnaient régulièrement à cœur joie les trois amies. Il leur restait quelques minutes pour en profiter, mais la conversation prit un virage chaotique quand le plombier brava l'interdiction de passer devant la chambre de Raphaël pour regagner l'entrée. Le parquet craqua ; le petit se réveilla et Joséphine raccrocha. C'était l'heure du repas, puis du tapis d'éveil. Puis celle du transat, qu'il fallait balancer du bout du pied. De nouveau celle du tapis, suivie de celle des pleurs. Les bras de maman et la sieste de début d'après-midi, avec une alarme enregistrée sur le téléphone pour que Joséphine, sujette aux insomnies nocturnes, ne s'endorme pas plus de vingt minutes.

Exceptionnellement, la routine s'annonçait perturbée par un rendez-vous pédiatrique. La nouvelle mère avait beau avoir présenté son enfant à plusieurs spécialistes, aucun ne correspondait à ses critères. Celui qu'elle consultait ce jour-là recevait sa patientèle dans un autre arrondissement, autant dire un autre pays, mais il lui était vivement conseillé par l'amie d'une amie. Il était « fa-bu-leux », selon ses dires. Piquée par la curiosité de rencontrer la merveille, Joséphine commanda un taxi, prit Raphaël en porte-bébé et partit pour cette virée exotique.

Chemin faisant, le front appuyé contre la vitre, le paysage de ses souvenirs défila comme les rues que le véhicule empruntait. La conversation avec Charlotte l'avait une fois de plus ramenée au temps de l'insouciance, lorsque les adolescentes faisaient de chaque aléa de leur vie un drame shakespearien. Il ne lui avait pas fallu plus de quelques mots. Depuis la naissance de Raphaël et la responsabilité qui lui incombait, ses voyages dans le passé et leur cortège de nostalgie aigre-douce lui revenaient par bribes avec d'autant plus de récurrence.

JOURNAL INTIME DE JOSÉPHINE DUARNET
2 JUIN 2004

« Le printemps, c'est joli pour se parler d'amour. » Tu parles ! Je ne pensais pas que Barbara me trahirait un jour. Le printemps est d'une laideur crasse.

Qu'est-ce je pouvais bien répondre pour ne pas perdre la face ? Bien sûr, Bat', t'as raison ! Vivons d'autres expériences fabuleuses... séparément ! Quelle excellente idée !

Putain. Je végète à la fac et je n'arrive pas à me concentrer sur mes révisions pour Sciences Po. Ça ne va pas m'aider. J'ai tellement mal. Chacha me dit que ça va passer ; super. Facile à dire pour elle. Elle continue de filer le parfait amour avec Éric.

Il faut que les candidatures spontanées que j'ai envoyées trouvent une réponse. Allez… Pitié… Au moins une. N'importe laquelle. J'en crève. Il faut que quelque chose de positif se passe dans ma vie. Que Batiste voie que je n'ai pas besoin de lui pour être heureuse. Si je rate Sciences Po, je fais quoi, moi, à la rentrée ? Où je vais ? Je ne peux pas rester chez mes parents. Maman va me rendre folle.

Je n'aurai jamais d'enfant.

Si c'est pour leur infliger une telle souffrance… Je n'en vois pas l'intérêt.

7.

JOSÉPHINE

Comme la plupart des salles d'attente des pédiatres, celle du Dr V. Monroi était bondée. De plus grands, la morve au nez, assis sur des mini-tables en plastique, gribouillaient sur des pages de livres arrachées avec des crayons aux mines cassées. Au mur, des autocollants de girafes roses, des éléphants verts et des singes violets.

— Il y a beaucoup de patients avant moi ? s'inquiéta Joséphine au bureau d'accueil.

— Trois, répondit aimablement la jeune secrétaire médicale.

En retour, la nouvelle venue esquissa une moue dépitée, et scruta la pièce à la recherche d'un coin pour camper. Elle finit par débusquer la dernière chaise vide, aux pieds bancals, et s'installa sommairement, sac à langer, sac à main et porte-bébé contre elle. Sa phase d'observation se poursuivit. Point commun à tous les cabinets pédiatriques ? Les secrétaires étaient toujours sympathiques. Plus que les docteurs. Elles se montraient compatissantes à défaut d'être toutes compétentes.

Quant au cliché qui voulait que chaque salle d'attente croule sous une multitude décourageante de parents et d'enfants, alors qu'ils n'avaient pas forcément rendez-vous avant elle… elle priait pour qu'il se vérifie.

« Faut croire qu'ils viennent exprès pour passer le temps, se moqua-t-elle intérieurement. Pour côtoyer d'autres adultes aussi désespérés qu'eux. »

Lorsque la porte du cabinet s'ouvrit, l'un des petits qui jouait gentiment se jeta par terre en hurlant. Le Dr Monroi sourit.

« Non ! Il ne sourit pas, réalisa Joséphine. Il se marre ! Sérieusement ! »

— Arthur, c'est à toi.

La maman du dénommé Arthur se leva, gênée. Elle attrapa sa crapule, qui devait avoir trois ou quatre ans, le suppliant de se mettre debout pour l'accompagner. En vain. Elle fut contrainte de le tirer par le pull, puis de le prendre dans les bras. Il se débattait comme un diable ; elle était rouge de honte.

— Allez, chéri… Tu sais qu'il faut y aller. Le docteur te donnera un petit cadeau si tu es sage… Et puis pense au Père Noël ! Il le voit, quand tu fais des caprices…

Ce n'était pas un caprice ; Arthur n'avait pas envie de subir un rappel de vaccin, et le comprendre était à la portée de tout l'auditoire. Pourtant, au premier abord, une grande douceur se dégageait du médecin et de sa quarantaine d'années, expertise en torture d'enfants mise à part. Joséphine se demanda à quel prénom correspondait le V. sur sa plaque, à l'entrée du cabinet. Vincent ? Victor ? Valentin Monroi ?

La porte se referma sur Arthur et sa mère. Au purgatoire, les autres parents se regardaient, petits sourires en coin, satisfaits que leur progéniture ne se comporte pas aussi mal mais inquiets que leur tour vienne dans les minutes à venir. Les patients miniatures, eux, s'étaient arrêtés pour observer la scène, à l'affût du moindre signal que leur camarade pourrait émettre. Allait-il les éclairer sur ce qui les attendait de l'autre côté du mur ? Puis, comme il semblait avoir disparu dans un gouffre spatio-temporel, ils l'oublièrent pour se recentrer sur leurs activités : dessin, lecture, visionnage de photos ou vidéos sur le téléphone de papa ou maman.

Raphaël se tenait bien. Alors qu'il gazouillait, Joséphine continuait de s'interroger : « Est-ce qu'il ressemblera à Arthur dans quelques années ? Braillera-t-il autant ? Quand on n'a pas d'enfant, on est toujours persuadé qu'on fera mieux que les autres parents. Mieux que nos propres parents, même. Et puis... »

Levant la tête pour partager le fond de sa pensée avec ses semblables, elle commenta d'un ton complice :

— On fait ce qu'on peut, hein !

Une mère battit des paupières et une autre esquissa un vague rictus avant d'empoigner son fils pour l'emmener aux toilettes. Joséphine n'insista pas.

Une quarantaine de minutes s'écoula. La porte s'ouvrit et se ferma à plusieurs reprises, offrant en spectacle un ballet de petits garçons et de petites filles plus terrorisés et hostiles les uns que les autres, quand enfin :

— Raphaël ?

Après quelques secondes d'hésitation, Joséphine se leva. Elle avait imaginé être appelée par son propre prénom avant de comprendre que ce n'était pas elle, la patiente ; et son premier échange avec le médecin la guida plus encore dans la confusion.

— Alors ? Comment ça va ? demanda-t-il lorsqu'elle s'assit en face de lui à son bureau.

— Euh… ça va, je crois… Je viens vous voir pour un contrôle… Je voulais vous rencontrer et prévoir le prochain vaccin. Je n'ai pas encore de pédiatre attitré. Enfin… Raphaël, je veux dire.

— Ce n'est pas un souci, dit le Dr Monroi en prenant quelques notes.

Pour meubler le silence, Joséphine ajouta :

— Il tousse un peu par moments.

Le spécialiste leva la tête pour observer la jeune mère. Ses petites lunettes rondes glissèrent sur son nez.

— Et ça vous inquiète ?

— Ben euh… non… enfin si, un peu quand même…

— Très bien. On va regarder ça. Quoi d'autre ?

« Voilà une excellente question ! », souleva Joséphine.

Le Dr V. Monroi la fixait toujours dans les yeux, sans redresser ses binocles, et elle se sentit déstabilisée, frappée par le détestable constat qu'il s'agissait de la première fois, seulement, que quelqu'un s'intéressait à ce qu'elle racontait depuis la naissance de son fils. Tout le monde était en extase devant Raphaël, mais elle avait tellement à dire, en marge de ses prouesses ! Tellement d'émotions qu'elle éprouvait et qu'elle ne reconnaissait pas. Elle n'était même pas certaine de trouver les mots justes pour qualifier ce qu'elle ressentait au creux de son ventre. Son ventre vide, depuis que son bébé en était sorti. Il y avait des angoisses, de la solitude, de l'incompréhension, de l'amertume... mais Monroi n'était pas psy, et elle se demanda si elle avait bien compris le sens de sa question.

« Quoi d'autre ? », avait-il demandé.

Elle craignait de ne pas répondre correctement, comme si elle passait le concours d'entrée d'une école prestigieuse. S'attendait-il à ce qu'elle lui parle de son nourrisson ou de ses états d'âme ?

— Ben... il ne fait pas ses nuits.

— D'accord.

Le médecin écrivit quelques mots que Joséphine essaya de déchiffrer en se penchant sur le bureau.

— Autre chose ?

Elle se redressa brusquement, et cette fois, interpréta l'insistance comme une brèche ouverte sur ses inquiétudes. Elle s'y engouffra.

— Il rejette le biberon... J'ai toujours peur qu'il ne mange pas assez.

Le professionnel posa le stylo. Il semblait compatir, mais le discours devait être rodé par la longue procession de parents.

— Un enfant ne se laissera jamais mourir de faim, vous savez. Quand ils sont malades, le plus gros risque est la déshydratation, mais pas la faim.

— Ah.

Non, Joséphine ne le savait pas, et elle engrangea l'information. Raphaël était l'enfant d'une primipare ; c'était un prototype. Elle se trouvait sur le banc d'essai pour devenir une bonne mère de famille.

Tranquillement, comme s'il n'avait personne à recevoir après, le Dr Monroi lui demanda de déshabiller

Raphaël sur sa table d'auscultation, et Joséphine apprécia la façon dont il l'examina. Il était délicat mais sûr de lui. Il avait l'air d'un homme bien dans son métier, bien dans sa vie, et elle l'enviait d'avoir trouvé sa voie.

— J'ai emmené Raphaël chez une ostéo un mois et demi après sa naissance pour vérifier que rien ne le gênait. Un torticolis ou je ne sais quoi d'autre...

Aussitôt l'anecdote divulguée, elle regretta son inutilité. Comme si le gentil pédiatre allait la féliciter de l'initiative, voire lui donner un bon point !

Pourtant, si personne n'avait encore souligné qu'elle était compétente en termes de maternité, le médecin, lui, n'avait pas l'air d'en douter. Il l'interrogea sur son accouchement ; elle en dévoila les détails avec autant de prolixité que de plaisir. Elle l'avait constaté avec Charlotte : toutes les mères se gonflaient de fierté dès qu'il s'agissait d'évoquer « le plus beau moment de leur vie » ! Des bébés étaient délivrés chaque jour dans les hôpitaux, mais cela restait leur fait d'armes, leur exploit. Joséphine ne pouvait même pas se plaindre d'en avoir souffert ; la péridurale l'avait soulagée. Quand son obstétricien lui avait demandé si elle voulait qu'on la lui pose, elle lui avait répondu du tac au tac :

— Quelle question ! Vous vous feriez arracher une dent sans anesthésie, vous ?

Après avoir pesé et mesuré Raphaël, puis distillé quelques judicieux conseils, le Dr V. Monroi escorta la novice jusqu'au seuil de la porte. Celle-ci n'avait aucune envie de partir, mais la salle d'attente était encore pleine de parents déboussolés. Joséphine jeta un coup d'œil à sa montre et comprit que le spécialiste lui avait accordé vingt-cinq grasses minutes pour s'occuper de son fils et d'elle.

— Ouah…, laissa-t-elle échapper. Il y a encore plus de monde que quand je suis arrivée.

— Oui. La plupart des médecins ne prennent plus de nouveaux patients, leurs agendas sont trop remplis. Moi, je n'arrive pas à me faire à l'idée de refuser des soins à quelqu'un. Ne serait-ce que vérifier qu'il n'y a pas d'otite dans une oreille entre deux rendez-vous… Ça ne mange pas de pain. Alors… voilà. Les gens savent qu'ils peuvent venir, mais il faut être prêt à attendre.

— Je le serai. Enfin… je le saurai. Merci, docteur.

Joséphine sortit rassérénée. Sur le chemin du retour, elle s'arrêta pour récupérer le costume de son mari et s'enorgueillit d'être une bonne mère doublée d'une bonne épouse. Peu importait que David ne s'en rende pas toujours compte.

Sa relation avec lui avait pâti de la naissance de leur enfant. Le directeur marketing était tombé amoureux de la journaliste, de son indépendance, de son caractère vif et pertinent. Tous les deux étaient des bourreaux de travail, et même en distanciel, ils partageaient leur respect pour les tourments de l'autre. Slalomant entre les réseaux et les décalages horaires, ils trouvaient toujours le fuseau pour échanger plusieurs heures au téléphone, d'égal à égal. Ils étaient inséparables, indestructibles. Jusqu'à Raphaël.

Joséphine n'avait jamais cru qu'ils appartiendraient un jour à la caste parentale dont les conversations ne tournaient qu'autour de la progéniture ; celle-là même qui emportait une poignée de « privilégiés » dans des avalanches de photos sur des groupes WhatsApp qu'il était indélicat de quitter. Progressivement, la balance du couple si grâcieux commença à pencher lorsque la nouvelle mère arrêta de travailler et que l'époux, seul, continua à porter leurs ambitions professionnelles. Ils n'en avaient jamais discuté comme si, indubitablement, c'était à elle de s'asseoir sur le banc de touche. Nourrie par l'incapacité à comprendre les pleurs de Raphaël qui lui transperçaient la moelle, son aigreur crût envers son mari. Elle se sentait bien plus dégourdie avec une caméra braquée sur elle que face à un nouveau-né apeuré, même si c'était la chair de sa chair ! Depuis son accouchement, Joséphine avait l'impression de traverser un long couloir sans pouvoir localiser l'issue la plus proche en cas d'incendie. Fallait-il qu'elle revienne sur ses pas ou qu'elle avance ? De quel côté courir pour se sauver ?

David n'avait de cesse de lui répéter à quel point il l'enviait, et cela l'exaspérait davantage encore. Dans ce couloir, alors qu'elle empoignait son mari pour s'accrocher à lui, il s'adressait à elle dans une langue qu'elle ne comprenait plus.

— Tu te rends compte de la chance que tu as ? Tu vois Raph changer, s'éveiller tous les jours. Tu ne rates rien de sa vie. C'est passionnant !

Pour ce qui était de ne rien rater, Joséphine n'en doutait pas. En revanche, le caractère « passionnant » la laissait perplexe. Elle tournait en rond toute la journée, comme à Sauvel Natal avec une poussette à poignées, à attendre que son fils ouvre un œil ou qu'il éternue. Son existence était placée entre parenthèses, pendue à la respiration d'une petite personne qu'elle ne connaissait pas encore bien.

8.

CHARLOTTE

Charlotte s'octroya quelques secondes pour contempler Victoire qui barbotait dans le bain, et se ressaisit lorsqu'elle aperçut l'heure sur la pendule au-dessus de la porte.

— Allez, mon amour... Je sais que tu t'éclates, mais faut que je te mette une couche, la crème pour ton eczéma, le pyjama... et puis tu vas prendre une dose de doliprane, non ? Ce serait chouette que tu ne réveilles pas tout le monde avec tes poussées dentaires pour une fois...

Regardant sa mère de ses grands yeux marron, la fillette de dix-huit mois claqua l'eau d'une menotte ferme, projetant des éclaboussures sur le sol, les murs et le pull de Charlotte. Celle-ci avança d'un pas pour s'emparer d'une serviette-éponge étendue sur le radiateur, puis s'arrêta net. Elle venait de tremper sa chaussette dans une flaque échappée de la baignoire.

Le « bal du 18-20 », comme elle l'appelait, battait son plein. Calée sur la hanche de sa mère, Victoire saisit une mèche de ses cheveux pour la tirer en souriant. La queue-de-cheval de Charlotte se transforma en couette sur le côté et sa fille éclata d'un rire rond.

« À ajouter sur la *to-do list*, pensa-t-elle : incendier Éric qui rentre de plus en plus tard. »

Vicky était née dix ans après Gabriel, de l'amour solide de Charlotte et Éric, bien que celui-ci ne souhaitât plus d'autre bébé.

— Le guêpier de la petite enfance ? Pouah ! Très peu pour moi, répétait-il alors qu'il retrouvait une liberté proportionnelle à l'autonomie de son fils.

À l'opposé de cette satisfaction proclamée, Charlotte, elle, rêvait d'avoir une fille et, sur le tard, son insistance avait eu raison d'Éric. Victoire était donc née pour assouvir l'épanouissement maternel ultime dans un foyer heureux ; même si entre deux couches sales ou deux nuits blanches, Éric avait reproché à demi-mot à son épouse ce nouveau petit être venu entraver leurs sorties sans biberon à donner, ni sieste à minuter.

Pour Charlotte, peu importait l'organisation draconienne. Loin de tout grief, elle était convaincue que cette naissance avait insufflé un nouvel élan à leur couple. Peut-être l'avait-elle même sauvé ! Seraitelle restée auprès d'Éric si leur progéniture ne l'avait pas poussée à se démener corps et âme pour protéger le joyau familial ? C'était monnaie courante dans ses conversations de quadragénaire ; combien d'amies avaient-elles avoué que si ce n'était pour les enfants, elles auraient quitté leur conjoint afin de retrouver leur indépendance chérie ? Pour ne plus jouer au Memory avec des chaussettes masculines dépareillées dans le panier à linge, ni racler les poils de barbe collés au lavabo de la salle de bains !

La sonnerie retentit, c'était un nouveau texto d'Éric.

Y a la queue à la pharmacie.
De quelle ordonnance tu parles ?

Charlotte soupira.

Celle que j'ai laissée dans la boîte à gants
de ta voiture, avec la carte Vitale et la mutuelle.

Ah, OK. Besoin de rien d'autre,
tant que j'y suis ?

Tu peux prendre de l'advil.
Ça marche mieux que le doliprane.

Glissant son téléphone dans la poche arrière de son jean, elle se ravisa pour ajouter :

Et de l'arnica. On n'en a plus depuis que
Gaby est tombé de la trottinette.

Bien, cheffe.

Cette fois, Charlotte coupa l'appareil. Éric avait tendance à l'appeler pour occuper son temps dans les transports, sans se soucier de savoir si elle n'était pas débordée au même moment. Il avait toutes les informations nécessaires et elle, elle se devait de « profiter » de ses enfants. Après tout, combien de parents avaient la chance d'être présents pour danser avec eux au bal du 18-20 ? Combien réussissaient à quitter le travail assez tôt pour faire plus que les embrasser brièvement avant le coucher ? C'était un luxe à savourer.

Dans la pénombre de la chambre rose, au creux du lit à barreaux, doudou Grougrouille et tétine attendaient Victoire.

— Bonne nuit, la compagnie !

Mister London l'ours, Fanfan l'éléphant ainsi que Pastor le castor, il fallait les toucher du bout des doigts un par un sur la tête. Charlotte avait lu que les rituels rassuraient les enfants, même si Victoire n'avait pas besoin d'être rassurée. Elle n'avait simplement aucune envie de dormir ! À peine la lumière éteinte, la fillette arracha d'un coup sec l'accroche-tétine de son pyjama et le jeta par terre, fâchée d'être abandonnée dans son lit-prison.

— Vicky, tu peux faire ce que tu veux, dit Charlotte en revenant sur ses pas. Maman n'a pas le temps pour les caprices. Maman est fatiguée et rêve de se servir un bon verre de vin avant que papa ne rentre, mais maman ne peut pas parce qu'elle a encore de la grammaire à réviser. Enfin, elle doit aider ton boulet de frère à réviser sa grammaire, puisqu'il n'a pas trouvé judicieux d'ouvrir plus tôt son agenda à la page des devoirs.

La tétine ramassée, elle l'accrocha de nouveau et tira sur le cordon pour vérifier que, cette fois, il était bien fixé.

— Bref... Je serais toi, ma petite, je garderais mon attache-tétine parce que je ne vais pas passer ma soirée à jouer à ça. Et franchement, si tu fais tout un drame pour une perte de tétine, qu'est-ce qui se passera quand tu repiqueras à la fac ? Ou quand tu rateras ton permis de conduire ? Tu connais le sens du verbe « relativiser » ?

Victoire regardait sa mère avec attention, comme si elle pouvait comprendre la leçon de vocabulaire.

— Re-la-ti-vi-ser, ma biche. Oh, tu peux te fier à mon expérience : il t'arrivera d'autres tuiles dans la vie que la perte de ta tétine. Je te souhaite que ce soit la pire, vraiment, mais j'en doute. Allez… maman t'aime, mon amour. Grand comme l'océan.

Victoire recommença à pleurer. Sa mère posa alors la main sur elle et entonna « Une chanson douce » d'Henri Salvador. Sous ses doigts, elle sentait le petit ventre dodu se gonfler puis se relâcher.

— Une chanson douce, que me chantait ma maman…

Moins d'une minute plus tard, la régularité du rythme respiratoire lui parut de bon augure.

— Le loup, on s'en fiche, contre lui nous serons deux.

Tout en fredonnant, sur la pointe des pieds dans ses chaussettes encore mouillées, elle quitta la pièce et laissa la porte entrebâillée, au cas où sa fille pleurerait dans son sommeil. À chaque enfant malade, c'était elle qui perdait ses propres défenses immunitaires. Quand Gabriel avait eu la grippe l'hiver précédent, alors qu'elle aurait voulu transfuser sa fièvre pour la subir à sa place, Éric, lui, avait eu pour réaction primitive :

— Bon sang… J'espère qu'il ne va pas me la refiler… J'ai une grosse réunion la semaine pro. Quelle poisse !

9.

JOSÉPHINE

Lorsque David rentra à l'appartement, Joséphine n'ignorait pas qu'un épineux sujet serait abordé ; l'échéance était trop proche pour être éludée. Depuis deux mois, ils étaient bombardés de publicités, le marketing s'y prenant toujours plus tôt pour assaillir les parents qui ne savaient plus s'ils devaient se réjouir ou appréhender l'événement. Un an auparavant, le couple Richard avait jeté les prospectus sans y jeter le moindre coup d'œil ; à présent, les nouveaux diplômés épluchaient chacun d'entre eux avec avidité.

Les catalogues de jouets.

Le premier Noël de Raphaël.

Hélas, sous l'épaisse masse d'ornements scintillants était tapi un contentieux commun à tous les novices, et un verre de vin à l'appui, David ouvrit le robinet à hostilités.

— Bon, Jo... Je réserve l'hôtel ? T'as fini de tergiverser ?

Bruyamment, Joséphine mélangea la salade qu'elle avait déjà mélangée à la sauce. C'était aussi inutile que de chercher ses mots pour répondre ! Même les plus délicats n'habilleraient pas correctement le fond de sa pensée pour qu'il la comprenne. Elle n'avait aucune raison de se plaindre : il n'exigeait pas de réveillonner en Angleterre avec Mary-Jane et Mary, même si la convenance sociétale imposait la présence de la famille lors des fêtes de fin d'année. David était subtil, il connaissait son épouse. Aussi avait-il suggéré un autre moyen de satisfaire les différentes femmes de sa vie, tout en servant son ambition personnelle. Joséphine trouvait l'idée sournoise, mais imparable.

S'échapper tous les deux en amoureux à la montagne. S'élever, respirer, se retrouver… et laisser Raphaël cinq jours à Mary-Jane. Cinq jours et six nuits.

— Je ne sais pas, dit-elle en se raclant la gorge. C'est son premier Noël quand même… Il est si petit.

— Mais on partirait du 17 au 22 décembre, c'est bien avant ! Tu ne veux rien organiser avec maman et Mary, parce que t'es trop fatiguée pour les recevoir. Je t'ai déjà répondu que c'était OK, même si c'est un coup dur pour elles. Tu sais combien elles aiment Raph… On peut donc laisser ma mère en profiter pendant qu'on se retrouve en tête à tête, puis on fait le 24 et le 25 tous les trois : toi, lui et moi. Franchement, c'est pas le bagne ! Elle est super gentille de nous le proposer.

« Oui, je devrais, en plus, la remercier alors qu'elle veut me voler mon bébé », pensa Joséphine.

— Je ne sais pas…, répéta-t-elle sottement. Il a un peu le nez qui coule. Tu imagines s'il tombe malade ?

Elle-même n'était pas convaincue par son piètre argument. Confier un nourrisson à une ancienne puéricultrice, même enrhumé, ne pouvait pas être une entrave à l'escapade parentale. Joséphine peinait à expliquer ses angoisses à David. Comment lui dire qu'elle craignait qu'en cinq jours, son fils l'oublie ? Qu'il lui en veuille ? Qu'ils aient un accident sur la route et le laissent orphelin ? Ou pire : qu'il préfère la parfaite Mary-Jane à elle, sa génitrice ?

— Je crois sincèrement que maman peut s'en sortir… et tu m'as dit que t'avais trouvé un super toubib. Elle l'appellera s'il y a le moindre pépin.

Joséphine ouvrit la bouche pour contester, mais rien ne lui vint.

— Tu peux lâcher le saladier et me répondre, Jo, steuplaît ?

Abandonnant à regret les spatules qui lui servaient de diversion, Joséphine exagéra une pose pour accompagner l'intérêt subitement porté au bien-être de son mari.

— Mais… ça ne va pas te poser de problème pour ton entraînement ? Tu en es où d'ailleurs ? Ça se passe comment ?

D'ordinaire, elle ne s'intéressait pas aux exploits sportifs de David. Ils étaient une contrainte plus qu'une réjouissance. Enfin, ils lui servaient de prétexte.

— Ça va, répondit-il, méfiant. Tu as pensé à acheter des patates douces ?

— Merde !

Elle cogna son front d'une main molle alors qu'il soupirait.

— Je savais que j'avais oublié un truc sur la liste des courses !

— Super, applaudit David, gagnant et abdiquant en même temps. Je vais réserver l'hôtel. Je ferai du ski de fond pour les muscles et le cardio. Et j'aurais ce qu'il faut à manger au buffet, vu que tu zappes tout en ce moment. J'espère au moins que tu savoures la chance que t'as d'avoir un mari qui gère.

Sa condescendance rendit Joséphine maussade. Elle ne pouvait s'empêcher de penser que David s'empressait d'organiser le séjour pour son propre confort personnel plus que pour chérir son couple en berne. Elle l'avait lu dans les e-mails adressés à sa sœur : la course à pied, le cyclisme ou la natation étaient bien plus motivants sous une météo clémente, en altitude, au soleil, que par trois degrés sous la grisaille de la capitale.

***

Le lendemain, le jour se leva sur l'inexorable rituel. Raphaël avait réveillé sa mère à deux reprises. M. et Mme Richard avaient partagé la cuisine sans évoquer le sujet tabou. David parti, Joséphine, déca en main, alluma l'ordinateur portable du salon.

Salut Sis',

J'ai booké le séjour au ski. Si c'est bon pour toi, tu peux venir à Paris le 17 chez maman pour l'aider avec Raph. Jo et moi partirons jusqu'au 22, et on organisera Noël ensemble le lendemain de notre retour... le 23, donc. Ça va ? Pas trop compliqué à suivre ? Désolé de ne pas te proposer la traditionnelle fiesta le 24 ou le 25 mais tu connais

Jo, elle n'a aucun esprit de famille, et elle est suffisamment difficile à vivre en ce moment pour en rajouter une couche.

Je marche sur un fil avec elle. Fut un temps où elle comprenait ce que c'était d'avoir du taf à gaver. Maintenant qu'elle est à la maison, elle m'aboie dessus sans cesse, comme si je faisais exprès de rentrer tard. Idem *les week-ends... Il faut que je lui demande l'autorisation d'aller m'entraîner, alors que c'est mon seul break. Et encore... Je n'exige même pas un « merci » pour la résa des vacances ! À croire que ça l'emmerde de partir dans un cinq-étoiles.*

Bref. Raph est drôle, je t'envoie une vidéo en pièce jointe. Il arrive à se retourner sur le ventre tout seul. Il paraît qu'il est déjà super tonique pour son âge. Il a de qui tenir ! Ça sera un grand gaillard, mon fils.

La bise,

David

PS : Ne te méprends pas, je ne cherche pas à me dérober ou un truc dans le genre. Le sport est une question d'hygiène. J'approche de la quarantaine et j'ai besoin de m'entretenir. Je suis sûr que tu sais de quoi je parle, vieille sœur !

Ciao frangin,

Oui, je vais bien ! Merci de t'en soucier, surtout !

OK pour les billets, je les prends. Ça te permettra de te dédouaner vis-à-vis de maman, puisque je resterai avec elle le soir du réveillon, le 24. Ça ne sera pas pareil que de le passer avec son fils et son petit-fils, mais au moins, elle ne sera pas complètement abandonnée par ses deux enfants.

Et puis on offrira les cadeaux à Raph un jour plus tôt... Ça va être chou !

En parlant de cadeaux, j'imagine que c'est encore à moi de réfléchir à celui pour mum ? Je pensais à un collier fantaisie... Il y a une petite boutique pas loin de chez moi, un créateur cent pour cent anglais. J'irai jeter un œil.

Explique à Jo que tu as besoin de ton sport, David. Elle n'est pas idiote, elle peut le comprendre. Mais fais quand même un effort pour ne pas rentrer trop tard. Tu as une femme et un petit qui t'attendent à la maison... Moi je n'ai rien de tout ça et crois-moi, c'est précieux.

Quant à ta crise de la quarantaine... Ha, ha. Tu verras, ça passera ! Basculer dans une autre décennie ne change pas grand-chose, même si j'ai aperçu quelques cheveux gris sur la dernière photo que tu m'as envoyée, non ? Ça me fait bien rire !

Enfin, je m'interroge en même temps que je t'écris... Est-ce que ça a redistribué les cartes pour moi de passer le cap ?

Voyons...

J'ai arrêté de remercier le coiffeur quand il massacre ma coupe. C'est déjà pas mal. Je n'osais jamais rien dire et maintenant, je comprends que je ressemble de plus en plus à maman. Tu sais comme elle peut nous faire honte, parfois, en donnant son avis ? Surtout quand il est désobligeant ? Eh bien, voilà... je fais pareil ! « Ça vous plaît, madame ? — Ben non, je ne vous avais pas demandé de couper si court... »

Ça ne change rien, mais ça soulage ! C'est elle qui a raison en fait... Il faut parler. C'est aussi valable dans ta vie privée. Communique avec ta femme, bordel !

Je te laisse, j'ai des billets à réserver.
Bise, frangin

L'échange arracha à Joséphine l'un de ses soupirs matinaux.

Depuis quand David orchestrait-il cette sauterie du 23 décembre ? Et quand comptait-il lui en parler ? Pourquoi n'avait-elle pas eu vent que Mary débarquerait à la rescousse pour garder Raphaël aux côtés de MJ ? Elle n'aimait pas ce qui se tramait.

« Il joue les grands seigneurs, rumina-t-elle en se préparant, mais c'est pour mieux bousiller le premier Noël de Raph avec un réveillon un jour à l'avance ! Comme ça, le 24, il ne nous restera que les miettes ! »

D'ordinaire, Joséphine se servait de ses lectures secrètes pour désamorcer les conflits, ou améliorer le confort de son quotidien. Quelques semaines plus tôt, alors que son mari complotait pour s'éclipser un week-end avec des copains, elle avait pris les devants. Jaillissant dans le couloir, elle s'était écriée :

— Surprise, chéri ! J'ai réservé une baby-sitter dans deux semaines, le samedi ! Figure-toi que je nous ai dégotté les deux derniers billets pour l'opéra... Un miracle ! Ça va être génial d'y aller en amoureux !

David n'avait pas eu le temps d'évoquer ses projets qui tombaient à l'eau sans qu'il ne puisse reprocher à sa femme de les avoir faits capoter intentionnellement.

Hélas, pour Joséphine, cette fois, force était de constater qu'elle était coincée. Pire : ses manigances se retournaient contre elle. Elle voulait téléphoner à son mari pour l'agonir d'injures, mais cela l'obligeait à sortir du bois, et il n'en était pas question.

Ainsi fut trouvé le thème du déjeuner organisé avec Prudence et Charlotte. Entraînant son fils dans l'ascenseur, Joséphine se demandait comment l'aborder avec ses deux complices sans avouer son forfait. Il lui fallait élaborer un scénario dans lequel elle reconnaissait avoir intercepté l'information par erreur.

« Faute avouée à moitié pardonnée ? Ça compte, si la faute est à moitié avouée ? »

Au prorata, pouvait-elle être un quart pardonnée ? Sa version édulcorée s'appuierait sur une mise en scène larmoyante, et un verbe qui protégeait de toute agressivité celui ou celle qui le jetait en pâture aux oreilles féminines.

COMMUNIQUER.

Joséphine craignait que David et elle ne « communiquent » plus comme avant. Voilà l'entrée en matière fracassante qu'elle choisit une fois installée au restaurant, les embrassades et risettes pour Raphaël passées.

Charlotte et Prudence se postèrent à l'affût, sixième sens aiguisé. Un homme viril était un homme qui demandait à communiquer. Plus qu'un mot, c'était un sésame qui offrait un accès direct à leur affection. Un baume cicatrisant sur la plaie d'une dispute. Un pare-feu, une immunité. Et si David ne se pliait pas au jeu, il ne s'en tirerait pas impunément !

Joséphine aborda donc l'épineuse emprise familiale qui lui donnait tant d'urticaire, acceptant d'en nuancer la dramaturgie. Sa belle-mère et sa belle-sœur n'étaient pas des monstres ; elles étaient des femmes ! Pourtant, il lui était difficile de lutter contre son aversion à leur égard, aussi irrationnelle fût-elle.

— Oui, c'est irrationnel, dit-elle alors que la commande des trois salades périgourdines venait d'être passée. C'est irrationnel de penser qu'elles me retirent une part de l'affection de David, que je mérite plus et elles, moins. C'est irrationnel, mais c'est ce que je ressens.

— David t'a fait un enfant, soutint Prudence. Il n'y a pas de plus belle preuve d'amour ! Ne pars pas en croisade, c'est stérile.

Pour noyer son angoisse, Joséphine but les paroles de son amie en sirotant son eau gazeuse. Elle crispa les doigts sur son verre lorsqu'elle entendit le son de cloche de Charlotte.

— Oui, ne lui demande surtout pas de choisir entre elles et toi. Déjà qu'il en est réduit à trouver des subterfuges débiles... Tu ne ferais pas le poids : tu restes une pièce rapportée, quoi qu'il arrive.

— Euh... je préfère l'expression « valeur ajoutée » à « pièce rapportée »...

— Appelle ça comme tu veux, c'est du pareil au même. Elles étaient là avant, et elles seront là après ; s'il y a un après, ce que je ne vous souhaite évidemment pas ! Même s'il se comportait comme le pire des salauds... Même s'il trucidait quelqu'un... Elles l'aideraient à enterrer le corps. C'est ça, la famille.

Joséphine ricana nerveusement.

— Sans blague ! Moi, je détalerais vite fait avec Raph, des fois que ça lui donne envie de récidiver...

Puis, plus sérieuse, elle s'adressa de nouveau à Prudence :

— Mais la famille, c'est aussi celle que l'on se construit, non ? David s'attend à quoi ? À ce que je laisse mon bébé pour jouer la pom-pom girl à la montagne ? Et qu'au retour, je me plie en quatre pour préparer un super repas de Noël-avant-Noël pour les deux harpies ? Faut pas se leurrer : MJ n'a que ça à faire, mais c'est à moi de la recevoir, même avec un petit dans les pattes ! Tout lui est dû... De son piédestal, elle juge, commente, critique, et lui, il dit amen à tout. Quoi que je fasse, ça ne suffira jamais pour la grande déesse qui l'a mis au monde.

— Elle est puéricultrice, Jo... C'est normal que pour son fils, sa parole vaille de l'or, justifia doucement son amie d'enfance.

— Là où tu n'as pas de bol, c'est qu'elle ne s'est jamais recasée, argumenta Charlotte. Si elle avait trouvé un autre homme, après la mort du père de Dav', c'est sûr que t'aurais eu la paix.

Joséphine leva un sourcil cynique avant de répondre, hargneuse :

— Oh, mais elle l'a trouvé... C'est le hic, justement. Parce que l'homme de sa vie, c'est le mien aussi. SON fils. MON mari.

Prudence et Charlotte éclatèrent d'un même rire, mais elle soupira.

— La société est mal foutue. Je me retrouve à être la vilaine de l'histoire parce que je traîne les pieds pour partir en vacances avec mon homme, mais ça en dit long sur le déséquilibre d'un couple après un bébé... Là, je suis certaine que David se prend pour un grand seigneur avec son escapade. « T'inquiète, darling, je vais nous sauver. » Tu parles ! Et ce qui se passe dans la vie privée, ça vaut aussi pour le boulot. Tout fout le camp. Pourquoi suis-je la seule à voir mes ambitions faner, hein ? Si je reprends le rythme, je culpabiliserai à mort parce que j'aurai l'impression d'abandonner Raph. Alors que Dav', quand il se barre au taf, non seulement il ne culpabilise pas, mais en plus, il s'en félicite ! Sous prétexte qu'il apporte sa contribution financière au foyer... Il ne voit que l'aspect vénal. C'est dingue. Chacha... par pitié... balance ton secret sur l'amour éternel... Moi, je n'y comprends plus rien !

Charlotte sourit.

— Lâche du lest. Franchement... Côté pro, je sais que c'est dur d'apprendre à jongler, mais y a pas le choix, tu t'y feras. On passe toutes par là. Quant à votre petite virée en amoureux... Peu importe la raison qui pousse David à t'emmener, non ? Prends ce qu'il y a à prendre ! Un jour, tu verras, tu seras heureuse d'appeler ta belle-mère à la rescousse parce que t'auras envie de jeter tes gosses par la fenêtre. T'as beau les aimer plus que tout au monde, c'est quand même un enfer au quotidien.

— T'as poussé le vice à en faire deux... Si c'était à ce point un calvaire, fallait s'arrêter après le premier, ma vieille.

— Bah... que t'en aies un ou dix, c'est pareil. C'est l'insouciance qui se fait la malle. Alors... foutu pour foutu... j'assume. L'envie de materner me démangeait. Mais bonjour la gestion quand les enfants grandissent ! La fatigue des premiers mois, c'est une partie de plaisir, Jo, par rapport à ce qui t'attend.

Joséphine répondit par une moue dubitative. Non pas parce qu'elle projetait d'avoir d'autres enfants, ni parce que son amie lui laissait entrevoir une vie d'esclave. Ce qui la chiffonnait, elle, c'était d'imaginer un jour se réjouir de savoir Mary-Jane Richard à deux rues de chez elle.

— Si c'est juste une question d'organisation, relativisa Prudence, un bon tableau Excel et hop… ça roule !

— Toi, t'as jamais entendu parler de la charge mentale ?

Le débat se poursuivait et Joséphine en avala une bouchée proustienne tout en dégustant sa salade. Il lui rappelait les thèmes « marronniers » qu'elle rechignait à couvrir en tant que journaliste : le prix des fournitures à la rentrée scolaire, la qualité des chocolats de Pâques, les régimes avant l'été. Au fur et à mesure, elle s'enfonça dans son fauteuil.

— Merde, ça craint. Chacha, t'es encore plus effrayante que ma belle-mère.

— Oh, mais je te l'ai dit… T'en es qu'au début ! Je t'ai pas encore parlé de la culpabilité ! Attends d'avoir repris le boulot… T'auras l'impression de tout bâcler. Que ce soit le dernier dossier au taf pour pouvoir rentrer plus tôt ou le devoir parental parce que le « plus tôt », de toute façon, sera quand même « trop tard »… T'auras loupé le coche avec ton gosse, qui sera au lit depuis belle lurette sans avoir fait ses devoirs, et ton boss te demandera des comptes sur ta *to-do list* inachevée dès le lendemain matin. Tu vois, j'ai encore plein de conseils trop sympas à te donner ! Je pourrais écrire un bouquin : *Comment perdre sur tous les tableaux avec classe quand on a des enfants*.

Prudence éclata de rire tandis que Joséphine fit mine de se réjouir ironiquement de la leçon, qu'elle promit de réclamer au prochain déjeuner. Heureusement, la parenthèse lui avait permis de poser ses valises. Bon nombre de congénères étaient passés par là avant elle, elle n'était pas un cas isolé. Enfin, à l'heure de se séparer, Charlotte et Prudence la sermonnèrent sur un dernier point. Un point qui ne supportait aucune contestation, elles ne transigeraient pas.

— Ne fouine plus JAMAIS dans la boîte mail de David ! C'est vraiment mal !

Leur meilleure amie promit d'obéir, en croisant les doigts derrière son dos.

***

Ses états d'âme oscillaient selon la versatilité de Raphaël, et comme n'importe quel appareil à batterie, Joséphine chargeait son énergie dès que possible en prévision de son exploitation par l'adorable tyran. Chaque geste du quotidien relevait d'un défi : aller aux toilettes, boire un café, passer un coup de fil... Charlotte avait beau lui expliquer que tout enfant était unique, Joséphine imaginait qu'une part d'elle-même coulait dans les veines de Raphaël ; il possédait donc un certain talent pour la perversité ! Un jour, cela lui pendait au nez, il vendrait la mèche à son père, elle en était certaine, sur son espionnage matinal. Et quelle décrépitude, quand elle y pensait ! Cet esprit retors avait autrefois fait d'elle une brillante journaliste. Lorsqu'elle était sur le terrain, elle flairait les bons coups comme un chien enragé. Si elle tombait sur un os, rien ne pouvait la faire lâcher prise, et elle mordait à l'endroit le plus douloureux, quand la garde baissait. La garde des attachés de presse, des politiciens et de n'importe quelle personnalité qu'elle partait interviewer.

Batterie et ventre pleins, au sortir du restaurant, Joséphine n'eut pas envie de rentrer dans sa prison dorée. Le porte-bébé harnaché, elle déambula au hasard des rues ; une lubie qui ne lui arrivait jamais. Non pas qu'elle n'aimât pas flâner, la citadine qu'elle était appréciait le spectacle offert par les dédales de la capitale, mais elle flânait à dessein, dans des boutiques prises pour cibles dans lesquelles elle débusquait des articles inutiles qui paraissaient, sur l'instant, indispensables. Autrement, elle marchait vite pour aller d'un point A à un point B, et éviter qu'un touriste ne se risque à lui demander son chemin.

Joséphine ne croyait en aucune force mystique. Pourtant, le hasard l'attira vers un petit magasin d'accessoires et de décoration. Comme il y avait quelques bijoux fantaisie en vitrine, elle entra pour jeter un coup d'œil. Elle voulait marquer des points auprès de son mari, lui montrer qu'elle pouvait s'appliquer à être gentille… et choisit un collier en guise de cadeau de Noël pour sa belle-mère alors qu'elle savait Mary prête à en offrir un.

Satisfaite de son achat, et de son espièglerie, elle sortit tête en l'air sans se soucier de sa direction, bousculant un passant qui arrivait à sa rencontre. Penauds, les deux étourdis bredouillèrent en même temps des formules de politesse, avant de se retrouver de nouveau secoués violemment, mais cette fois, par la collision verbale.

Pour Joséphine, tout bascula. Un « coup de théâtre », commenta-t-elle plus tard au téléphone avec Prudence. « Un coup du destin, un coup monté, un coup de grâce. » Sa verve s'en trouva amoindrie. Elle battit des paupières pour s'assurer que ses yeux ne la trompaient pas, mais ils lui offrirent la même vision à chaque clignement. Une trappe temporelle s'ouvrit sous ses pieds. Un courant électrique la traversa. Son corps tressaillit. Sa tête ne pouvait pas y croire.

10.

JOSÉPHINE

Batiste Martin se tenait sur le trottoir, les yeux plantés dans les siens. Elle l'aurait reconnu entre mille.

Batiste Martin, aussi étonné qu'elle, et aussi beau qu'avant.

Batiste Martin.

Depuis combien d'années n'avait-elle pas prononcé son nom ?

Batiste Martin. Batiste Martin.

Il fallait qu'elle rembobine. Dix-huit années qu'elle n'avait plus posé les yeux sur lui.

L'obsession de sa jeunesse, dès l'âge de quinze ans. Barbara, qu'elle écoutait en boucle, lui chantait « les morsures d'un amour fou ». Elles avaient laissé des traces ! Les deux adolescents étaient épris l'un de l'autre jusqu'à ce qu'ils croient devenir adultes. Tout leur paraissait grave et sérieux. Chaque réaction était vécue dans l'excès : les rires, les disputes, les réconciliations. Ils s'étaient épuisés alors qu'ils n'étaient qu'à l'aube de l'existence.

L'histoire n'avait rien d'original. Batiste Martin et Joséphine Duarnet s'étaient enlacés, lassés, déchirés. Chacun avait suivi son chemin, guéri de son côté. Aussi, à cet instant de leur évolution, les balbutiements et sourires sur le trottoir crasseux furent-ils sincères et tendres. Ils les réveillaient de la torpeur d'un après-midi d'automne, et d'un grand nombre d'années éloignées l'un de l'autre.

— Joséphine Duarnet, dit Batiste, la stupéfaction encore lisible sur son visage d'ange vieilli. Incroyable... Tu n'as pas changé !

Personne ne l'appelait plus par son nom de jeune fille, et elle gloussa.

— Tu n'as pas changé.

Une banalité autant qu'un mensonge, mais que dire d'autre ?

— Toi non plus, tu n'as pas changé !

— Mais... Qu'est-ce que tu fais là ?

La question encore plus bête la fit éclater d'un rire franc, et il se joignit à elle.

— On croirait vraiment deux andouilles, non ?

— Mais des andouilles joyeuses, précisa Batiste, avant d'insister : Alors ?

— Ben, je fais des courses...

— Et c'est ton petit, là ?

— Qui ça ? Non ! Enfin, oui..., bégaya-t-elle comme si elle découvrait l'existence de Raphaël, engoncé dans le porte-bébé.

Batiste sourit et elle avança d'un pas pour qu'il aperçoive quelques bribes de peau de son fils.

— Il a quatre mois.

— C'est super...

Elle se demanda si c'était ironique, et balaya l'air d'un geste qui indiquait l'insignifiance de la conversation. Elle avait mis au monde un enfant, et après ?

— Oui.

Ils parlèrent de nouveau en même temps.

— Qu'est-ce que tu deviens ?

Cette fois, ils se turent ensemble, et l'instant fut charmant, magnifié par l'ancienne intimité et l'euphorie des retrouvailles. Batiste se désigna du doigt, pour indiquer qu'il allait reprendre la parole.

— Je travaille dans la restauration. Je suis chef dans un petit resto du XVe. Tu es la bienvenue quand tu veux...

— Ouah ! C'est génial..., s'exclama Joséphine avec plus d'enthousiasme que lorsqu'elle avait évoqué sa progéniture. Bravo ! J'espère que tu t'éclates ! Ça doit être tellement enrichissant...

— Oui, mais tu sais, c'est vraiment un petit resto, et je ne suis pas proprio. Il n'y a aucune prétention à avoir. Mais toi ? Raconte ! Tu as réalisé ton rêve ? Tu es devenue grand reporter ?

La jeune femme se racla la gorge. Les émotions se bousculaient. Elle était flattée qu'il s'en souvienne, fière de sa réussite et... honteuse d'avoir abandonné sa vocation. Impossible de le lui avouer, ni de ne pas se recoiffer discrètement ! Elle emprunta alors un ton énigmatique en balançant ses cheveux sur un côté.

— Oui...

Elle n'avait rien à ajouter, incertaine que parler d'elle captive le charismatique Batiste Martin. Elle préférait lui prouver qu'elle non plus n'avait rien oublié de ses aspirations adolescentes.

— Mais parle-moi d'abord de toi... Ton tour du monde ?

— Aaaah... le tour du monde... Il faut croire qu'il n'est pas si grand que ça, le monde, pour qu'on se retrouve sur ce trottoir, non ?

Batiste dévoila des dents blanches aussi éclatantes qu'à l'époque. Elle adorait quand il souriait en ouvrant grand la bouche. Quelques rides se dessinaient désormais à la commissure de ses lèvres, mais cela ne faisait que sublimer celui qu'il était devenu, et Joséphine se laissa hypnotiser.

— J'ai vadrouillé plusieurs mois à droite, à gauche, et je me barre dès que je peux. Cuba, en l'occurrence... très bientôt. J'ai fait un bon bout de l'Amérique latine, une partie de l'Asie... Et je commence à mettre de côté pour un trip en Australie et en Nouvelle-Zélande.

— Oh, super ! Je t'imagine tellement bien... baroudant sans cesse, une femme dans chaque port !

C'était lourd, comme allusion, mais Joséphine n'avait pas trouvé mieux. Batiste botta en touche.

— Bof. Disons que je profite de ma liberté. Enfin... là je vais prendre mon service, mais donne-moi ton numéro... C'est trop dingue qu'on se soit retrouvés pour se séparer comme ça ! J'attends tous les détails !

Il prononça ces mots en la saisissant par le bras et Joséphine, agrippée par son passé, s'en trouva chamboulée. Elle hésita. N'était-elle pas une honnête femme mariée ?

Elle hésita, mais un court instant seulement. Comment résister ? Il fallait que Batiste la revoie sous son meilleur jour, sans la régurgitation de Raphaël sur les épaules. Et puis… ça n'engageait à rien, elle ne croyait pas aux retrouvailles passionnées des amours adolescentes, quelle que soit la bande-annonce. N'étaient-elles pas irrémédiablement abîmées par le temps ? Il n'y avait rien de romantique à déterrer les erreurs de jeunesse.

Lentement, elle dicta son numéro. Après l'avoir enregistré, Batiste appuya sur la touche d'appel de son téléphone. La sonnerie retentit et sur l'écran de Joséphine s'afficha à son tour la combinaison qui lui permettrait dorénavant de faire un bond dans le temps, à chaque fois qu'elle le souhaiterait. Elle se demanda si c'était un stratagème pour vérifier qu'elle n'avait pas donné des chiffres erronés ; elle aima l'idée.

— Bon… On se tient au courant pour organiser un truc, hein ?

— Oui, dit-elle encore étourdie.

— Ça me fait tellement plaisir de te voir, Jo… On se dit à bientôt, pour de vrai.

Se penchant sur elle, le beau Batiste posa une bise sur sa joue. Une seule. Puis chacun reprit sa route. La curiosité ne manqua pas, mais l'ancienne amoureuse n'osa pas se retourner pour savoir si le presque quadragénaire l'avait regardée marcher de dos. S'était-il demandé si ses fesses étaient toujours celles qu'il avait connues ?

Son « à bientôt » en poche, elle attendit d'être sûre de ne plus être à portée de vue pour se ruer sur son portable, qu'elle avait gardé en main. Elle ne tenait plus.

Les filles, vous ne devinerez jamais sur qui je viens de tomber dans la rue ! C'est incroyable. Un fantôme…

Charlotte répondit dans la seconde sur le groupe WhatsApp :

Un fantôme ?... Batiste Martin ???

Joséphine n'eut pas le temps de confirmer, la sonnerie d'appel retentit. C'était Prudence, qui préférait débriefer de vive voix.

11.

PRUDENCE

Prudence raccrocha, le sourire aux lèvres. Le soir venu, l'excitation de son amie restait communicative. Elle partagea les moindres détails avec Paul tout au long du dîner, replongeant dans ses souvenirs de lycéenne, soulignant, surlignant, alignant les planètes pour estimer l'infime probabilité de cette rencontre, extrapolant et scénarisant son impact. Elle parlait à son conjoint comme elle réfléchissait à haute voix. Un mari n'était-il pas un meilleur ami ? C'était ce qui avait fait le succès du couple de Charlotte et Éric. Il pouvait faire le sien !

Hélas, Paul n'était pas Éric.

Et Paul n'avait pas traîné ses guêtres avec eux à l'époque des boums et des paroles de chanson recopiées sur les cahiers de texte.

À bout de patience, il tempéra :

— C'est bon, Pru. Tu t'emballes parce que ta copine a retrouvé son petit copain d'enfance, *so what* ? Elle est mariée et a un gosse. C'est marrant, d'accord, mais je ne vois pas ce que ça change dans sa vie !

— Ça ne change rien, mais ça pourrait bousculer David ! Faudrait peut-être lui voler dans les plumes à celui-là, pour qu'il regarde de nouveau sa femme ! Ça me fait penser qu'on en a discuté avec les collègues aujourd'hui, tiens... C'est dingue, toutes... on a l'impression de faire plus d'efforts que vous pour entretenir la flamme. Vous avez l'instinct de conquête, mais une fois le territoire acquis, basta... y a plus personne ! Ça fait pas rêver...

Paul haussa un sourcil cynique en se glissant dans le lit.

— Eh ben, ça papote au bureau, à ce que je vois ! Vous avez l'air débordées.

— Super, le tact. Merci, j'apprécie.

Prudence prit la mouche alors que Paul cherchait la télécommande de la télévision dans le tiroir de sa table de chevet, en vain. Il jeta un regard vers l'autre côté du lit, où il la localisa près de sa conjointe. L'espace d'une seconde, il fut tenté de la réclamer mais se ravisa ; Prudence voulait débattre.

— Tu vois bien le problème dans le cas de Jo et David quand même, insista-t-elle. Il la prend pour la baby-sitter de Raph. Il organise ses entraînements parce qu'il en a besoin, paraît-il. Le pauvre chéri est « sanguin », et s'il n'a pas sa dose de sport, il explose.

Prudence avait prononcé l'adjectif en mimant des guillemets virtuels et poursuivit avec véhémence :

— Qu'est-ce que ça m'énerve ! Trop de mecs se cachent derrière ça... « Je suis sanguin. » « Désolé, je t'ai traité de grosse vache, mais c'est parce que je suis *sanguin* ! » Comme s'il suffisait de demander pardon pour qu'on oublie que vous vous êtes comportés comme des cons ! Les hommes qui cognent sur les femmes aussi sont sanguins et présentent leurs excuses minables une fois qu'ils les ont envoyées à l'hosto. On n'est pas des animaux, on peut quand même contrôler ce qu'on dit ou ce qu'on fait, non ? Et être un minimum attentif à l'autre...

— Ce n'est pas le sujet, Pru, contesta Paul en se frottant les yeux. Quand David a deux heures de libre, il file au sport, alors que Jo préférera se peinturlurer les ongles avec l'un de ses quinze mille vernis. Après, elle ne bougera plus d'un millimètre parce que ça met des plombes à sécher, et restera donc pendue au téléphone avec l'une d'entre vous. Elle aussi a du temps, mais on l'utilise différemment, c'est tout.

Vexée par procuration, Prudence ne répondit rien, et attrapa d'un mouvement brusque la télécommande convoitée sur la table de son côté. Elle rumina quelques minutes, puis accepta de poser la tête sur le torse de son compagnon lorsqu'il leva le bras pour lui en offrir l'espace.

— Ça y est ? T'as fini de bouder ?

Elle hésita devant cette ultime réflexion machiste.

12.

JOSÉPHINE

Aussitôt rentrée, Joséphine fila dans les sous-sols de son immeuble à la recherche d'un carton bien précis, celui de ses anciennes affaires. Elle aurait dû s'en débarrasser depuis longtemps, David se plaignait de l'encombrement dans la cave exiguë. Elle s'était entêtée car lui-même ne se gênait pas pour y entreposer ses différents vélos de course, de route et équipements de kitesurf ! Le bras de fer pour grignoter quelques centimètres carrés du cagibi était devenu un jeu entre eux. Raphaël posé dans le cosy devant la vieille porte en bois, elle enjamba quelques boîtes à outils, des sacs remplis de câbles et matériels électroniques dépassés ainsi qu'une large caisse de vaisselle et un appareil à raclette pour déloger de son recoin l'emballage de ses souvenirs.

Le scotch qui les avait scellés les avait aussi bien préservés que sa propre mémoire, et Joséphine les retrouva intacts à leur délivrance. D'année en année, elle put suivre son évolution physique à travers toutes ses photos de classe, mais aussi la croissance de sa maturité dans les échanges épistolaires entretenus avec Charlotte et Prudence pendant leurs vacances. Enfin tous ses journaux intimes reflétaient les préoccupations d'une adolescente des années 2000, avec leur éventail de thèmes abordés plus ou moins gravement selon leur degré d'égocentrisme. En ouvrant l'un d'eux au hasard, un bracelet brésilien inséré en guise de marque-page s'en échappa. Elle lut :

Cadeau de Batiste ! Porte-bonheur ou fil à la patte ? Ha, ha ! Je balaie la seconde option, pressée par l'extase. Je refuserai toujours le rôle de Chimène. « Et dans ce grand bonheur, je crains un grand revers. » Ce n'est pas moi. Ce n'est pas nous. Le meilleur est à venir !

Joséphine sourit en effleurant du bout de l'index l'écriture fine et arrondie de sa jeunesse. Elle regarda la date : 16 mai 2002. Bien sûr, l'amour tenait le rôle principal de toutes les pages de sa vie, et elle se réjouit du bain de jouvence dans lequel elle comptait plonger à leur relecture. Glissant pêle-mêle ses vestiges dans le carton, elle le poussa du pied jusqu'à l'ascenseur, cosy en main, pour remonter dans son appartement. À peine eut-elle le temps de le dissimuler au bas de sa penderie ; David rentrait à son tour. Quitter le bureau avant 20 heures était un exploit dont il fallait le féliciter pour l'encourager à réitérer ! Appliquait-il les conseils de sa sœur ? En d'autres temps, Joséphine l'aurait soumis à un interrogatoire mais cette fois, elle se précipita pour lui sauter au cou.

Dans la perspective de faire plaisir et d'en être récompensée, elle montra en préambule l'achat destiné à Mary-Jane.

— Ah, c'est cool, commenta David.

Douche froide.

— Bon… ben… c'est cool… que ce soit cool, alors.

La mauvaise repartie obtint un accueil plus grossier encore. Accoudé au bar de la cuisine américaine, David n'avait d'yeux que pour son téléphone. Joséphine se planta devant lui et le dévisagea.

« Il y en a qui sont morts comme ça », pensa-t-elle ironiquement.

Elle entreprit de briser son engourdissement émotionnel en captant autrement son attention.

— Il m'est arrivé une histoire folle aujourd'hui, chéri. Tu ne devineras jamais sur qui je suis tombée !

— Je t'écoute, répondit David les yeux rivés sur son écran.

— Batiste !

À dessein, Joséphine avait lâché le prénom sans l'enrober de précisions. Même si les deux hommes ne s'étaient jamais rencontrés, David connaissait les antécédents amoureux de sa femme ; il n'ignorait pas qui était au menu de leur discussion. Enfin, il leva les yeux vers elle.

— Le Batiste de ton adolescence ?

— De ma fin d'adolescence, oui, acquiesça-t-elle pour lui conférer plus de maturité. Je l'ai croisé en sortant de la boutique où j'ai trouvé le cadeau pour ta mère.

« Petit tacle bien placé au passage », releva-t-elle intérieurement, amusée.

S'il éprouvait un soupçon de jalousie, il en voudrait à la peau de vache de l'avoir poussée sur son chemin.

— Effectivement, concéda-t-il, c'est marrant.

Marrant. Et cool ! Voilà les commentaires que l'épouse récoltait. Depuis quand sa conversation était-elle devenue si insipide ? Elle attendit que David l'interroge, en vain.

— Il n'a pas bougé, insista-t-elle. Toujours aussi beau.

— Tant mieux pour lui.

Le ton lui parut méprisant ; c'était au moins ça ! Elle aurait préféré qu'il s'énerve, quitte à gâcher la soirée, plutôt qu'il n'éprouve rien. Et puis, c'était la vérité. Batiste Martin était toujours ce grand blond aux yeux bleus, fin et naturellement élégant. Le parfait cliché du prince charmant ! Il était aussi ce que David n'était pas, même si le mari de Joséphine était sensuel dans son genre. En plus petit, plus trapu, plus brun, plus ténébreux.

L'épouse, vexée, crevait d'envie de dire à son partenaire de vie qu'elle comptait revoir son « ex » ; qu'il bourlinguait à travers le monde ; qu'il s'était mué en oiseau de nuit gravitant dans le prestigieux domaine de la haute gastronomie. Qu'il cuisinait, lui, au moins ! Mais elle se sentit humiliée. Et si elle enjolivait trop, David ne manquerait pas de railler les retrouvailles avortées. Il était hors de question qu'elle envoie le premier message !

Pourtant, elle ne se demandait pas si Batiste comptait la contacter. Elle se demandait quand il le ferait. Combien de temps laisserait-il infuser l'émoi ? À plusieurs reprises, elle vérifia que son portable était bien connecté au réseau. D'ordinaire, c'était avec David qu'elle communiquait, et elle lui envoyait sans cesse des messages futiles, des questions ou remarques qui auraient pu attendre d'être partagées à l'appartement entre le fromage et le dessert.

« C'est bon, le plombier est passé. »

« Est-ce qu'on essaie de faire le point sur les vacances, la semaine prochaine ? »

« Je viens d'avoir un message de Chacha... C'était à mourir de rire, je te raconterai ! »

Les prétendues urgences de l'instant n'attendaient plus les retrouvailles du soir. Pire : elles soulignaient le silence qui régnait autour d'une table de cuisine sur laquelle étaient posés des plats de conversations réchauffés. C'était pratique, mais elles empêchaient de se languir de l'autre. Il n'y avait plus de place pour l'absence et ses bienfaits.

Aussi l'excitation de Joséphine atteignit-elle un paroxysme qu'elle n'avait plus connu depuis longtemps lorsque, enfin, son téléphone afficha des lignes venues d'un autre homme que son mari.

13.

PRUDENCE

— Faudrait sortir de ta coquille de temps en temps, Paul. Le monde bouge. Arrête avec tes expressions à la con : « tu boudes », « tu glousses »... Je suis encore jeune, et je n'ai pas envie de regretter mes meilleures années. Hors de question de me mettre un fil à la patte si ce n'est pas pour m'attacher au prince charmant. Je veux bien faire un effort, arrêter de me stresser et te soûler avec cette histoire d'enfant, parce que j'ai conscience que ça pèse entre nous, mais va aussi falloir que tu y mettes du tien ! Franchement, tu es trop convaincu que j'ai plus besoin de toi que toi, de moi. C'est faux. Je n'ai pas peur de refaire ma vie si tu ne t'impliques pas davantage. On a pitié des célibataires mais c'est débile, parce que le divorce s'est banalisé ces dernières années, ça n'a plus rien de tabou, t'en es la preuve ! Je ne comprends pas pourquoi, quand on a passé le quart de siècle, il faudrait se ranger à tout prix. Ce bébé, je pourrais aussi bien le faire sans toi.

Prudence regardait Paul d'un air de défiance. Il ne savait pas s'il devait la prendre au sérieux. Parfois, il en plaisantait avec elle et il n'arrivait pas toujours à interpréter ses intonations.

— Tu me tends des pièges, lui disait-il. Tu me tends des pièges pour trouver un prétexte pour m'engueuler !

Cette fois, il réfléchit avant de répondre :

— Voyons... Pourquoi faudrait-il se ranger à tout prix ? Peut-être parce qu'il a été prouvé depuis des décennies que les femmes et les hommes n'étaient pas faits pour vivre seuls ?

— Il a surtout été prouvé depuis des décennies que les hommes et les femmes n'étaient pas faits pour vivre ensemble, tu veux dire ! On ne veut jamais la même chose. En tout cas, jamais au même moment.

Paul sourit. Comme il aimait cette femme ! Après son divorce, il craignait de ne plus ressentir ces frissons d'émerveillement à la découverte d'une autre. Très vite pourtant, il avait succombé au charme de Prudence, à son humour et à son intelligence. À son goût prononcé pour la poésie, à sa subtilité et sa perspicacité. En à peine quelques mois, dans sa garçonnière, elle avait disposé des photos de leur couple encadrées çà et là, au cas où il serait pris d'amnésie. Elle avait glissé dans chacun de ses tiroirs de minuscules sachets de lavande, pour que ses t-shirts distillent une odeur printanière dès lors qu'il les déplierait pour s'en vêtir. Elle pensait aussi à lui envoyer un message à chaque fois qu'elle allait faire des courses.

Besoin de rien ? écrivait-elle.

Si. D'elle, bien sûr.

Rapidement, son studio était devenu trop étroit pour ces petites attentions et ce grand amour. Rapidement, Paul s'était surpris à lui proposer de vivre ensemble.

A posteriori, il s'agissait d'une question pratique, bien sûr. Ils n'auraient plus à traverser la ville avec leur nécessaire de toilette dans un sac à dos bringuebalé d'un appartement à l'autre.

Pourtant, au-delà de la logistique, sans vouloir l'admettre, le romantisme l'emportait, et il était prêt à tout pour cette femme. Elle avait même réussi à susciter en lui l'envie insoupçonnée de concevoir un bébé, car il voulait toujours plus de Prudence.

Plus de caresses, plus de complicité, plus de chair.

14.

JOSÉPHINE

Ma Jo, tu es toujours aussi éblouissante ! Dis, si tu ne pars pas couvrir une guerre, une manif ou un autre événement que toi seule saurais mettre en lumière, on se boit un café ? Je prends le service à 18 heures.

Ainsi, elle était toujours « sa » Jo.

Et Batiste tentait de l'amadouer en lui envoyant des bouquets de compliments doucereux.

Prête à fanfaronner, dans le salon aux lampes éteintes, Joséphine leva la tête vers son mari. Le téléphone qu'il tenait en main projetait une lumière qui reflétait son écran sur la baie vitrée de la pièce, et elle devina les publications d'Instagram qu'il faisait défiler. Sans doute s'en souciait-il plus que de l'expéditeur du message qu'avait reçu son épouse.

— Quand on parle du loup, dit-elle d'un ton qu'elle voulait plein de mystère.

David n'écoutait pas.

Accepter l'invitation parut donc la plus adéquate des représailles. Bien sûr ! Buvons un café ! Pourquoi pas ? C'était à elle de fixer la date. Elle pouvait choisir n'importe laquelle, ce n'était pas comme si elle enchaînait les réunions. Mais ça, il n'était pas question de le préciser. Il fallait qu'elle passe pour quelqu'un d'important à la vie trépidante. Aussi proposa-t-elle un créneau quatre jours plus tard. Quatre jours, c'était un bon délai. Suffisant pour se préparer et faire un shampoing, pour que ses cheveux se placent le mieux possible. Elle retrouverait alors celle qu'elle était avant : la fougueuse journaliste d'investigation ! Elle mènerait l'échange, s'ils n'avaient plus à rien à se dire. Plusieurs fois, elle avait tapé le nom de Batiste Martin sur Google, mais il n'était mentionné nulle part. Alors qu'elle... Joséphine Richard... Elle avait des centaines de références. Elle était quelqu'un, avant. Elle avait un rang à tenir.

La journaliste comptait également sur ce challenge pour faire une introspection salutaire. Retrouver l'ancienne version d'elle-même lui permettrait peut-être de savoir qui était la nouvelle ? Elle pourrait plaire à David. Qui sait ? Elle était prête à justifier toute malveillante préméditation pour ne pas laisser filer cet interstice de griserie. Ainsi, elle échafauda son plan : Batiste ne serait plus mentionné jusqu'au soir qui suivrait le rendez-vous.

« Tiens... au fait... tu sais qui j'ai revu ? Ah bon ? Je ne t'avais pas dit qu'il m'avait envoyé un message ? »

Voilà ce qu'elle jetterait à son mari !

David ne serait pas fâché. Il avait confiance en elle, et ils s'étaient toujours laissé une liberté absolue. Mais...

elle était au moins certaine de l'agacer en le mettant devant le fait accompli. Et ça, ce serait bien fait.

15.

CHARLOTTE

Les journées filaient vite. Charlotte adorait son métier d'enseignante. Au contact des élèves, elle se sentait utile. Même ceux en difficulté incarnaient un challenge personnel. Elle rabâchait avec toujours autant de conviction ce qu'elle-même avait appris sur le tas :

— L'important n'est pas de réussir « dans » la vie, mais de réussir « sa » vie ! Tu t'en sortiras.

Elle se battait pour qu'aucun ne baisse les bras et, souvent, elle s'en trouvait récompensée. Combien d'anciens revenaient pour la remercier ? Si elle seule avait pu choisir, elle aurait apporté ses compétences dans un établissement en zone plus difficile. Elle avait les épaules et les mots justes pour s'épanouir et compter dans l'existence de chacun. Or, les déplacements de son mari et la routine du quotidien avec les enfants l'avaient propulsée dans un collège convenable du centre de la ville, et elle savait s'en satisfaire. En définitive, peu importait le cadre. Partout, il fallait capter l'attention, susciter la curiosité de son auditoire et la nourrir assez pour instruire, sans gaver à satiété. Il ne fallait pas écœurer. Il s'agissait d'aiguiser l'appétit pour que chacun cultive l'envie d'apprendre.

Le devoir accompli, elle recommençait chez elle, avec Gabriel et Victoire.

Les vacances ? Régulièrement, les personnes qu'elle rencontrait clamaient : « Quelle chance ! Tu as tellement de semaines par an ! »

Tellement de semaines, oui. Au moins autant que ses enfants ! Et elle se demandait s'il n'était pas plus reposant d'aller travailler que de rester à la maison avec eux. Avec l'expérience, la distance émotionnelle face à une classe entière était plus facile à gérer.

En fin d'après-midi, comme à son habitude, Charlotte avait récupéré Gabriel à l'école puis Victoire à la crèche. De retour à l'appartement, pour faire patienter sa petite qui pleurnichait, elle lui avait donné à mastiquer un morceau de pain que Vicky avait mâché et recraché partout, incrustant des boulettes de mie empreintes de salive entre les lattes du parquet. Éric n'avait pas manqué de râler, dès la porte franchie, accusant sa femme de ne pas avoir harnaché Victoire dans sa chaise haute.

— Tu ne pouvais pas faire attention ? Elle en a mis partout !

— Ta fille ne se serait pas laissé immobiliser sans hurler.

Le ton était donné, mais Charlotte n'en démordait pas : elle s'était offert une précieuse accalmie grâce à ce quignon mouillé, même si elle la payait désormais en suivant pas à pas les traces du Petit Poucet pour les effacer avec une pelle, une balayette et une lingette nettoyante.

— Il y a une expo à la cité des Sciences sur les dinosaures le week-end prochain, lança-t-elle au débotté après avoir fini sa besogne. Je suis sûre que ça plairait à Gaby. Sinon, on pourrait retourner à l'aquarium du Trocadéro. Ça fait longtemps, et il nous reste des chèques-vacances valables pour l'entrée.

— Je sais pas… Y a mes parents qui doivent passer voir les enfants.

Charlotte pensa instantanément à Joséphine, et à ses rapports houleux avec sa belle-famille.

— On est obligés ?

— Ne commence pas avec ça, la rabroua Éric. Tu passes trop de temps avec Jo. S'ils ne viennent pas voir les gosses, il n'y a aucune raison que les tiens les aient davantage. On devrait faire cinquante-cinquante pour les grands-parents.

— Oui, un peu comme pour le quotidien, me semble-t-il. Les parents aussi devraient faire du cinquante-cinquante. Mais je ne me rappelle pas que tu aies géré le moindre réveil nocturne de Vicky. Ni que tu lui aies coupé les ongles des pieds ou des mains récemment, tiens. Et d'ailleurs, tant qu'on y est, l'arnica que tu as achetée… Pourquoi tu l'as prise en crème ? On en a déjà dans le placard à pharmacie. C'étaient les granules qu'il nous fallait. Gaby a avalé les dernières après être tombé de la trottinette la semaine dernière, tu le sais très bien.

Dans la cuisine, Éric essayait de changer les piles de l'une des voitures télécommandées de son fils. La vis de protection avait rouillé ; il posa le couteau avec lequel il tentait de l'ôter et chercha dans un tiroir un tournevis cruciforme plus adapté.

— Non... Je ne savais pas « très bien » qu'il fallait des granules d'arnica et pas de la crème, râla-t-il, le nez dans ses outils de bricolage. Comment veux-tu que je sache ce qu'il faut acheter si tu ne le précises pas ?

— C'est bien ce que j'essaie de t'expliquer ! C'est toujours à moi de tout savoir ! À moi de penser à tout. Des chaussures de foot aux brosses à dents pourries... Même le tube de dentifrice, d'ailleurs, tu ne remarques pas quand il arrive au bout !

— Ça, c'est pas vrai. Le dentifrice, je t'ai dit justement qu'il fallait en racheter il y a trois jours.

— À 22 heures dans le lit, Éric ! Super ! Donc toi, tu te couches en ayant l'impression de t'être acquitté de ton job, et c'est ma faute si je l'oublie au prochain plein de courses ? Tu te fous de moi ? Tu ne crois pas que ça serait plus facile si tu anticipais ? Ou encore mieux, mais sans être trop compliqué : si tu l'ajoutais à la liste aimantée sur le réfrigérateur ? Tu sais, celui que tu ouvres tous les matins pour sortir la confiture que j'achète exclusivement pour TON petit déjeuner ? Et je ne te parle même pas de prendre l'initiative d'aller l'acheter tout seul... Parce que ça, ce serait utopique !

Brusquement, Charlotte arrêta d'aboyer. Elle se redressa et jeta l'éponge.

— Merde. De quoi on parlait avant ?

Éric maugréa.

— D'arnica.

— Ah oui. L'arnica. Donc, pour en revenir aux enfants, puisque je dois tout gérer, ça me donne plus de droits que toi.

— Pardon ? J'espère que tu plaisantes, là ?

Cette fois, les propos lui avaient échappé, et Charlotte s'en voulut. Éric claqua le tiroir d'énervement avant de quitter la pièce, plantant le jouet autant que son épouse. Elle resta un temps immobile, près du réfrigérateur sur lequel était effrontément aimantée la liste des « courses de la discorde », puis finit par éteindre la lumière et rejoindre à son tour la salle de bains. Elle y passa ses nerfs sur le dentifrice récalcitrant, raclant les derniers milligrammes de pâte coincés au bout du tube. Elle détestait ça. Il faudrait vraiment en racheter.

Le silence enroba les frottements des deux brosses à dents qui s'activèrent côte à côte. Ce silence que Charlotte appréciait d'ordinaire, celui qui habillait l'intimité du couple qui s'aimait sans se forcer, sans meubler d'une conversation insipide le repos du soir, une fois les enfants couchés. L'épouse savait que le lendemain, ils agiraient comme si rien ne s'était passé. Éric n'était pas rancunier, mais il imposerait sa mère sans compromis. Elle devrait donc anticiper et prévoir un goûter. Une ligne de plus sur sa *to-do list*.

16.

JOSÉPHINE

Ma chère sœur,

Es-tu en train de m'expliquer que ta coupe de cheveux est ratée, avant qu'on se revoie ? Ça veut peut-être dire que tu t'es arrangée ? Ha, ha !

T'as juste jamais choisi le bon coiffeur, ma vieille, comme tu n'as jamais choisi le bon mec, c'est tout. Ça viendra.

Dav'

Vraiment très drôle, David.

« Ça viendra », tu parles ! Expression aussi inutile que « T'inquiète pas ». Et à mettre dans le même sac que « Tu le sauras quand tu le rencontreras ».

Ça me rend dingue ! Moi, je n'ai jamais su. Ou alors, je ne l'ai jamais rencontré.

Sérieusement... Aimer, ça s'apprend pas ?

Je veux bien croire qu'il faut éviter de s'amouracher des bad boys *qu'on voit dans les films... Ceux qui nous étalent leur testostérone sous le nez... Ceux-là ne font ni de bons pères ni de bons maris, et pas forcément de bons amants non plus, d'ailleurs !*

Je veux bien croire que le mystère et l'excitation se délitent inéluctablement, mais... tu penses que maman savait ? Quand elle a rencontré papa, tu penses qu'elle savait qu'elle passerait sa vie avec lui ?

Mary,

Ce que tu peux être naïve ! Et le Père Noël, alors ? Il existe ? D'abord, papa est mort jeune, je te le rappelle ; maman n'a pas eu longtemps à se poser la question. Ensuite, j'imagine qu'elle VOULAIT *passer sa vie avec lui, mais c'est pas pareil ! On rêve tous que les premiers émois perdurent, mais on se lasse. On change, aussi. On n'est pas toujours en phase avec l'autre. Crois-moi, la réalité est beaucoup moins reluisante qu'elle n'y paraît.*

Si tu veux voir à quoi ça ressemble, t'as qu'à passer jouer la baby-sitter ici. À entendre Jo, c'est le bagne ! Et pourtant... elle n'a pas grand-chose à faire. À quatre mois, un bébé, ça dort (même si Raph ne fait pas encore ses nuits, je te l'accorde). Quelques rendez-vous à prendre chez le toubib, préparer les repas (des biberons, ça va !), cinq couches dans la journée et basta. Le reste du temps, elle fait ce qu'elle veut et je ne l'emmerde pas. J'en viens à me demander si c'est avec elle que j'ai envie de partir en vacances. Pour une fois que je peux prendre des jours off... si c'est pour les passer à l'entendre râler... je ne sais pas.

Je t'ai dit que j'ai renforcé ma prépa avec d'autres triathlètes le samedi et le dimanche matin ? Ça fait du bien de discuter avec des adultes qui ne parlent pas de leurs gosses en permanence. On partage d'autres choses, d'autres projets. Et ne me dis pas que c'est un truc de mec ! Il y a quelques filles dans le groupe. Preuve qu'elles ne sont pas toutes obsédées par la maternité.

Enfin... Jo a acheté un collier à maman pour Noël. Tu peux trouver un plan B ? Elle va croire que tu le fais exprès, si tu en offres un aussi. Ou elle m'engueulera parce qu'elle pensera que je ne t'ai pas fait la commission.

Merci.

Bise

Dav',

Avec qui partirais-tu en vacances, autre que ta femme ? Franchement ! Ne me réponds pas ta sœur ou ta mère, par pitié ! Quant à tes potes... Tu as passé l'âge, non ? On ne va pas relancer le débat sur la crise de la quarantaine... Ça suffit !

Comme je te l'ai déjà écrit, en vieillissant, je parle sans filtre et ça fait un bien fou. Mais... je n'explose pas une famille par égoïsme ou pour un challenge sportif débile. Arrête de ruminer, David. Ce n'est pas à moi que tu devrais te confier, mais à ta femme. Je comprends que ça t'énerve d'être relégué au second plan depuis la naissance de Raph, mais vous allez retrouver votre équilibre.

Rappelle-toi qui vous étiez. Rappelle-toi combien tu as adoré Jo et combien elle te le rendait. Vous traversez une crise, OK, mais n'envoie pas tout valser sur un coup de tête. Le séjour à la montagne va vous faire du bien, tu verras.

Je t'embrasse.

PS : d'accord pour le collier. Je change d'idée.

Déca en main, la lecture de Joséphine la laissait perplexe. Contre toute attente, Mary la chipie pouvait-elle se révéler sa meilleure alliée ?

Elle secoua la tête et fit tournoyer sa tasse.

Le frère et la sœur se parlaient à cœur ouvert et entre leurs lignes, Joséphine ne reconnaissait pas plus sa rivale que son mari. Qui était cet homme qui se plaignait d'elle ? Ce qu'elle retenait, c'était son ingratitude à l'encontre de ce qu'elle accomplissait au quotidien. À le lire, lui seul trimait pour la famille. Quelle image renvoyait-elle ?

Dans sa réponse, Mary soulevait un point plus affligeant encore. Avec qui partirait-il en vacances, autre que son épouse, demandait-elle. Pourquoi prenait-elle la remarque de David au pied de la lettre ? Elle n'avait rien de sérieux, et Mary sous-entendait qu'il était prêt à tout foutre en l'air.

« Hors sujet, la frangine. »

David se montrait grincheux mais il n'y avait rien d'insurmontable. La situation s'améliorerait après son triathlon.

Joséphine souffla sur sa tasse.

« Cela dit... »

Elle eut presque envie de remercier sa belle-sœur pour ses conseils, car elle ne les aurait pas mieux formulés elle-même. Elle envoya alors un message à Charlotte, au sixième sens toujours aiguisé.

Les hommes ! Si on pouvait échanger nos vies quelques jours, juste pour qu'ils comprennent ce qu'on gère pour eux, pour leur faciliter l'existence... Ça aiderait tellement !

Quelques jours ? Tu rigoles ! Quelques heures suffiraient, crois-moi.

17.

PRUDENCE

L'expérience du quotidien, Prudence l'apprenait sur le tas.

— La paire de chaussettes qui traîne au pied du lit depuis deux jours… elle est propre ou sale ?

Au petit matin, devant son bol de céréales, Paul haussa un sourcil ; c'était l'une des sempiternelles questions-pièges de sa conjointe.

— Je l'ai mise une matinée avant-hier, justifia-t-il mollement, mais j'en ai changé pour aller au sport après. Donc elle n'est pas vraiment sale, mais elle n'est pas toute propre non plus.

Le désengagement n'eut pas l'effet escompté ; Prudence l'interpréta comme une forme de mépris.

— Donc tu reconnais que ça fait deux jours qu'elle traîne, et tu as l'intention de la laisser là encore longtemps ?

— Jusqu'à ce que je refasse du sport, pour la porter une autre demi-journée, oui.

— Tu te fous de moi ?

Paul se racla la gorge, la voix encore enrouée par le sommeil.

— C'est quoi, cette agression au saut du lit ? On est en train de se prendre la tête pour une paire de chaussettes ? Tu veux peut-être qu'on disserte aussi sur les portes de la penderie que tu laisses tout le temps ouvertes ? Quand tu prends ta veste… Tu les fermes jamais, et j'en fais pas une maladie !

Il avait accompagné sa diatribe de mimes, et Prudence le fusilla du regard tandis qu'il reprenait son petit déjeuner.

— Tu parles de celle dans laquelle JE range tes chemises ? C'est ça ? Parce que lorsque je les accroche sur les cintres aux poignées de porte, justement, ça ne t'effleure pas l'esprit de les ranger à l'intérieur ! OK, je comprends.

Elle s'empara de ses clés et enfila ses baskets.

— C'est ça… Pars ! la blâma Paul, et ne te presse pas pour rentrer, surtout… Ça m'évitera de me prendre les pieds dans ton sac à main, vu que tu le laisses systématiquement traîner par terre dans l'entrée !

18.

JOSEPHINE

Raphaël toussait. Le premier rhume de sa vie ! Une sage-femme, à la maternité, avait expliqué à Joséphine comment nettoyer son minuscule nez avec le sérum physiologique, mais elle craignait de lui faire mal, et de mal faire.

« Les prodiges de la langue française. Lui faire mal, et mal faire », releva-t-elle en marchant dans la rue, son fils contre elle. Suivant leur ordre, les mots ne prenaient pas le même sens, mais ils convergeaient dans son cerveau nébuleux. Elle avait besoin d'être rassurée, et un cabinet pédiatrique était le lieu idéal pour pallier sa confiance en berne. Aussi y fila-t-elle comme le Dr Monroi le lui avait suggéré en cas de besoin.

La salle d'attente était pleine à craquer, mais Joséphine se sentit rassurée de ne plus être seule. De surcroît, elle bénéficiait d'un passe-droit puisqu'elle n'avait pas rendez-vous ; une sorte de VIP médicale ! L'assistante lui demanda si elle avait nettoyé le nez de son petit malade.

— Euh… bien sûr, garantit-elle.

— Correctement ? Est-ce que vous savez faire ? On vous a montré, à la clinique ?

— Ben… c'est que…

Elle n'osait pas l'avouer sous peine de paraître empotée mais ses tentatives s'étaient révélées infructueuses. Rien. Pas la moindre trace de morve n'était sortie.

Son interlocutrice la regarda en souriant, bienveillante mais pas dupe. Elle devait en avoir vu d'autres.

— Vous voulez qu'on le fasse ensemble ?

— Oui, ce serait super ! répondit la jeune mère aussi enthousiaste que si elle lui avait proposé d'aller dans un spa.

Quel réconfort de confier ses responsabilités à quelqu'un !

Jusqu'à ce qu'elle comprenne comment libérer le nez de Raphaël.

D'abord, la gentille assistante l'allongea. D'une main ferme, elle pressa sa tête pour l'immobiliser de profil et vider de l'autre, d'un coup sec, le contenu d'une dose de sérum à l'intérieur de la minuscule narine supérieure. Narine qu'elle boucha aussitôt avec son gros index, dès qu'elle en eut retiré l'embout en plastique. Le liquide s'écoula alors par la narine inférieure, évacuant avec lui un amas de grumeaux jaunâtres. Forte de son résultat, elle tourna la tête de Raphaël, sonné par ce qui lui arrivait, et procéda de la même façon, profil inversé.

— Il faut bien veiller à ce que ça sorte par la narine du bas, madame, vous voyez… N'hésitez pas à plaquer votre petit avec votre bras et à reproduire le geste plusieurs fois de suite pour que tout s'évacue bien. Ne vous inquiétez pas s'il y a un léger saignement, ça arrive.

Raphaël hurla et Joséphine fut horrifiée. Elle voulait l'arracher des griffes de ce monstre. Pourtant, la besogne terminée, son fils s'apaisa presque aussitôt, soulagé de respirer sans gêne. Ça n'avait pris qu'une ou deux minutes et, enfin, son petit nez était dégagé.

— Merci..., balbutia Joséphine, sidérée par le tour de magie.

— Je vous en prie. Vous devrez le faire chez vous, mais revenez si vous avez besoin que je vous montre la technique une nouvelle fois.

Joséphine retourna s'asseoir, Raphaël dans les bras. Il commençait à s'endormir d'émotion lorsque la porte du Dr V. Monroi s'ouvrit. Ce dernier lui fit un signe de tête et la mère se leva, fière mais consciente que l'absence de rendez-vous officiel impliquait d'être la plus concise possible.

— Alors..., dit Monroi. Qu'est-ce qui se passe ?

— Raphaël avait le nez bouché il y a un instant, mais votre secrétaire le lui a lavé... Il est très pris depuis hier.

— Il a de la fièvre ?

— Non, je ne crois pas...

— On va regarder ses oreilles et ses bronches.

Le docteur manipula l'enfant et Joséphine le regarda faire, béate. Ici, son fils ne risquait rien. Elle pouvait se reposer sur le Dr V. Monroi, il maîtrisait la situation.

— Tout va bien, conclut-il. Il a une oreille un peu rouge à surveiller, mais rien de méchant, ce n'est pas une grosse otite. On ne va pas le mettre sous antibio pour autant. Il y a autre chose ?

— Non… Je crois que c'est tout.

Elle devait aller vite, alors qu'elle se posait mille et une questions. Pourquoi Raph avait-il attrapé un rhume ? Ne le couvrait-elle pas assez ? Ou trop ? Est-ce que c'était grave, une otite, à moins de cinq mois ? Elle ignorait par où commencer, alors elle se tut, pour ne pas faire perdre son temps au gentil pédiatre et à sa salle d'attente bondée. Baissant les yeux de frustration, elle aperçut une photo encadrée sur le bureau. Trois jeunes filles, toutes différentes, posaient gracieusement. Ses enfants, déduisit-elle ; il devait les avoir eues jeune. Elle l'envia d'en avoir fini avec les problèmes d'otite, même si la famille parfaite du Dr Monroi n'était sans doute qu'un fantasme tiré de son imagination.

Alors qu'il se levait pour l'escorter et qu'elle rechignait, il glissa gentiment :

— De toute façon, on se revoit dans quelques jours, non ? Pour le vaccin contre le méningocoque C.

La proximité de l'échéance suffit à illuminer enfin l'entièreté de la journée.

— Mais oui ! C'est vrai !

Plantée dans l'embrasure de la porte, un pied dans le cabinet et l'autre dans la salle d'attente, Joséphine ne se pressait pas pour s'en aller. Le médecin concéda alors pour la décider à dégager la voie :

— Tenez. Prenez ma carte si vous voulez… Je note mon portable dessus, si vraiment, vous êtes trop inquiète.

— Je ne sais pas comment vous remercier…

La jeune mère esquissa un rictus penaud et, dans un réflexe, replaça une mèche de ses cheveux châtain clair derrière son oreille. Elle devait paraître tellement perdue, pour que le Dr V. Monroi lui laisse son numéro personnel ! Elle n'imaginait pas qu'il le distribue à tous ses patients, sous peine d'être harcelé jour et nuit pour n'importe quel pet de travers d'un moutard mal luné. Pour se dédouaner, elle ajouta avec le peu de dignité qui lui restait :

— Je vous promets de ne pas perdre les pédales. Ce sera uniquement en cas de force majeure.

— Pas de problème, répondit-il tranquillement, vous gérez très bien.

Ils se tenaient debout devant le bureau de sa secrétaire, qui les regardait toujours avec bienveillance, et Joséphine voulait tomber dans leurs bras. Ils étaient ses deux nouveaux meilleurs amis. Mieux encore, ils lui délivraient un diplôme de maman compétente !

« Vous gérez très bien. » Le pédiatre l'avait dit, et il y avait des témoins plein la salle. Elle gérait très bien.

Dehors, elle jeta un coup d'œil à la carte de visite avant de la ranger avec précaution dans son portefeuille, comme un talisman. Elle était au nom du Dr *Victor* Monroi.

« J'avais raison, se félicita-t-elle. Il s'appelle Victor. »

L'enfant et la mère repartirent le nez et le cœur plus légers.

De retour à l'appartement, Joséphine s'attacha à écrire et récrire le même texto.

Salut, Batiste. Désolée de te planter à la dernière minute mais j'ai un empêchement. Ah... le destin ! On se tiendra au courant pour la suite. La bise.

Peu d'informations, un futur flou, une exclamation insouciante qui laissait penser que ce n'était pas de son ressort, et une seule bise qui écartait l'idée d'un rapprochement langoureux, tout en engageant une attention tendre. C'était doux, un seul baiser sur une joue. Comme lui-même en avait posé un sur la sienne. Après une ultime fraction de seconde d'hésitation, elle appuya sur la touche d'envoi. Ses hormones lui jouaient trop de mauvais tours pour raviver de vieux souvenirs.

Comme un Jiminy Cricket satisfait, Raphaël récompensa sa sage décision d'un temps calme, et Joséphine en profita pour prendre soin d'elle ; se plaire à elle-même. Elle se maquilla, et pour la première fois depuis longtemps, elle assortit son soutien-gorge à sa culotte.

***

Une heure s'écoula. Le destinataire de son texto ne répondait pas, et la déception poignit. Désœuvrée, la jeune mère s'agenouilla au pied de sa penderie et ressortit son carton à trésors. Au hasard, elle saisit l'un de ses vieux journaux et lut.

JOURNAL INTIME DE JOSÉPHINE DUARNET
26 JUIN 2004

Je refuse de succomber aux regrets de couloir. Alors, je me suis fait violence pour pousser la porte. Mais... serai-je à la hauteur de mes exigences ?

Me voilà bien avancée avec mes questions existentielles !

Je suis tellement obsédée à l'idée de résister à la facilité. Celle de suivre le chemin tout tracé que mes parents souhaitent me voir prendre...

La porte poussée, donc, c'est celle du Théâtre Gérard Philipe. Après tout, pour improviser ma vie, quoi de mieux qu'une scène ? Quand j'y suis montée pour la première fois... le trac m'a cueillie, évidemment. Pourtant, les premières secondes sur les planches... ont été les plus satisfaisantes de toutes, et ce depuis longtemps !

Le prof est génial. Contrairement à maman, il m'encourage. « Ne te sous-estime jamais, Joséphine. Ton tempérament, fais-en une force ! Il n'y a pas de fragilité émotionnelle. Il n'y a que des faiblesses d'entendement de la part des autres. Allez... Emporte-nous avec toi ! » Son énergie m'a mise KO.

Enfin, c'est bien joli tout ça, mais maintenant, comment je fais pour me décoller l'étiquette de cruche que j'ai l'impression d'avoir sur le front en permanence ?

Je n'ai pas osé moufter, et du coup, j'ai peur de l'avoir déçu.

Peut-être qu'il faut que je considère cette histoire avec Batiste comme un catalyseur ? Peut-être qu'au bout du parcours initiatique se trouve une lumière aussi éblouissante que celle des projecteurs de la scène ?

Je me suis juré de ne pas incarner Chimène dans ma propre existence. Pourtant, il serait pire encore de caricaturer Meryl Streep dans Sur la route de Madison *! L'actrice est formidable, mais la vie discrète et bien rangée... Très peu pour moi.*

Reste à savoir... Si Batiste n'est pas mon Clint Eastwood, qui sera le pygmalion qui donnera toute sa puissance à mon personnage ?

Je voudrais faire de la collection de mes jours, une œuvre grandiose.

— Tu t'es peinturlurée pour aller te coucher ?

Joséphine sursauta. Elle n'avait pas entendu David rentrer. Il avait remarqué l'effort ! Ce n'était pas si mal, même s'il raillait son inutilité.

— Qu'est-ce que tu fais ?

— Oh… Rien. Je range…

Jetant à la hâte son passé au fond de sa penderie, Joséphine se releva pour gagner la cuisine.

— J'ai emmené Raph chez le pédiatre pour son nez bouché. Sa secrétaire m'a montré comment le lui laver. C'était méga impressionnant mais aussi méga efficace ! Il va falloir qu'on s'y mette à deux, je ne sais pas si je vais oser toute seule.

— Tu aurais dû demander à ma mère. Elle sait faire.

Le ton anecdotique la saisit. Comment était-il possible, après douze ans de relation, qu'il ne sache toujours pas tourner sa langue sept fois dans sa bouche ?

— Je peux très bien me débrouiller, grinça-t-elle.

— Tu viens de me dire qu'il faut que je t'aide…

David l'embrouillait. Elle tourna le dos en grommelant.

— C'est juste pour que je puisse te montrer, tu as besoin d'apprendre aussi. Je ne serai pas toujours là.

— OK, OK… T'énerve pas.

Son mari était d'excellente humeur, et elle-même avait passé une journée satisfaisante.

Pourquoi se fâcher ? Ils retrouveraient leur complicité et leur qualité de vie, pas de fourmi à pas de fourmi, au fur et à mesure que Raphaël grandirait.

— Je voudrais que tu t'impliques, reprit Joséphine avec conviction. Même pour la nounou, va falloir que tu sois davantage présent pour suivre les candidates au poste.

— Bah… tant qu'on en prend une mignonne !

S'approchant, David voulut l'embrasser, mais elle s'écarta dans un mouvement incontrôlé. Il haussa les épaules.

— Sois sérieux, s'il te plaît. C'est important.

— Qu'est-ce que tu veux que j'en dise ? À t'entendre, aucune femme ne sera jamais suffisamment compétente pour le garder.

— C'est pas vrai.

— Oh, cette mauvaise foi !

— D'accord, défia Joséphine. Explique-moi ce qui te fait croire ça. Je peux laisser mon bébé… Je veux juste être certaine qu'il soit en sécurité. Et aimé.

— Eh bien… Confie-le à ma mère.

Une nouvelle fois, la repartie, bien que prévisible, la désarçonna.

— On en a déjà parlé, objecta-t-elle d'un ton polaire.

— Oui, et c'est la preuve que tu ne veux pas faire garder Raph ! Qui d'autre pourrait s'en occuper et cocher toutes les cases ? C'est une ancienne puéricultrice, et elle l'adore. CQFD.

Les arguments étaient imparables. Joséphine soupira, cherchant une issue à la conversation. La providence vint de la sonnette d'entrée.

— Ça alors… c'est qui ?

David s'empressa de traverser le couloir tout en répondant, hilare :

— C'est le sixième sens féminin ! Ha, ha, faut croire que ses oreilles sifflaient trop !

Manifestement, l'invité surprise n'était une surprise que pour Joséphine. Et une mauvaise.

— Mais pourquoi ELLE vient ?

Comme chacune de ses reparties depuis le début de la soirée, la question arriva avec un train de retard. David avait ouvert pour accueillir sa mère.

— Bonsoir, maman, dit-il avec douceur.

— Bonsoir, chéri. Joséphine.

Droite comme un I, Mary-Jane Richard adressa un signe de tête à sa belle-fille.

— Je viens rapporter *un* sacoche que David a oubliée chez moi. Et en profiter pour voir mon petit-fils puisque tu ne me proposes jamais de venir. Où est-il, le chérubin ?

Elle l'avait certainement entendue derrière la porte, et la malice se décelait sur son visage. Joséphine releva pour elle-même la faute d'accord : « *Un* » sacoche. Après toutes ces années sur le territoire français, elle se demandait si MJ faisait exprès de se tromper de déterminant. C'était craquant chez Jane Birkin. C'était grotesque chez Mary-Jane Richard.

David alla chercher Raphaël qui gazouillait sur son tapis d'éveil pour le tendre tel un trophée à sa mère. Le bébé la regarda, interloqué.

— Alors, mon petit chérubin ? Qu'est-ce que tu me racontes ?

« Rien. Il ne raconte rien. C'est un bébé », pensa Joséphine en trottinant pour suivre le mouvement.

— Tu as passé *un* bonne journée ?

Raphaël restait placide ; sa génitrice espérait secrètement qu'il se mette à hurler.

— Et toi ? s'enquit Mary-Jane en se tournant brusquement vers elle. Où en es-tu, dans tes recherches de garde ? Tu sais que ce n'est pas bon que vous passiez vos journées ensemble tout le temps ? Pour lui comme pour toi.

— C'est drôle que vous ne demandiez qu'à moi où en sont les recherches, répondit sèchement l'accusée. C'est aussi le fils de David. Il pourrait s'en occuper.

— Bien sûr, mais il travaille, il a moins de temps que toi.

Haussant les épaules, elle reprit :

— Enfin ! Je sais qu'il aime le fait que tu n'en fasses toujours qu'à ta tête, alors... Je rappelle juste que je reste à disposition. Et que je ferais n'importe quoi pour ce petit ange.

Joséphine fusilla sa belle-mère du regard tandis que David s'en approchait. Ils partageaient leur extase pour Raphaël et, les observant, la pièce rapportée/valeur ajoutée constata avec soulagement qu'il n'existait aucune ressemblance physique entre eux. David tenait de son père. Il y avait peut-être un petit quelque chose dans le nez, pointu et en trompette de MJ, mais rien de plus.

— C'est gentil, maman, répondit-il à la place de sa femme. Justement, on en parlait... On aura sûrement besoin de toi à un moment ou un autre. Je crois qu'aucune nounou ne sera jamais assez bien aux yeux de Jo.

— J'adore quand tu parles de moi à la troisième personne alors que je suis là, mon amour, intervint l'intéressée en grinçant des dents, avant d'ajouter : Mais j'ai déjà trouvé quelqu'un, surtout ne vous inquiétez de rien.

David la regarda, l'air ahuri.

— Pardon ?

— Oui. C'est bien la preuve que tu ne m'écoutes pas.

— Mais... je croyais qu'il fallait que j'assiste au casting ?

— Tu m'as mal comprise. Elle est par-faite.

Cette fois, David leva les yeux au ciel. Il savait sa femme prête à tout pour clouer le bec à sa belle-mère.

— OK ! Si tu le dis. Elle est *parfaite*. Oui, chérie.

Le ton ironique ne fut décelé que par les deux initiés. Joséphine connaissait la boutade de Musset que son mari adorait citer en ricanant : « On peut avoir le dernier mot avec une femme, à condition que ce soit oui. »

Oui, chérie.

« Fuck ! »

Joséphine devait trouver une nourrice en urgence.

19.

CHARLOTTE

— Surprise !

Au petit matin, dans la cuisine, Gabriel attendait sa mère, la mine réjouie.

— J'ai débarrassé le lave-vaisselle... Comme ça, tu n'auras pas à le faire !

— Mais... Gaby... Le lave-vaisselle n'a pas tourné cette nuit ! Il était sale...

Ouvrant le placard des assiettes, Charlotte les trouva toutes méticuleusement rangées.

Le mal était fait, elles avaient contaminé le reste des plats de sauce bolognaise et autres résidus alimentaires.

— Pardon, m'man, murmura l'enfant penaud.

Elle soupira. Quand ferait-il attention au monde qui l'entourait ? Comme son père ! Cette fois, c'était au tour d'Éric d'emmener l'un à l'école et l'autre à la crèche, mais à elle de préparer Victoire et vérifier que Gabriel n'avait pas de traces de dentifrice autour de la bouche. Peu importait que son fils grimace quand elle l'essuyait à la commissure des lèvres, c'était plus propre. Dans sa boîte de snack, elle avait glissé deux clémentines à la place des cookies réclamés – une déprogrammation sujette au conflit. Elle veillait à ce qu'il ingurgite une quantité suffisante de légumes et de fruits, culpabilisant de ne pas acheter bio. Enfin… Aujourd'hui, elle avait au moins un bon prétexte pour ne pas pousser jusqu'au magasin à l'éthique la plus convenable. Elle avait rendez-vous avec Joséphine et la période était critique. Piller le rayon des chocolats industriels restait indiscutablement le meilleur remède pour remonter le moral des troupes.

— Noisettes entières ou simples éclats ?

— Mmmm… Plutôt cacahuètes avec pointe de sel.

Côte à côte avec un client au rayon des confiseries, elle lisait la composition d'un emballage et avait répondu sans lever les yeux, happée comme si elle dévorait la quatrième de couverture d'un roman policier.

— J'admire votre ouverture d'esprit avec le sucré-salé, mais je suis déçu par votre choix. Du chocolat au lait ? Vous n'êtes pas une puriste !

L'homme qui la frôlait capta son attention. Sa carrure imposante d'un mètre quatre-vingt-dix, tout en aménité et en charme, la saisit. Des boucles brunes encadraient son jeune visage et une barbe parfaitement taillée descendait jusqu'au col de son sweat-shirt à capuche vert émeraude. Il ne la regardait pas, absorbé, lui aussi, par l'étalage des différentes marchandises. Trouvant ce qu'il cherchait, il s'en empara d'un geste vif.

— Manifestement, vous, à l'inverse, vous avez des goûts très arrêtés, constata Charlotte.

— Chocolat noir soixante-dix pour cent aux graines de sésame... Un incontestable best-seller ! Souvent en rupture de stock.

La mère de famille secoua la tête.

— Le chocolat noir, je trouve ça trop fort.

— C'est parce que vous n'avez jamais testé celui-là, la nargua son voisin en agitant la tablette.

Et comme elle ne réagissait pas, il ajouta :

— Allez... Vous n'allez pas passer votre journée ici ! À moins de vouloir vous faire enfermer dans le magasin...

Tout, dans son attitude, indiquait qu'il était certain de son pouvoir de persuasion.

Charlotte ne lui donnait pas plus d'une vingtaine d'années, et elle reconnut dans la gouaille, la spontanéité de l'âge qui incitait au jeu.

— Oui, bien sûr, dit-elle avec cynisme pour clore le sujet. Vous m'avez démasquée : j'adore séjourner dans les allées « sucreries ». Ça et les pharmacies, ce sont mes lieux de prédilection.

— Les pharmacies ? Sans rire ? Permettez-moi alors de deviner quel secteur vous séduit le plus... Celui des somnifères ? Des ballonnements ? Des régimes ? Non, vous n'en avez pas besoin... mais vous m'aguichez avec votre sens de la repartie !

Levant une nouvelle fois la tête, Charlotte soupira exagérément.

— Pardon... Je ne savais pas que j'avais affaire à un spécialiste en chocolat ET en ordonnance. J'aurais dû préciser : les PARApharmacies.

— Ah ! Celles dans lesquelles vous pouvez acheter toutes sortes de crèmes hydratantes, émollientes, redynamisantes et j'en passe ?

— Monsieur est connaisseur.

— Ça se voit, non ? Je suis coach dans une salle de fitness, pas loin. Le corps de rêve, c'est mon fonds de commerce !

Il avait répondu en cognant sur son torse des deux mains et, par réflexe, Charlotte jeta un coup d'œil pour jauger sa musculature, comme si elle garantissait la véracité du propos.

— Le chocolat et le sport, ça ne fait pas bon ménage, commenta-t-elle méfiante.

Le bellâtre de supermarché s'insurgea.

— Quoi ? Mais... le chocolat et le sport sont deux plaisirs de la vie !

— Le sport ? Un plaisir ?

— Avec moi, bien sûr. Venez essayer.

Charlotte hésita, puis, en guise de réponse, jeta son dévolu sur la tablette qu'il lui tendait. Elle la posa dans son panier, avant d'en ajouter une autre au chocolat au lait et amandes.

— Vous prenez le risque mais vous assurez vos arrières, railla son interlocuteur.

— Toujours, oui.

L'affaire était conclue, et Charlotte tourna les talons pour se diriger vers la caisse, suivie par l'inconnu. Alors qu'elle étalait ses provisions sur le tapis, il saisit une fleur vendue à l'entrée du supermarché, à côté des portes automatiques.

— Tenez, dit-il, je vous l'offre. Pas d'ambiguïté, ça ne vaut pas celle d'un vrai fleuriste, mais elle va me permettre de faire ça.

Joignant son geste à la parole, il griffonna sur le film en polypropène à l'aide d'un feutre tiré de sa poche.

— Y a qu'à m'appeler sur mon portable, et je vous envoie l'adresse de mon club. Le cours d'essai est évidemment offert.

Charlotte, muette de stupéfaction, se pencha pour le regarder écrire son numéro accolé à son prénom : Dimitri.

« Le coup du feutre... je ne l'avais pas vu venir. Bonjour la frime... », s'étonna-t-elle.

Puis, se dirigeant vers la sortie, elle établit pour elle-même un autre constat qui l'affligea : « Et toi, ma vieille Chacha, tu dois vraiment avoir la tête de la proie facile. »

20.

JOSÉPHINE

Ma chère sœur,

Il ne s'agit pas de tout envoyer valser, il s'agit de prendre sa vie en main. C'est ce qui m'énerve avec ma femme, en ce moment. Il faut arrêter de se poser en victime ! J'ai l'impression que c'est devenu le sport national.

« Mon ex-mari est un salaud, mes petits-enfants des égoïstes, mon boulanger un voleur... » Certaines vies passent, de petits tracas en sombres fiascos, sans remise en cause. Pourtant, on doit être responsable de ses actes. En politique comme en amour, c'est du pareil au même. Tu fais bien attention au bulletin de vote que tu places dans l'urne, non ? Il n'y a pas de raison de ne pas en faire autant dans ta vie quotidienne.

Personne ne peut choisir à la place des autres ce qui leur convient le mieux. On est tous différents.

Mais... ça ne veut pas dire qu'on prend toujours les meilleures décisions pour soi-même, faut aussi le reconnaître et l'accepter. Parfois, on croit vouloir quelque chose et puis, quand on l'a, on comprend que ça ne nous rend pas forcément heureux. Ça arrive, de se planter.

Dav',

Ce que tu essaies de m'expliquer est déprimant au possible. Personne ne peut choisir à ta place, c'est sûr, comme personne ne sait ce qui se passe dans un couple quand les rideaux sont tirés. En revanche... Ta femme n'est pas une victime ! Ça, j'en suis convaincue !

Au risque de me répéter, tu sais ce que je garde de vous, de l'autre côté de la mer ? Votre splendeur. Votre jovialité. Votre adoration acharnée l'un pour l'autre. Car c'est vrai, n'est-ce pas ? Vous vous adorez. En douze ans de vie commune, je vous ai vus parfois vous déchirer, mais je vous ai aussi vus toucher les étoiles ; et je ne vous imagine pas l'un sans l'autre.

Alors... Peut-être suis-je une incorrigible romantique, mais je continue à espérer trouver un partenaire avec lequel je pourrai construire une histoire d'amour comme la vôtre. C'est une chance.

Tiens. Je n'avais jamais pensé à la juxtaposition de ces mots. « Incorrigible » et « romantique ». Comme si c'était un défaut. Bizarre...

Sis',

« Incorrigible romantique » ? Franchement, ce n'est pas l'expression qui me chiffonne le plus dans ton e-mail.

« Construire une histoire d'amour » ? Ha, ha. Tu comptes ériger un monument à la seule grâce d'une repartie opportune ou de quelques traits d'humour bien choisis ? Une sorte de maçonnerie ou de menuiserie, entrepris avec

l'esprit ! Redescends sur terre, Mary : on ne vaut pas mieux que les autres.

PS : la chance, ça se provoque.

Batiste,

La chance, ça tourne. En tout cas, je commence à le croire.

Finalement, je peux me libérer aujourd'hui.

Même endroit, deux heures plus tard ?

Jo.

David,

On ne vaut pas mieux, d'accord. Mais j'aime bien ton idée de menuiserie.

Comme il existe l'ébène ou le noyer, existe-t-il un bois d'amour ? Ce serait joli, non ? De quel matériau est fait le coup de foudre ? De marbre ou de granit ?

La chance, frangin, elle s'offre aussi comme un cadeau. Accepte-le.

M.

Tu craques, Mary ! Recentre-toi sur une « texture » de langage plus concrète, par pitié !

Je ne veux pas passer pour le type méprisant qui va t'apprendre la vie ou te rappeler que tu n'as pas d'expérience en matière de relation maritale, mais tu ne te rends pas compte des difficultés. De temps en temps, j'aimerais bien être seul, moi aussi, sans comptes à rendre à personne. Ne serait-ce que pour buller chez moi, par exemple... C'est impossible. Jo est toujours là ! Non-stop.

Du coup, je l'avoue : j'allonge parfois mes entraînements pour me vider la tête. Je sais que c'est mal. Je sais que je devrais vouloir rentrer et retrouver au plus vite ma femme et mon fils.

Au début, je me disais que ça reviendrait.

Qu'on retrouverait notre équilibre.

Mais... et si ça ne revenait pas ?

David

Eh bien, Jo... C'est à n'en pas revenir !

Je me languis de tout savoir sur la nouvelle toi. J'ai mille et une questions à te poser !

Je t'embrasse,

Bat'

Ouh là, David. Un homme qui se pose des questions, ça craint.

Un homme ne se pose JAMAIS de questions, si tu veux bien m'accorder ce cliché.

Je ne te blâme pas de critiquer mon ignorance en matière de vie conjugale, car tu as raison, je ne connais rien à la vie à deux, et encore moins à trois ; c'est mon plus grand drame. D'ailleurs, j'aurais envoyé promener tout autre que toi pour avoir tapé là où ça blesse le plus. Enfin... passons. J'imagine que c'est un moyen de défense, non ?

Je n'ai peut-être aucune expérience, mais je suis une éponge imprégnée de toutes celles de mes amis. De leurs échecs, et leurs réussites.

Je ne suis pas aveugle. Si tu te sens plus mal chez toi qu'à l'extérieur, c'est qu'il y a quelque chose qui couve. Est-ce que je brûle ? Est-ce que tu as un truc à me dire ? Un truc que tu aurais oublié de me dire ?

Joséphine jeta encore un coup d'œil à l'ordinateur avant de se préparer. La consternation la laissait pantoise. Un truc à dire à sa sœur ? Et à elle ? N'avait-il pas un truc à lui dire, à elle ? C'était la preuve, s'il en fallait une, que lire ses e-mails n'était pas néfaste puisqu'elle prenait la mesure du mal-être de son mari ! Il n'était jamais seul à l'appartement. Ces moments qu'elle appréciait, le matin... il n'en avait aucun. Il passait de l'effort professionnel à l'effort physique, puis aux efforts d'être un père et un mari attentionnés. Depuis la naissance de Raphaël, Joséphine était arrimée au canapé du salon quand David rentrait ; prête à lui sauter dessus pour qu'il prenne le relais auprès de leur fils. Il n'avait aucun répit.

La mère regarda son petit sur son tapis d'éveil ; il venait de trouver un grelot qu'il tentait d'approcher de sa bouche, et le tintement l'intriguait. Elle lui sourit tristement. Il était temps de voir Charlotte. Une enseignante serait le coach idéal pour une leçon de morale avant de retrouver Batiste.

21.

CHARLOTTE

Les deux femmes se rejoignirent dans un bistro parisien pour profiter d'un thé, d'un chocolat noir aux graines de sésame, et d'une oreille compatissante.

— Merci, Chacha, introduisit Joséphine en s'asseyant près de sa meilleure amie. La situation est en train de m'échapper, je te jure que je flippe. Comment savoir si un couple est toujours un enrichissement, ou s'il ne vaut guère plus qu'un vulgaire attelage ?

Charlotte croqua un morceau de la tablette. Elle le trouva délicieux.

— À mon sens, le couple ne doit pas être un enrichissement, mais plutôt un allègement. Si tu cherches quelqu'un avec qui partager une expo ou un resto, n'importe quelle bonne copine suffit. Ton homme, lui, doit rendre ton quotidien plus facile. C'est comme ça qu'il le sublime.

— Et ça marche chez vous ? Avec Éric, c'est toujours le grand amour ?

— Bah... parfois, je me dis que je serais mieux solo à me faire des soirées tranquilles avec un bol de céréales et devant la télé ! T'imagines les avantages de la garde alternée ? Tu récupères ta vie une semaine sur deux, c'est peut-être pas si mal...

— Merde. Rassure-moi... T'es pas en train de m'annoncer un divorce ?

— Mais non... Je ne supporterais pas de ne voir mes gosses que la moitié du mois ! Quelle angoisse le dimanche soir... sans compter la peine que ça leur ferait.

Joséphine fronça les sourcils en faisant tourner sa tasse sur sa soucoupe.

— Les enfants sont heureux quand les parents le sont, non ? C'est un poncif, mais ils ne peuvent pas se construire, si le couple de papa et maman bat de l'aile...

— Yep, mais je ne sais pas pour toi, mais moi, je ne suis même pas sûre que mon couple batte de l'aile ! Honnêtement, on ne s'engueule pas tant que ça avec Éric. Si je l'ai choisi, lui, c'est qu'il y avait une raison. En revanche... est-ce qu'il ressemble encore à l'homme qu'il était à l'époque ? Je ne regrette rien, mais l'eau a coulé sous les ponts, depuis notre rencontre au lycée.

— Et lui ? Il en dit quoi ? Est-ce qu'il pense la même chose ?

— Il aurait le droit, mais j'ai l'impression qu'il vit sur une autre planète. Regarde le dernier exemple : mon anniversaire. Je l'avoue, je ne montre pas beaucoup d'enthousiasme au lit, en ce moment. Trop de fatigue, trop de travail, trop de stress, trop de tout. Bref. Cadeau d'anniversaire : de la lingerie sexy. Sérieusement !

Joséphine réprima un sourire.

— Plains-toi !

— C'est sûr... mais tu ne crois pas que c'est pour satisfaire son plaisir, à lui ? Comme si j'avais envie de me balader en string à dentelle entre deux réveils de Vicky ! Quitte à m'offrir du bon temps, j'aurais préféré qu'il réserve une nuit dans un hôtel, qu'il trouve une baby-sitter... Au moins, on se serait fait une bonne bouffe sans que j'aie à passer derrière les fourneaux et à débarrasser la table ! Ça m'aurait peut-être plus motivée à faire des galipettes dans la foulée... Alors, est-ce qu'il se pose vraiment les bonnes questions ? Les « comment tu m'aimes ? », ça passe au second plan après les corvées, tu sais... On n'a pas la moelle de se parler le soir.

Charlotte soupira avant d'expliciter.

— Après tout, peut-être que c'est moi qui me prends trop la tête ? J'ai peur que même le prince charmant ne soit pas à la hauteur de ce que j'attends. On ne sera jamais à égalité, il faut se rendre à l'évidence. On s'aime différemment, et faut faire avec. C'est comme dans la chanson de Nougaro, tu sais ? Arrive « le moment fatal où le vilain mari tue le prince charmant ». Est-ce qu'on peut vivre avec ça ? N'est-ce pas une forme de renoncement que de l'accepter ?

— Je sais pas, admit Joséphine. Il y a aussi un côté romantique à l'idée d'aimer l'autre pour ses failles, pour ce qu'il est et pour ce qu'il n'est pas...

— Ça, c'est bon pour la fiction, cocotte ! Dans la réalité, ça n'a rien de torride.

Charlotte avait surpris Joséphine par son ton désabusé, avant de la quitter sur une mise en garde péremptoire contre l'ancien beau parleur du lycée. Elle regrettait de s'être autant épanchée, mais sa réflexion ininterrompue avait eu le mérite de créer une diversion, pour passer sous silence sa récente rencontre au supermarché. La mentionner lui aurait conféré trop d'importance, et son enquêtrice de copine aurait creusé trop profond.

En descendant dans la bouche de métro, téléphone en main, Charlotte n'y tenait plus. Elle avait ajouté le contact à son répertoire, et contrairement à Joséphine qui filait droit vers son passé, elle s'imagina aller de l'avant.

Bonjour, écrivit-elle dans un nouveau message. *C'est la cliente des parapharmacies. Je serais ravie de faire un essai dans votre club de sport finalement ; ça me ferait du bien.*

22.

JOSÉPHINE

Souvent, quand ils étaient en couple, Joséphine s'énervait parce que Batiste manquait de ponctualité. Aussi s'appliqua-t-elle à arriver en retard de dix minutes et fut surprise de le trouver installé, devant un expresso déjà bu.

Elle le reconnut à peine.

Lorsqu'elle l'avait percuté dans la rue, sa voix l'avait fait tressaillir. Elle avait mûri, bien sûr, mais l'intonation et le timbre rauques étaient comme dans ses souvenirs. À travers la vitre de la brasserie, elle prit le temps d'observer l'homme qui l'attendait. Contrairement à sa première impression, à quelques expressions près, il n'avait plus rien à voir avec le garçon qu'elle avait adoré, et cet inconnu-là l'intimidait. Son cœur s'accéléra. Elle avait tant fantasmé leurs retrouvailles que leur concrétisation la terrifiait.

— Je suis arrivé en avance, commença-t-il quand elle osa enfin se présenter devant lui. J'ai cru comprendre que ton planning était chargé.

— Oh… merci, c'est… très gentil de ta part.

La prévenance confirmait que dix-huit longues années s'étaient écoulées depuis leur dernière rencontre. Jamais le jeune Batiste ne se serait soucié de son agenda ! Toutefois, Joséphine était émue de le retrouver par quelques gestes et phrases un peu convenues. Libre, sans attache, des rêves plein la tête ; beau, blond, et en partance pour des vacances sous le soleil cubain ! Elle devina ce qui l'animait grâce à ce dont elle se souvenait de lui, et découvrit avec délice ce qui l'avait mené jusqu'à elle à quelques jours de l'hiver.

Le contraste entre leurs deux parcours la saisit. Comble de malchance, le petit boulet accroché à son sein dans le porte-bébé avait décidé de prendre fait et cause pour le laissé-pour-compte du tête-à-tête : son géniteur. À peine assise, Joséphine s'encombra d'un Raphaël geignard qui se tortillait comme une anguille. Batiste, amusé, la regarda se débattre avec ces soixante centimètres sur les genoux, jusqu'à ce qu'elle dégaine un biberon pour neutraliser l'animal. Elle fut soulagée lorsque, enfin, il l'accepta.

— Joséphine, mère de famille, commenta Batiste avec ironie. Qui l'eût cru ?

L'intéressée ne répondit pas. Elle aurait voulu tourner en ridicule la question rhétorique, pour minimiser l'importance qu'il accordait à son statut de maman, mais c'était impossible. L'évidence lui collait à la peau, ou du moins au sein : depuis quatre mois, elle n'était plus définie que par ça ; même si Raphaël semblait se trouver là par hasard.

Elle détourna l'attention :

— Et toi ? Tu as des enfants ?

Batiste balaya l'idée d'un geste de la main, sans la dénigrer. Il n'en avait pas, mais en voudrait certainement. Un jour.

— Il faudrait déjà que je trouve leur mère, glissa-t-il avec un séduisant clin d'œil.

Elle avait tant aimé cet homme. Ou plutôt ce garçon, à l'époque ! Il fourmillait d'idées utopiques, se lançait corps et âme dans mille et un projets ou causes à défendre. Il aspirait à faire le tour du monde, à sauver les orphelins, à éradiquer la famine, à protéger les espèces menacées. Toutes ces ambitions qui paraissaient mièvres et obsolètes à l'âge adulte resurgissaient. Batiste réveillait en Joséphine son goût pour l'aventure. Elle essaya alors d'enjoliver sa situation, pour que celle qu'elle était devenue ne déçoive pas celui qu'il était dix-huit ans plus tôt.

— Moi ? Je n'ai pas chômé non plus ! J'ai couvert les élections présidentielles aux États-Unis, les séismes à Lombok... J'ai pu être témoin des plus grands événements planétaires des dernières années, je dois le reconnaître, fanfaronna-t-elle.

— Ouah... Tu as réalisé ton rêve : Jo, la grande reporter !

Puis, désignant d'un regard le petit coupable qu'elle continuait de bercer, il ajouta :

— Et ça ne te manque pas ?

Elle répliqua offusquée :

— Quoi ? Mais non ! Ne pense pas que ce soit fini pour moi ! Ça n'a rien à voir !

— Ah, pardon. Je pensais que tu avais arrêté...

— Enfin, Batiste… on ne vit pas au Moyen Âge ! Un bébé, ce n'est pas la fin du monde…

Joséphine ne croyait pas une seconde aux mots qui venaient de sortir de sa bouche, mais elle était prête à tout pour le convaincre. Les deux adolescents s'étaient quittés parce qu'ils étaient jeunes, parce qu'ils avaient soif de découvertes, d'autres corps, d'autres frissons ; pas parce qu'ils ne s'aimaient plus. Aussi avait-elle envie de savoir si elle pouvait encore lui plaire. Ou si celle qu'elle aurait pu être, sans Raphaël, pouvait lui plaire.

Pendant une heure, ils dégustèrent tout ce qu'ils avaient manqué de l'autre en décortiquant leur vie menée tambour battant. Au bout du chemin métaphorique, Batiste s'enquit :

— L'approche de la quarantaine, ça a changé quelque chose pour toi ?

— Je ne sais pas. Peut-être que je suis moins exigeante avec moi-même…

Elle devait se reconnaître cette concession. Avoir un enfant la poussait à transiger.

— Et toi ?

— Moi ?

Batiste passa la main sur sa barbe mal taillée.

— Je crois que je prends plus vite mes décisions. J'hésite moins, car je me connais mieux.

La réponse amusa son ancienne camarade de classe.

— Déjà au lycée, tu étais sûr de toi ! Et tu n'avais pas la langue dans ta poche… Qu'est-ce que ça doit être maintenant !

Il éclata de rire, dévoilant toutes ses dents d'un blanc éclatant.

— C'est vrai, ça, continua-t-elle, galvanisée. Dès notre première rencontre, tu m'avais traitée de garçon manqué ! Je ne me souviens plus pourquoi, mais ça m'avait traumatisée ! Je voulais tellement te plaire que ça m'avait vexée comme un pou…

Se penchant sur la table pour attraper la main de Joséphine, le presque quadragénaire en appela à son indulgence :

— Désolé, si je t'ai blessée ! Je ne m'en souviens même pas… mais je suis certain que venant de moi, ça n'était pas une insulte !

— « Garçon manqué » ? Tu parles ! Je déteste cette expression ! T'as jamais remarqué que son pendant n'existe pas ? Ça ne nous viendrait pas à l'esprit de parler d'une fille manquée ! C'est affreux, cet adjectif… « manqué ». Ça ne fait que souligner l'échec, le ratage parce qu'on serait le sexe faible !

— Ha ha ! Je vois que tu cogites toujours autant ! Je ne m'en souviens peut-être pas, mais je ne t'ai jamais considérée comme étant faible, ça, je peux te le garantir. Quant à ton sexe, on peut en parler, si tu veux… Ça devient intéressant !

Joséphine rit poliment, mais Batiste comprit que la provocation la mettait mal à l'aise.

Il recula sur son siège pour dissiper le malentendu.

— Enfin… je disais beaucoup de conneries, à l'époque. Un peu comme maintenant. Mais tu ne donnais pas ta part au chat non plus ! J'ai des souvenirs d'une Jo révoltée… comme avec ce prof d'histoire qui avait survolé les cours sur la Shoah en terminale… Comment il s'appelait déjà ? Landri ? Landaret ?

— Landrinet ! Il avait prétexté que le programme était trop chargé et qu'il n'avait pas le temps de tout couvrir…

— Tu l'avais traité de négationniste !

— Je n'avais pas tort…

— Je n'ai pas dit le contraire.

Pendant quelques secondes les anciens amoureux se turent, croquant cette fois à pleines dents dans leur petite madeleine de Proust.

— Et sinon… tu pars quand, à Cuba ?

— Dans dix jours.

— Veinard ! C'est l'un des pays qui manque encore à mon tableau de chasse.

— Eh bien… viens !

Joséphine s'esclaffa de nouveau par courtoisie, mais Batiste, lui, ne souriait plus.

— C'est pas une blague, Jo. Qu'est-ce qui t'en empêche ? Pars avec moi. Pourquoi pas ?

— Pourquoi pas ? répéta-t-elle, à bout de souffle.

Elle venait de descendre du manège. Elle avait envie de rire, mais se sentait prise de tournis, bousculée par la nuée de raisons qui bourdonnait dans sa tête.

« Parce que j'ai un bébé de quatre mois ? Parce que, depuis sa naissance, ma vie n'est qu'un vaste chantier ? Parce que ce serait fuir mes responsabilités ? Parce qu'il faut que je sache d'abord quoi faire de ma carcasse les vingt prochaines années ? »

— Et mon fils ? Mon mari ?

— Ton fils, tu peux l'embarquer… Tu viens de passer une heure à m'expliquer que ça n'avait rien changé. Ou tu le laisses à ton mari quelques jours, non ? Tu n'es pas obligée de lui dire que tu t'envoles avec un ex, mais puisque vous avez l'air d'être un couple libre, ça ne devrait pas lui poser de problème. Il doit avoir l'habitude que tu partes par monts et par vaux pour le boulot, de toute façon.

L'ancienne complice secoua la tête.

— Je ne comprends pas ce que tu proposes, Batiste. C'est quoi l'idée ? Une parenthèse ? Un retour en arrière ? C'est insensé...

— Non, Jo, non... Tu te méprends. Je ne reviens jamais en arrière. Je vais toujours de l'avant, tu devrais le savoir. Mais...

Il soupira. Elle était pendue à ses lèvres.

— Toi et moi, dit-il, on était trop jeunes... Je sais que c'est plus facile pour moi, parce que je n'ai rien à perdre mais... tu peux faire semblant d'être heureuse, Joséphine Duarnet, et donner le change, le temps d'évoquer deux ou trois souvenirs d'anciens combattants. Je te connais ! Je vois dans tes yeux que tu aspires à autre chose qu'à un ronron parisien. Ça fait combien de temps que tu n'as pas bougé d'ici ? Et si cette rencontre n'était pas le fruit du hasard ?

— Tu sous-entends que j'ai fait exprès de te rentrer dedans après t'avoir pris en filature pendant des années ?

— Ha ha, feignit de ricaner Batiste. Quoique... je t'imagine bien en train de mettre un mouchard chez moi ou un truc dans le genre !

Sa blague tomba à l'eau sans qu'il ne puisse comprendre pourquoi. Alors que Joséphine se demandait si, par satellite, hélicoptère ou contact au FBI, il avait eu vent de son espionnage domestique, il justifia :

— Tu sais que je ne crois en rien, ni aux signes, ni en Dieu… mais… on peut tout de même se poser la question, non ? Quelle était la probabilité que nos chemins se croisent de nouveau, en pleine ville ? À cette heure-ci ? Dans cette rue ? C'est pas complètement fou, ce qui nous arrive ?

Joséphine baissa les yeux. Elle était partagée entre la colère que Batiste soit convaincu de lire en elle, et l'amertume de comprendre qu'il n'avait pas tort. Déjà, à dix-huit ans, il avait saisi l'emprise qu'il avait sur elle, même si tous deux étaient plus attachés au concept de l'indépendance qu'à celui de l'amour éternel. Ils avaient refusé de patauger dans leur confortable bonheur tant ils craignaient de se reprocher plus tard une lâcheté qui aurait gangrené leurs projets. Hélas, les larmes n'avaient tout de même pas épargné Joséphine et, pendant longtemps, elle s'était nourrie de nouvelles de Batiste auprès d'amis « bien intentionnés ». Elle apprit qu'il se consolait dans les bras d'autres filles, affûtant son pouvoir de séduction, et conquérant d'autres territoires.

S'il y avait prescription, la presque quadragénaire ne pouvait s'empêcher de s'en vouloir. Fallait-il être aigrie pour imaginer, près de vingt ans plus tard, quelle autre version d'elle-même elle serait devenue s'ils s'étaient accrochés ! Que se passerait-il si elle prenait Batiste au mot ? Si elle osait lui répondre : « Allez… en route pour l'aventure ! »

Il s'agirait d'une sacrée revanche sur la jeune fille éplorée. S'en trouverait-il embarrassé ? En sus, quel pied de nez à son mari inattentif ! Peut-être David se battrait-il pour elle, et sauverait-il leur mariage ? Mais… leur mariage avait-il besoin d'être sauvé ? Ils n'allaient pas mal. C'était elle qui allait mal, elle seule.

— Chiche ? dit-elle pour mettre Batiste dos au mur.

— Chiche ! répondit-il pour l'obliger à tomber le masque.

Elle fit mine d'y réfléchir, comme si le calendrier posait un problème plus que son mariage ou son bébé.

— Tu pars dans dix jours ? Le 17, donc. C'est ça ?

Il hocha la tête. Pour souligner l'importance de ses innombrables rendez-vous imaginaires, elle sortit son agenda de son sac et le consulta sous la table afin d'en dissimuler les pages blanches. Elle n'avait écrit sur aucune, à l'exception de celle du 17. L'ironie la frappa. À cette date, précisément, elle devait partir avec David. Ils avaient réservé un vol pour Genève qui leur permettrait de gagner Chamonix. Leur fameuse escapade en amoureux, pendant que MJ et M gardaient Raphaël.

— Ta proposition est tentante, reconnut-elle, mais elle n'est pas raisonnable.

Le mot jeté en pâture fut aussitôt regretté.

— « Raisonnable » ?

Batiste sourit, l'embrouillant davantage encore.

— Jo, tu n'as jamais été raisonnable !

Elle n'aima pas la façon dont il tournait sa vie en dérision, et sans maîtriser son émotion, elle se crispa.

— Il est temps de l'être, pourtant. J'ai un enfant, un mari… Je suis une adulte, moi. Et je ne peux pas tout plaquer sur un coup de tête. J'ai construit des choses.

Un voile de tristesse obscurcit le visage de son premier amour, et elle maudit sa maladresse.

— Ça me fend le cœur de te dire ça, rectifia-t-elle plus doucement, mais il faut laisser le passé derrière nous. Le destin nous joue des tours, oui, mais peut-être que c'est une épreuve… pour mieux s'accrocher à ce qu'on a aujourd'hui.

Batiste baissa les yeux.

— Parle pour toi.

— Mais enfin… Regarde-nous !

Tendrement, Joséphine se laissa aller à caresser du bout des doigts la joue de l'homme assis face à elle. Alors qu'elle cherchait les traces du temps passé sur son visage rugueux, il se pencha pour s'appuyer dans la paume de sa main.

— On a vieilli, poursuivit-elle, mélancolique. Et remuer tout ça… nos gamineries… ce serait aberrant. J'ai des responsabilités… et je suis sûre que toi aussi.

— Je sais, finit par conclure Batiste en se redressant.

Elle aurait aimé qu'il insiste, mais il se défila, retrouvant sa superbe.

— Il fallait que je te le propose, non ? Tu te souviens : pas de remords, juste des regrets.

C'était ce qu'on s'était dit… Avant que chacun ne vogue en solo.

Joséphine acquiesça mollement ; il n'y avait rien à ajouter.

Batiste changea de sujet. Il évoqua ses études, ses voyages, ses idylles. Elle partagea les siens, sa rencontre avec David, leur mariage. Elle dressa un tableau féerique de leur vie conjugale, sans penser à mal. David et elle étaient heureux, avant qu'elle n'arrête de travailler. Ça reviendrait. La vie n'était-elle pas un éternel recommencement ?

Enfin, l'alarme qu'elle avait préalablement activée sur son téléphone lui rappela ses priorités : la kinésithérapie. Depuis quatre mois, même ses séances humiliantes de rééducation du périnée étaient devenues une attraction non négligeable, et l'occasion de parler à une personne adulte !

Raphaël repu et assoupi dans ses bras, elle le glissa dans la poussette.

— Il faut que j'y aille… J'ai un rendez-vous prévu de longue date.

Ne pas divulguer plus de détails quant à l'objet dudit rendez-vous lui conférait une part de mystère ; c'était ce qu'elle espérait. Même sous la torture, jamais elle n'aurait avoué ses fuites urinaires ! Surtout après tant d'efforts passés à prétendre être une autre. À être celle qu'elle voulait devenir quand elle avait vingt ans.

Batiste paya les consommations, puis Joséphine et lui se retrouvèrent debout ; encore amoureux de ceux qu'ils étaient à l'époque, et de ce que ça représentait aujourd'hui.

— Bon… on se dit au revoir une nouvelle fois.

— Je crois, oui.

L'ancienne Mlle Duarnet s'approcha et glissa un baiser sur la joue de l'ancien lycéen. Ils étaient quittes.

— Merci pour les souvenirs, dit-il.

— Merci pour les rêves, rectifia-t-elle. Je penserai à toi, quand tu seras à Cuba.

Ainsi, ils se séparèrent. Encore.

Joséphine partit les yeux luisants. Elle se reprocha l'importance qu'elle accordait à ces retrouvailles, et ignorait encore qu'elle n'en avait pas fini avec Batiste Martin.

23.

CHARLOTTE

Victoire chouinait. Ses pleurs lancinants rythmaient la cadence de Charlotte qui découpait des courgettes en rondelles dans la cuisine. Énervé par sa cadette, quelques minutes plus tôt, Gabriel avait claqué la porte de sa chambre.

— Gabrieeeeeeel... la poooooorte ! avait crié sa mère, qui lui reprochait son manque de tact récurrent pour le voisinage.

Puis, sur le même ton, elle appela son mari, réfugié à l'autre bout de l'appartement, alors que le téléphone sonnait simultanément.

Joséphine.

Elle devait avoir besoin de soutien après son entrevue avec Batiste.

— Ériiiiiiiiiic... viens prendre ta fiiiiiiiiiille !

Charlotte vociféra pour couvrir Victoire et le martèlement de son couteau sur la planche en bois. L'une des rondelles de courgette lui échappa et tomba sur le carrelage, elle se baissa pour la ramasser. Le mouvement, exécuté pour la troisième fois en quelques secondes, l'exaspéra davantage encore. Le portable se tut et, depuis la chambre à coucher, elle entendit Éric pester.

— Meeeeeerde, Cha, je suis fatigué ! J'aimerais bien avoir cinq minutes pour moi de temps en temps !

Seule dans la cuisine, elle posa le couteau sur le plan de travail.

D'ordinaire, elle laissait passer l'orage et la mauvaise humeur du mâle dominant, se contentant de marmonner pour elle-même tout ce qu'elle rêvait de lui répondre, comme elle le faisait avec sa *to-do list*.

Y avait-il une raison valable pour susciter un désir aussi violent d'émancipation chez une femme comblée ? Il ne s'agissait plus d'un énième appel manqué, ni même de sa rencontre avec le jeune coach. À grandes enjambées, elle s'engagea dans le couloir jusqu'à son mari, une courgette à la main.

— Est-ce que, moi, je ne suis pas fatiguée à ton avis ? Fatiguée, oui, c'est le terme précis ! On ne peut pas être plus proche de la vérité. Fatiguée de faire les courses toute seule. Fatiguée de cuisiner seule. Fatiguée de vérifier les devoirs de Gaby seule, d'installer Vicky sur sa chaise haute, de mettre trois plombes à l'y attacher ou de changer ses couches seule. Fatiguée que tu me prennes pour ton assistante, ta secrétaire, ta cuisinière, ta femme de ménage. Fatiguée que tu penses que mon boulot n'est qu'un passe-temps, comme si toi tu sauvais le monde avec le tien ! Fatiguée d'avoir à demander de « l'aide », alors qu'on est supposés être partenaires. Non, je n'ai pas « besoin d'aide », Éric. Merde ! J'ai besoin que tu en fasses autant que moi, c'est ce qu'on appelle la parité.

Et ne lève pas les yeux au ciel, parce que je n'ai pas fini ! Je suis aussi fatiguée par la dégradation de nos rapports, tu vois. Fatiguée de constater que dans tous les couples autour de nous, les reproches conjugaux sont les mêmes. Fatiguée par TA fatigue, et t'entendre non-stop soupirer que tu es épuisé. Pourtant je ne crois pas que tu te lèves beaucoup la nuit quand les enfants ont soif ou quand le doudou est tombé du lit ! Faut pas exagérer ! Fatiguée que tu ne penses jamais à rien sans que je ne te le rappelle vingt fois. Fatiguée de subir ta mauvaise humeur quand tu as passé une journée pourrie au taf, parce que l'ensemble de la famille doit composer avec, alors qu'on a tous nos problèmes et qu'on essaie de prendre sur nous pour ne pas les imposer aux autres. Voilà. Tu vois, moi aussi, j'aimerais bien avoir cinq minutes pour moi de temps en temps. Mais j'ai des courgettes à faire cuire !

Éric regarda sa femme, abasourdi, tandis qu'une seconde salve de critiques s'échappait de sa bouche, déformée par la colère.

— Tu te souviens du dernier vaccin de Vicky ? Tu m'as demandé si « on » était à jour sur son carnet de santé... Comme si tu avais contribué ne serait-ce qu'une fois à le remplir ! Et moi, comme une idiote, j'avais répondu « mais oui, chéri, rassure-toi, “ON” est à jour... ». Eh bien, tu sais quoi ? « ON » est un con ! J'en ai ras le bol !

La diatribe l'avait pris au dépourvu, mais Éric finit par se lever du lit conjugal sur lequel il s'était assoupi. Il ne souffrirait plus d'autre insulte.

— Je peux savoir, au juste, ce que tu insinues, Charlotte ? Tu te moques de moi ? Tu vas me dire que tu es malheureuse, alors que c'est toi qui as tout choisi dans cette vie que tu me jettes en pleine figure ? Je te rappelle que si ça n'avait tenu qu'à moi, Gabriel serait fils unique ! J'aime Victoire plus que tout au monde, mais je t'avais bien dit que ce serait dur, et qu'un enfant, c'était suffisant ! Je n'avais pas l'intention d'en avoir un autre. Faut assumer maintenant, et tu me reproches de ne pas le faire ? Alors que je bosse à fond pour que la famille ne manque de rien ? C'est l'hôpital qui se fout de la charité !

Charlotte s'attendait à cette riposte. Avançant d'un pas, elle menaça son mari avec la courgette.

— Parce que je ne bosse pas à fond, moi aussi, peut-être ! Que tu aies voulu ou non Vicky, elle est là et c'est TA fille. Faut être deux pour faire un enfant, bordel !

Cette fois, Éric ravala sa fierté. Il voulait peser ses mots au gramme près, avant de franchir un point de non-retour.

— Tu veux que je te dise quoi, hein ? Que t'es la seule à tenir le calendrier pour changer les draps ! Super. L'essentiel, c'est qu'on les change, non ? Est-ce que j'ai besoin d'en faire des caisses, moi, quand je m'occupe de la révision de la voiture, ou quand je me tape la dernière réunion des copros ? Et déboucher les chiottes, à cause du PQ que Gaby utilise à gogo, ça t'arrive ? Gérer le bras de fer avec l'assurance pour baisser les mensualités que t'as même pas négociées quand t'as signé sans m'en parler ? J'en fais autant que toi, et toi non plus, tu ne t'en rends pas compte ! Et je n'ai pas besoin de le crier sur tous les toits.

Pendant quelques secondes Charlotte baissa la garde et son mari imagina qu'elle prenait sa version en considération. Elle renchérit.

— Pour l'assurance, j'ai signé parce qu'il fallait se décider et que monsieur était injoignable. Quant au reste… je me rends surtout compte que tu étais bien plus présent pour Gabriel, parce que c'était le premier. Tu t'es désengagé avec Vicky sous prétexte qu'il n'y avait plus la découverte de la parentalité. Tu m'as prouvé par le passé que tu savais nettoyer la merde, donc tu estimes que tu n'as plus à le faire. « J'ai déjà donné »… Ben, bien sûr ! Ce n'est pas parce qu'on sait faire qu'on ne doit plus le faire ! Ça reste des couches dégueulasses, et je ne prends pas plus de plaisir que toi à m'y coller. Mais tu vois, je suis bonne pâte, je me dis que c'est pour le bien de notre couple… Qu'en échange, tu vas faire d'autres choses pour nous, pour rétablir l'équilibre, et je ne te parle pas que des corvées, là. Je ne sais pas moi… prendre en charge la réservation des vacances d'été ? Trouver la baby-sitter pour un resto ? Et encore…

Charlotte marqua un nouveau temps, plus pour organiser sa pensée que pour la nuancer. Elle continua de s'adresser à son conjoint les yeux dans les yeux.

— Même ces manques d'initiatives, je pourrais les pardonner si je sentais de ta part un minimum de gratitude. Un « merci » de temps en temps. Si une fois, tu étais capable de me dire « bravo, ma chérie, pour tout ce que tu fais », au lieu de répondre sèchement que c'est moi qui ai voulu tout ça. Comme si dans un couple, ce n'était pas du cinquante-cinquante, comme si je t'avais tout imposé. Merde, Éric ! Merde ! Ce n'est pas juste. Tu ne vois pas ce que je fais au quotidien pour toi.

— Mais toi non plus, répondit l'agressé de manière lapidaire, tu ne vois pas ce que je fais pour toi. « Ma chérie ».

À peine avait-il fini de parler qu'Éric quitta la chambre pour se diriger vers la cuisine.

Au fond du couloir, Gabriel monta le volume de sa musique.

— Quoi ? Qu'est-ce que tu fais pour les enfants ? défia Charlotte aux trousses de son mari. Vas-y, donne-moi des exemples concrets !

— C'est nul, cette attitude... Tu essaies de me faire porter le chapeau, alors que tu veux tout contrôler. Quand j'agis, ça ne va jamais.

— Non, Éric. Non. Arrête ton numéro de brave homme persécuté par l'épouse tyrannique ! C'est un prétexte lamentable pour démissionner.

La virulence du mot l'interpella. Brusquement, il se retourna de nouveau vers elle.

— Ah bah, parlons-en, de démission, tiens ! Elle est bien bonne, celle-là ! Tu réalises à quel point c'est lourd de porter la charge d'une famille ? Est-ce que j'ai déjà manqué à ma parole ? Est-ce que je ne subviens pas aux besoins des enfants ?

Charlotte le fusilla du regard. Le débat, abreuvé de questions sans réponses, ne menait nulle part.

— Mais bien sûr ! Nous y voilà ! Tu t'obstines encore à croire que t'es seul à porter la charge financière, évidemment. Parce que c'est ce qui vient sur le tapis, si je ne me trompe pas. Le nerf de la guerre pour les hommes !

Eh bien, t'en veux une bonne ? Je suis là aussi pour payer les factures, figure-toi. Tu rêves que j'arrête de bosser pour m'occuper des enfants et en même temps, tu ne supportes pas la pression d'être le seul à faire bouillir la marmite… Reconnais que c'est contradictoire ! Alors accepte mon travail. Accepte que mon salaire ne soit pas de l'argent de poche, même si j'en gagne moins que toi.

Éric secoua la tête en signe de contestation avant de rire cyniquement.

— Oui, mais tu vois, on est tous les deux enfermés dans nos propres clichés. Toi, dans celui du prince charmant ; moi, dans celui très conventionnel qui veut que l'homme assure la pérennité du foyer. C'est comme ça. Ah, c'est certain… la combinaison des deux fait mal ! Mais, moi aussi, je peux te sortir de grandes phrases : ton féminisme exacerbé cloue les hommes au pilori de l'impotence, Charlotte. Voilà ! On n'est pas plus avancés. Tu me reproches de ne pas m'occuper des gosses comme toi, et c'est vrai. J'en ai conscience. En même temps, ce n'est pas ma faute. Quand ils sont malades, c'est toi qu'ils réclament. C'est maman qu'ils appellent la nuit dans leurs cauchemars. On n'est pas à égalité là-dessus. La chaleur de maman, les bras de maman, ce ne sont pas ceux de papa. J'ai essayé pourtant, rappelle-toi, j'ai essayé avec Gaby… J'ai moins de patience, j'en conviens, mais arrête de croire que je ne fais rien, parce que c'est faux. On s'imagine toujours en faire plus que l'autre. Ce n'est pas parce que je ne nettoie pas les mains de Vicky avant de passer à table que je l'aime moins que toi. Je l'aime tout autant. Je ne les nettoie pas parce que je sais que tu le fais, voilà tout. Ça ne m'empêche pas d'être prêt à donner ma vie pour elle, comme pour Gaby. Je lui apporte des choses différentes. Quant à toi… Eh bien… À toi aussi, j'essaie d'apporter des choses. Elles ne sont peut-être pas celles que tu attends, mais elles ont le mérite d'être concrètes ; arrête ta mauvaise foi.

Éric avait désarmé sa femme ; il le lisait dans ses yeux. Au bout de tant d'années de mariage, les exemples d'amour flagrant affluaient, et il ajouta plus doucement :

— Tu peux croire que je suis complètement à l'ouest, mais qui peut comprendre le langage le plus intime, le plus impudique des battements de ton cœur ? Dis-moi ! À qui d'autre que moi envoies-tu des photos de bodies trempés de merde quand Vicky chie de travers dans ses couches ? Parce que ça ne fait rire que nous, juste nous. Qui va la border dans son lit chaque soir ou « attraper les cauchemars » de Gaby ? Qui passe des heures le dimanche matin à s'enthousiasmer exagérément quand il arrive à toucher une balle au tennis ? Ils sont là, entre nous, Charlotte, et nos engueulades sur la vaisselle ou les courses de bouffe n'y changeront rien. À nous de nous adapter à cette vie. À leur vie. À leur rythme. Et pas l'inverse. Tu me l'as suffisamment balancé dans la figure quand ma patience avec eux était à bout. Ils ne sont responsables de rien. Ce n'est pas leur faute. C'est la nôtre. On est supposés être une équipe, non ? Alors agissons comme telle, et pas comme les lycéens qu'on était quand on s'est rencontrés.

Charlotte était mouchée. Son impuissance à faire comprendre à Éric l'étendue de son mal-être la submergea. Les larmes aux yeux, elle s'agenouilla pour cacher sa vexation, prétextant chercher dans un tiroir la casserole dans laquelle elle ferait bouillir les courgettes. Bien sûr, elle finirait par la laisser déborder et salir la plaque de cuisson, pendant qu'elle s'en éloignerait pour donner le bain à Victoire. Éric, lui, ouvrirait le cahier du jour de Gabriel pour vérifier que les devoirs étaient complétés, et les leçons apprises.

24.

JOSÉPHINE

Joséphine ne pouvait pas vanter ses retrouvailles avec Batiste auprès de David, comme elle l'avait souhaité. Par un message expéditif, il l'avait avertie qu'il dînerait chez sa mère. Elle passa donc la soirée seule avec Raphaël, ouvrant compulsivement un placard après l'autre dans l'espoir de dénicher un reste de poulet rôti.

— Mince, dit-elle à son fils en le berçant. J'ai l'impression d'être une addict en crise. Tu crois qu'il faut que j'arrête... d'arrêter le régime ?

Pour toute réponse, Joséphine n'obtint que des hurlements qui lui déchirèrent les tympans. Raphaël ne trouvait pas le sommeil, et elle se sentait exténuée. Elle regarda autour d'elle en quête d'un objet qui pourrait créer une diversion ; tout lui parut étriqué et glauque. Le noir saisissait les fenêtres de plus en plus tôt à l'approche du solstice d'hiver, et le contraste avec la lumière électrique jaunâtre de la cuisine enlaidissait le dessin des murs couverts de la crédence résolument contemporaine. Ouvrir pour aérer n'était pas envisageable ; à

23 heures, il faisait trop froid et le nourrisson ne souffrirait pas un tel courant d'air.

Joséphine changea Raphaël de position dans ses bras. Sa courbe de croissance la réjouissait, mais il se faisait de plus en plus lourd à porter. Elle tenta de caler son petit ventre contre son avant-bras, puis le redressa lorsqu'il lui fit comprendre que ça ne lui convenait pas davantage. Elle le blottit dans son cou, et dans un geste de crispation, il attrapa une mèche de ses cheveux qu'il emmêla dans ses minuscules doigts, avant de tirer de toutes ses forces.

— Aïe, grogna Joséphine en le changeant d'épaule une nouvelle fois.

Rien n'allait, ni pour le fils, ni pour la mère. Elle essuya une première larme.

— Allez, trésor... Tu vas finir par t'endormir... Papa va bientôt rentrer, tu sais. On n'est pas seuls, faut pas croire. Ça va aller. Je te promets que ça va aller.

Cette larme en appela d'autres. Joséphine arpenta le couloir deux fois, puis trois, puis quatre, en berçant Raphaël. Le temps s'étirait. 23 h 10, seulement ? Elle croyait faire le tour de l'appartement depuis déjà plusieurs heures.

— Tu as mal quelque part ? C'est ça ? Moi aussi, j'ai mal, tu sais. J'ai mal au cœur. Mais ce n'est pas ta faute ! Et si maman pleure, tu n'y es pour rien non plus, ne t'inquiète pas. Les yeux de maman, c'est leur façon à eux de parler. Là, en ce moment, ils parlent beaucoup, mais c'est parce qu'ils sont fatigués. Ils n'arrivent plus à se taire. Comme toi... Tu hurles parce que tu es fatigué, et tu n'as pas d'autre façon de l'exprimer, je comprends.

Ça ira mieux demain, hein ? Charlotte, elle me l'a dit. Elle aussi, elle est passée par là. L'épuisement. Le baby-blues. Après Gaby, surtout. Elle se l'est pris en pleine figure. Je ne dis pas que ça me console de savoir que ma copine aussi a galéré, mais… c'est humain, non ? Se rassurer parce qu'on partage sa détresse, c'est la preuve qu'on craint tous la solitude, il me semble. Alors je te le répète, mon loulou : n'aie pas peur, on n'est pas seuls. On va s'en sortir.

Continuant à murmurer au creux de l'oreille de son bébé, Joséphine se dirigea vers la chambre parentale pour s'allonger sur le grand lit, son fils posé sur elle. Elle savait qu'elle ne devait pas l'habituer au cododo, mais elle se sentait si lasse…

Les cris perçants n'en finissaient pas.

Essuyant un nouvel échec, elle fut contrainte de se redresser et regarda l'heure sur son téléphone : 23 h 35. Aucun message de David.

— J'en peux plus… Raph, mon amour, je t'en prie… Fais dodo.

Elle reprit sa marche dans l'appartement, le poids de son fils en bandoulière.

— Tu veux que je chante une berceuse, c'est ça ? Je t'aime de tout mon cœur, vraiment, mais tu sais bien que c'est pas mon truc. Je suis nulle à ça. Je suis nulle comme mère, faut croire, de toute façon. Ce sera jamais moi… Je dois te prévenir, au cas où tu ne l'aurais pas compris : je serai jamais celle qui fera de la pâte à sel avec toi. J'ai pas envie de me tartiner de peinture non plus, ni de m'extasier devant des gribouillages. Je déteste les jeux de cartes. Et tous les jeux de société en général. Je ne serai pas ta copine. J'ai pas la patience pour construire des Lego. J'aime pas lire leur mode d'emploi et chercher les petits bitoniaux dans les sachets. Rien que le mot « bitoniau »... C'est sûrement la première fois de ma vie que je le prononce ! Tu vois, je perds déjà des neurones. Les enfants, ça rend con. Je comprends pas le kiff des parents qui passent des heures au parc. Je ne serai pas capable de m'investir comme déléguée dans ta classe, ou d'accompagner les sorties scolaires. Encore moins d'organiser tes anniversaires avec quinze gamins qui courent partout ! Tu sais ce qu'elle m'a raconté, Chacha... Pour les quatre ans de Gaby, elle avait orchestré une fête avec les copains de maternelle. Eh bien, elle s'est retrouvée chez elle avec un môme qui avait chié dans son pantalon. Tu imagines ? Le môme, c'était pas le sien ! Eurk ! Déjà, le caca d'un grand de quatre ans, ça donne envie de vomir. Mais alors si c'est pas le tien... Laisse tomber !

Enfin, les paupières de Raphaël se faisaient lourdes. Celles de Joséphine aussi, mais elle devait tenir. Elle savait que si elle tentait maintenant de le poser dans son lit à barreaux, il se réveillerait en sursaut et il faudrait recommencer à zéro.

— Ça a l'air de te plaire, susurra-t-elle, les histoires scato... En tout cas, elles ont au moins le mérite de te calmer... Ouf ! Tu veux que je te confie un secret ? Je sais que je suis maladroite comme mère. J'essaie de te donner des armes pour être heureux, serein... Mais c'est difficile, parce que je ne le suis pas moi-même. Je crois que je n'ai pas vraiment le droit de te le dire, c'est pas homologué par le guide des bonnes mamans. Je dois être celle qui sait, normalement. Celle qui guide. Tant pis ! On a au moins un point commun tous les deux. Moi aussi, j'ai la trouille, Raph. De faillir. Ou que mon amour et ma bonne volonté ne suffisent pas. Alors faut qu'on se serre les coudes, hein ?

23 h 50. Le premier essai pour allonger son bébé fut transformé. Joséphine exultait et mourait d'envie de l'imiter en même temps. Mais avant de rejoindre les bras de Morphée à son tour, elle tenait à faire disparaître les vestiges de sa calamiteuse soirée : la bouteille d'eau renversée, le biberon à moitié bu, le paquet de lingettes éventré, les dosettes débouchées de sérum physiologique et celles de lait en poudre. La poubelle avait avalé les couches sales mais pas l'odeur ; il fallait l'éloigner au plus vite. Nettoyer la vaisselle du maigre dîner, puis passer un coup de balai. Après s'être déshabillée et lavée, enfin, la jeune mère posa la tête sur l'oreiller. Il était 00 h 45, David n'était pas rentré, et de l'autre côté du couloir, Raphaël se remit à pleurer. Joséphine aussi.

25.

PRUDENCE

La musique battait son plein. Paul avait emmené Prudence à la fête d'anniversaire d'un collègue. Les fêtes d'anniversaire se faisaient rares en vieillissant, mais celle des quarante ans restait un must. Le mythe qui entourait ce nombre de bougies sur le gâteau incitait à la célébration, bien plus que les trente ; il s'agissait de conjurer la crise que l'expression populaire promettait.

— C'est vrai ça, dit Prudence en trinquant avec Paul et un couple d'amis. Je ne me souviens pas avoir beaucoup fêté de trentenaires... C'est bizarre, non ?

— Bah, tu l'as déjà lu dans tes canards... *The forties are the new thirties!* On meurt de plus en plus tard, alors les générations se décalent.

— D'autant qu'à trente piges t'es souvent dans les couches et les biberons. T'as la flemme d'organiser quoi que ce soit... Et t'as aussi moins de thunes.

— Alors qu'à quarante, si ton divorce ne t'a pas encore dépouillé, tu peux faire d'une pierre deux coups, et le fêter en même temps !

Le petit groupe rit à l'unisson. Depuis l'irruption de Prudence dans sa vie, Paul resplendissait. Il en avait bavé, mais savourait désormais à sa juste valeur son moment de grâce, plaisantant quand elle l'appelait son homme « d'occasion » ou « de seconde main », sans acrimonie mal placée.

Prudence se serra contre lui et but une gorgée de champagne. La nuit leur souriait. Dans la poche arrière de son pantalon noir moulant, son portable vibra. À 1 heure du matin, il ne pouvait s'agir que d'une seule personne.

L'une d'entre vous est-elle debout ? À l'aide !!! Raph me met la misère et David n'est pas rentré. Je commence à m'inquiéter.

Prudence posa sa flûte sur le bar pour taper rapidement sa réponse.

Présente ! Mais il est où, le cher papa ?

*Chez sa mère. J'ose pas essayer de le joindre.
Peur qu'il croie que je le flique... Ça donnerait
encore un prétexte à la vieille bique pour déblatérer
dans mon dos.*

*Arrête ta parano. Assomme ton fils
et va te coucher !*

*Ha ha, j'avais réussi à l'endormir avec les histoires
scatos de Chacha (qui pionce, elle, manifestement),
mais il s'est réveillé et pète le feu. T'as pas
d'autres idées ?*

Prudence s'excusa auprès du groupe, embrassa Paul sur la joue et lui glissa à l'oreille qu'elle s'éloignait quelques minutes, le temps de laisser un WhatsApp vocal à Joséphine.

— C'est urgent à 1 heure du mat' ? la rabroua-t-il.

— Ben, c'est précisément parce qu'il est 1 heure du mat' que c'est urgent, oui, répondit-elle les mains tournées vers le ciel en signe d'impuissance.

Le WhatsApp vocal était le nouveau moyen de communication à la mode, et Prudence le détestait. Imposer l'écoute d'un message à qui que ce soit révélait un caractère paresseux, jugeait-elle. Pour Charlotte et Joséphine, elle acceptait de faire une exception. C'était efficace et spontané.

— Raconte-lui la fois où Éric a pris l'avion avec Gaby alors qu'il n'avait même pas un an, enregistra-t-elle. Il avait gerbé dans la loge Air France et Éric avait pété un câble quand il avait demandé à l'hôtesse une lingette pour nettoyer. Tu te rappelles pas ? Elle avait grimacé, cette idiote : « Euuuuurkkk... je déteste le vomi ! » et lui, il l'avait regardée et répondu un truc du genre : « Ah, parce que vous croyez sincèrement que, moi, j'adore ça ? » Ça rentre dans les histoires scatos, le vomi, non ?

Portable en main, Prudence se dirigea vers les toilettes du restaurant. Elle profitait de l'interlude pour retoucher son maquillage et soulager sa vessie. Autant d'informations qu'elle taisait à Paul pour que le mystère de l'élégance perdure. Joséphine envoya par écrit :

Ha, ha, ha ! Je ne m'en souvenais pas. Je vais essayer.

Sa meilleure amie se lavait encore les mains lorsqu'elle reçut le second message.

Ça marche pas. Il veut pas dormir et suis au bout du rouleau.

— Courage, ma biche, enregistra de nouveau Prudence. On nc passe pas toutes de femme à mère avec panache ! Il va finir par tomber, ton petit bout, et David va rentrer. Tu te sentiras mieux demain. En attendant... Tiens, je peux te raconter une blague. Y a deux œufs qui discutent dans le frigo. Y en a un qui demande à l'autre : « Pourquoi t'es tout vert et t'as des poils ? » Et l'autre répond : « Parce que je suis un kiwi, connard. » Voilà. Ça rend moins bien en vocal mais y a la musique à fond ici, et j'espère que ça te fait quand même un peu rire. Je suis avec toi.

Prête à rejoindre Paul, la jeune femme se regarda dans le miroir et sourit à son reflet.

Elle imaginait Joséphine dans son appartement, esseulée, épuisée, déprimée, tandis qu'elle s'amusait sans contrainte jusqu'au bout de la nuit. « L'une échangerait volontiers sa place avec l'autre », pensa-t-elle. Mais laquelle des deux envieuses gagnerait le plus si elles intervertissaient leurs vies ?

26.

JOSÉPHINE

David ? Allô, la Terre ?

Tu sais que j'ai pris l'habitude de te remettre dans l'axe ! Alors, parle-moi. Pourquoi tu ne réponds pas ?

T'as jamais remarqué, Mary, qu'on avait dépassé l'âge auquel papa est mort ? Tu ne trouves pas ça bizarre d'être plus vieux que lui ? Comme si on était plus adulte qu'il ne l'avait jamais été ; c'est insensé. On ne peut pas être plus vieux que ses parents, non ? Je trouve ça triste quand j'y pense.

OK, Dav', je vois que tu pètes le feu. Mais merci pour le retour... Je commençais à croire que t'étais mort aux pluches, comme disait mamie.

Je ne comprends rien. Ben oui, le temps passe, et c'est bien comme ça ! Tu vas voir ton fils grandir... Il n'y a pas de plus grand bonheur.

Prends soin de toi, mon frère.

M.

Le temps… Ah, en voilà, une saloperie, Mary !

Le temps nous joue des tours, de génération en génération. On était prédestinés à être orphelins de père, toi et moi. C'est écrit dans notre nom de famille : Richard. David et Mary Richard. Tu connais l'origine des noms de famille formés à partir d'un prénom ? Ça date du XVII*e siècle. À l'époque, beaucoup de gosses étaient livrés à eux-mêmes, sans aucun parent. Du coup, un ecclésiastique a eu l'idée de créer un lieu d'accueil pour eux, et il leur attribuait un patronyme qui correspondait au saint du jour de leur arrivée. Saint Richard, priez pour nous ! Tu vois, on est appelés à vivre seul ; c'est la tradition ancestrale.*

D.

Je ne sais pas à quoi tu joues, Dav', mais tu n'es pas seul. Ta détresse est flippante.

Appelle-moi.

M.

Joséphine s'était levée à l'aube malgré la disette de sommeil, mais l'eau coulait déjà dans la douche sans qu'elle n'ait croisé David. Elle saisit l'occasion pour se faufiler jusqu'au salon et parcourir ses e-mails, s'interrompant seulement lorsqu'elle entendit le robinet se fermer. Elle se rua alors dans la cuisine pour prendre son poste avant que son conjoint ne l'y rejoigne, rasé, habillé et téléphone en main.

— Tu es rentré tard ? demanda-t-elle en bâillant. Je ne t'ai pas entendu.

— Je suis rentré tôt ce matin, en fait. J'ai dormi chez maman pour ne pas te réveiller. Je voulais me changer avant de partir au boulot.

La réponse la chiffonna encore plus que sa lecture. Elle alluma la machine à expresso.

— Tu es en train de me dire que tu as découché ? Et que tu m'as trompée avec ta mère ?

— Très drôle. Elle habite à deux rues, ça va. Y a pas mort d'homme.

Elle tentait encore d'absorber l'information et de la recouper avec celles qu'elle avait glanées sur l'ordinateur lorsque David rompit le fil de ses inquiétudes.

— T'as conscience que c'est du café que tu prépares, là ? Je croyais que t'en buvais plus…

— Oui, bah, au point où j'en suis…

David ne l'interrogea pas sur la réponse laconique ni sur la nuit passée ; Joséphine se doutait qu'il devait les lire sur son visage fermé, ses traits tirés et son regard vitreux. Un sentiment de honte s'empara d'elle. L'image qu'elle renvoyait était loin d'être glorieuse : la robe de chambre à moitié nouée, une tache de régurgitation sur l'épaule, la chevelure hirsute… Quand, lui, dandy élégant en costume et cravate, s'apprêtait à partir enveloppé dans son eau de Cologne onéreuse et son caban bleu marine parfaitement ceinturé. Il lui faisait l'effet d'un courant d'air qui sentait bon, mais qui ne soufflait que trop furtivement sur les débris du champ de bataille. Joséphine se racla la gorge.

— Et sinon, tout s'est bien passé avec ta mère ?

— Oui, nickel, répondit-il affablement. Elle est en forme en ce moment.

Cette fois, elle se mordit la langue. Alors qu'elle pliait sous le poids de la fatigue et d'un silence honni, elle appuya sur la touche « double expresso » et couvrit ses noires pensées par le bruit du percolateur.

« Elle est en forme en ce moment. »

L'expression la rebutait.

« En ce moment. »

Elle revenait dans toutes les conversations dont sa belle-mère était l'épicentre ; comme s'il fallait composer avec ses humeurs ménopausées sans broncher !

Joséphine leva les yeux vers son mari ; il finissait son petit déjeuner debout, l'attention rivée sur son téléphone. L'appareil électroménager se tut.

— Tu connais la blague des œufs qui discutent dans le frigo ?

Plusieurs secondes, elle resta immobile, dans l'attente d'une réponse. Il ne pouvait pas ne pas l'avoir entendue. En revanche, il ne l'avait pas écoutée ; encore une fois. Depuis combien de temps n'avaient-ils pas ri ensemble ? Sa tasse vide, David la posa sur le bar et remarqua enfin qu'elle le dévisageait.

— Quoi ? Tu m'as parlé ?

— Non. Laisse tomber.

Il s'approcha pour l'embrasser sur le dessus de la tête avant de s'éclipser et Joséphine ne le retint pas, plus pressée de poursuivre sa lecture que motivée par l'effort à fournir pour ouvrir un dialogue salutaire. Le virtuel avait pris le pas sur la réalité, et elle ne parvenait plus à inverser la tendance.

L'adrénaline retomba après avoir allumé l'ordinateur. Il n'y avait rien. Juste une question de Mary, sans réponse.

Frangin ? Tu vas bien ?

Mary devait prochainement arriver en France. Quand comptait-il la voir ? Allait-il s'en cacher ? Organiser des réunions secrètes avec leur mère ? Joséphine les imaginait comploter dans son dos. Elle avait toutefois d'autres urgences à gérer que sa paranoïa persistante : aujourd'hui marquait le début de sa recherche pour trouver la nourrice de Raphaël. La perle rare qui resterait à sa place, discrète mais dégourdie. David comptait sur Joséphine, et Joséphine, sur deux entretiens qu'elle avait programmés.

En amont, elle imprima la fiche de chacune des nounous envoyées par l'agence, pour se présenter comme une patronne rigoureuse. Pour ne pas les effrayer non plus, elle les accueillit en arborant un sourire de circonstance et leur servit des biscuits qui entachèrent d'emblée le premier dossier qu'elle bannit d'une croix, les doigts pleins de chocolat. La candidate avait beau justifier d'une expérience longue et référencée, son dynamisme peu amène découragea Joséphine qui craignait un manque de réaction en cas d'accident domestique. Elle n'en connaissait que trop d'exemples pour avoir fait ses gammes au service des faits divers en début de carrière, de la simple brûlure au bras fracturé.

Le second entretien ne la convainquit pas davantage. Cette fois, elle eut affaire à une femme de vingt-huit ans, mère d'une petite fille de trois ans. Certes, les réflexes étaient plus affûtés, mais sa langue l'était tout autant ! En l'espace de trente minutes, Joséphine apprit comment son interlocutrice avait rencontré son compagnon, comment ils s'étaient séparés, comment ils s'étaient rabibochés. Elle sut aussi comment elle était tombée enceinte, comment ils s'étaient mariés en urgence, comment elle avait accouché (par césarienne, après quarante-huit heures de souffrance dont elle n'épargna aucun détail). Alors que les mots affluaient, la mère pensait à envoyer un e-mail bien senti à l'agence pour exiger d'autres profils, quand Raphaël se mit à pleurer. Elle l'avait posé dans son lit pour la sieste, et elle comprit que Catherine, la plus âgée, n'avait pas cherché à le rencontrer. Annabelle, la seconde postulante, sauta sur ses deux pieds.

— Oh ! Il est réveillé ! Est-ce que vous me permettez d'aller le voir ? Je n'osais pas vous demander où il était !

« Mais vous avez bien osé me raconter vos problèmes d'hémorroïdes post-partum », ne put s'empêcher de songer Joséphine.

La requête impossible à refuser, elle guida Annabelle jusqu'à la chambre de son fils. Cette dernière s'extasia en le prenant dans les bras, même si la potentielle employeuse n'était pas dupe : elle n'allait pas reculer de dégoût, évidemment.

— Comme il est léger ! Ça me change de ma fille ! Bonjour, petit chou… Tu as bien dormi ? Tu veux aller jouer ? Il fait beau dehors… Peut-être que tu vas pouvoir aller te promener avec maman ! Je suis sûre que tu as un manteau magnifique qui te tiendra bien chaud.

« D'accord », reconnut Joséphine pour elle-même.

Une bavarde, ce n'était pas si mal pour l'éveil de Raph. La maîtresse de maison était partagée entre le réflexe de lui arracher son précieux bébé des bras, et l'envie irrépressible de s'éloigner en courant de cet appartement sachant qu'il était, enfin, entre d'autres bonnes mains.

27.

PRUDENCE

Prudence réussit à se rendre disponible pour retrouver Charlotte et Joséphine lors d'un déjeuner impromptu. Cette dernière avait tiré la sonnette d'alarme sur leur groupe WhatsApp :

Bon sang de bonsoir... Me voilà affublée d'une nourrice !

Elle n'avait jamais été séparée de son fils depuis sa naissance, même s'ils ne cohabitaient plus dans le même corps.

— C'est elle ou MJ, de toute façon, annonça la jeune mère en préambule. La peste ou le choléra.

— En Suisse, les nounous sont appelées « mamans de jour ». Tu le savais ?

— « Mamans de jour » ? Mais les mères qui travaillent sont quoi, alors ? Des mamans de nuit ?

Fourchette à la main, Joséphine grimaça en piquant trois grains de maïs dans son assiette.

— Retrouver sa place dans la société... alors que cette garce nous met des bâtons dans les roues, nous faisant passer pour des bonnes à rien. C'est pas une sinécure.

Puis, levant la tête brusquement, elle se reprit :

— Oh, pardon, Prudence… Je sais que tu galères avec Paul. J'aurais dû réfléchir…

— Ne t'inquiète pas… T'es cuite, ça se voit sur ton visage. Et ça me fait du bien de crever l'abcès, de toute façon. Je suis convaincue que Paul veut ce bébé autant que moi, mais il se ferme comme une huître dès que j'aborde le sujet. Il plonge dans son portable et il n'y a plus rien à en tirer.

— Comment veux-tu qu'il en soit autrement ? Dès que tu touches à leur virilité, les mecs se vexent comme des poux. Alors forcément, s'il n'arrive pas à faire un enfant à sa femme…

— Ça viendra, j'en suis certaine, la rassura Charlotte. Les médecins t'ont dit que tout était normal. En attendant, profite… Une fois que tu auras des gosses, ce sera pour la vie ! Tu rêveras de les renvoyer à la maternité, tu ne comprendras pas pourquoi ils pleurent… Tu te plieras en quatre, et ça ne suffira jamais.

Joséphine hocha la tête.

— Ça, c'est certain. À 6 heures du matin, le dimanche, fin novembre, lorsqu'il tombe des cordes et qu'il fait nuit noire, tu veux dormir ou te mater une bonne série ? Mais non ! Impossible ! Faut trouver une activité à faire et vite, parce qu'ils ne tiennent pas en place.

— Arrivent 10 heures et te voilà déjà au bout du rouleau, alors que ce n'est que le début de la journée !

Ainsi s'enchaînaient régulièrement les doléances décousues, d'une bouche maternelle à l'autre. Prudence, aux premières loges, n'en perdait jamais une miette.

— Oublie ta vie sociale… Personne ne t'invite avec des enfants qui abîment et dégradent tout. Surtout s'ils font un boucan du diable… Tout le monde te fuit.

— Oublie aussi tes propres envies. Tu sais depuis combien de temps je ne suis pas allée au ciné, moi ? Et t'as une idée du prix du baby-sitting pour faire garder la marmaille ?

— Sans parler de la culpabilité passé 23 h 30… T'as beau t'éclater, tu regardes ta montre en jurant que c'est le dernier verre parce que tu sais que tu vas le payer cher le lendemain à 7 heures, quand ce sera reparti pour un tour.

— Alors que toi, tu n'auras qu'une envie : te noyer dans un verre d'aspirine depuis le fond de ton lit.

— Mais ça, c'est hors de question.

— Sauf si tu finis par craquer et les coller devant la télé, comme tous ces parents que tu critiques…

— En culpabilisant à mort, parce que tu auras lu les derniers articles bien-pensants sur les effets néfastes des écrans…

— Forcément ! Il paraît que ça endommage le pois chiche qui leur sert de cerveau !

La maternité n'avait rien de réjouissant, à entendre Joséphine et Charlotte. Pourtant, inlassablement, les deux mères de famille ne pouvaient s'empêcher de clore les débats en brandissant des photos de leur progéniture barbouillée de chocolat ou endormie dans des poussettes ultra-sophistiquées. Alors, Prudence détournait les yeux car ce n'était pas l'étalage des bambins en culotte courte qui la fascinait le plus. Ce qu'elle préférait regarder, elle, c'était la fierté qui illuminait le visage de ses deux amies quand elles lui glissaient les clichés sous le nez. L'extase que leur procurait la contemplation de ces petites répliques d'elles-mêmes ; c'était un tel ravissement qu'elle les soupçonnait de dresser un tableau plus noir que la réalité ne l'était, afin d'apaiser ses lancinantes crises d'angoisse dues à son manque de fertilité.

Au début, Prudence n'avait pas cherché à faire attention, après l'arrêt de la pilule.

— Ça viendra quand ça viendra, avait-elle dit à Paul.

Mais au fil des mois, elle s'était mise à calculer, à suivre ses courbes de température, à surveiller son alimentation. Plus les médecins se voulaient rassurants, plus son obsession grandissait et moins le téléphone sonnait. Les relations prenaient leur distance, dans l'hypothèse que son infertilité ne se propage comme une maladie contagieuse. En suspens, au bout du fil, il y avait ces phrases acerbes lorsque Prudence tentait de compatir à leurs problèmes, ou lorsqu'elle se hasardait à distiller des conseils sur demande.

« Tu ne peux pas comprendre… Tu comprendras quand tu auras des enfants… »

Enfin, le lien s'étiolait car elles se sentaient toutes honteuses d'être mères et de s'en plaindre. Éclaboussées par le malaise qu'elles avaient elles-mêmes provoqué, elles abrégeaient confusément les conversations et raccrochaient en promettant de rappeler plus tard. Heureusement, Charlotte et Joséphine n'étaient pas de ces amies-là ; Prudence le savait. Elle pouvait parler sans filtre et les secouer.

— Mais qu'est-ce qui vous empêche de prendre du bon temps, vous aussi ? D'accord, c'en est fini de la joyeuse impro, mais pourquoi ne pas vous octroyer une soirée de libre par semaine pour vous faire un spa ? Ou vous bouger les fesses dans un club de sport ? Si vous les prévenez, les papas peuvent aussi s'organiser pour garder leurs gosses, non ?

— C'est vrai, admit Charlotte. Mais entre la théorie et la pratique, c'est plus compliqué qu'il n'y paraît, tu sais… La dernière fois que je suis sortie, Éric a couché Vicky en lui enfilant son pyjama *par-dessus* ses vêtements. Il n'a même pas réfléchi à la déshabiller… Tu imagines ? Je l'ai retrouvée trempée de sueur…

Prudence éclata de rire tandis que son amie en rajoutait :

— *Idem* pendant le voyage scolaire où j'accompagnais mes élèves… Trois jours en Auvergne à La Bourboule… le bout du monde ! Je lui avais tout listé sur un papier : les repas, les vêtements, les poids de chacun pour le doliprane en cas de besoin… Bref. Le premier soir, j'appelle pour savoir si tout roule, et il me répond que, oui, tout est sous contrôle. « Même le bain de Vicky ? » Ça me surprenait parce qu'il y a encore deux mois, elle détestait ça. Et Éric, au téléphone, incrédule : « Ah parce qu'il fallait lui donner un bain ? » Ben non ! Évidemment que non ! Pourquoi la laver, après une journée de crèche ?

La saynète eut raison de l'humeur maussade de Joséphine. Elle se laissa à son tour gagner par un fou rire.

— Tu devrais compiler tout ça dans un livre… Ton mec est une vraie source d'inspiration !

— Attends… Le pire, c'est que ça déteint sur les enfants ! C'est sans fin, je te jure… Conversation avec Gaby quand il était dans sa phase de cauchemars… Il avait quoi, cinq ans, six ans, il hurlait « Mamannnn » toutes les nuits, j'en pouvais plus. Un matin, au petit déj, j'ai fini par craquer et je l'ai agressé : « Mais pourquoi c'est tout le temps moi que tu appelles ? Y en a marre ! Pourquoi t'appelles pas papa aussi ? » Eh bien, tu sais ce qu'il m'a répondu, du tac au tac ? « Ben parce que papa, il dort… » Sans déconner ! Le digne fils de son père.

— Arrête ! J'en ai mal au ventre ! hoqueta Prudence avant de conclure : Mais… si tu prends du recul… Tant pis qu'Éric fasse moins bien que toi, que les enfants se gavent de sucre ou que l'histoire du soir soit lue de travers, non ? Une fois de temps en temps, faut pas exagérer… Personne n'en mourra !

28.

DAVID

Mary,

La santé… Tout le monde ne parle que de ça ! Comme s'il suffisait d'être en bonne santé pour être heureux. Bien sûr, c'est essentiel ; on ne peut pas être heureux si on est malade. Mais l'inverse n'est pas forcément vrai, ce n'est pas parce qu'on est bien portant qu'on est heureux. Et puis, il y a maladie et maladie, n'est-ce pas ? On peut quand même se satisfaire de sa situation tout en traversant un mauvais rhume ! Ça n'a jamais tué personne un mauvais rhume, ça n'empêche pas le bonheur. Et pourtant, c'est bien une maladie, non ? Ça veut donc dire que peut-être, puisqu'il n'y a pas de vérité absolue, on peut réussir à être heureux mais souffrir de quelque chose d'irrémédiable. Je ne sais pas, moi… Il y a ces femmes qui subissent une ablation d'un sein à cause d'un cancer, c'est terrible ça, et elles trouvent la force de chercher le bonheur. Ou les personnes stériles qui savent qu'elles ne pourront jamais enfanter. Et ceux qui n'ont qu'un rein ? C'est gênant, n'avoir qu'un rein. C'est peu commun, en tout cas. Sans parler des maladies de peau ! Le psoriasis, par exemple, c'est un problème, le psoriasis. On n'en guérit pas, et pourtant, on vit avec. Alors ? Tu vas encore me dire que le bonheur est inévitablement lié à la santé ? Mais est-ce que la santé suffit au bonheur ? Ou est-ce que le bonheur ne réside que dans la santé ? Non ! C'est donc qu'il y a d'autres souffrances dans la vie, d'autres emmerdes qui font de toi une personne heureuse ou non, selon ta capacité à les traverser, à les résoudre, ou même à les subir. Et tout cela indépendamment de ta santé. Les problèmes de couple, par exemple. Encore que... Qu'est-ce que l'on entend par « problème de couple », je te le demande ? Un manque de communication ? Des soucis d'ordre sexuel ? Désolé, je m'égare. Mais parfois, la communication passe bien, les rapports sont réguliers, et il y a quand même des embrouilles. Ou alors, c'est qu'on veut s'en créer. Mais si on veut s'en créer, c'est qu'au fond, on n'est pas vraiment heureux, non ? Quand tout va bien, si on se dit quand même que ça ne va pas trop, c'est que tout ne va pas « réellement bien ». C'est donc qu'on se ment à soi-même. Alors, quand on s'en rend compte, et ça, ce n'est pas facile de s'en rendre compte, tu t'en doutes, mais quand on s'en rend compte, on cherche, on essaie de comprendre ce qui ne va pas. Et là on ne trouve pas toujours, mais il y a des débuts d'explication, et crois-moi, ce n'est pas parce qu'on est stérile ou qu'on a du psoriasis. Non, puisqu'on sait déjà que ça n'empêche pas les gens d'être heureux. Donc, c'est qu'il y a autre chose. Ou quelqu'un d'autre, qui sait ? Mais est-ce qu'on est responsable de son bonheur ou de son bien-être ? Est-ce que, quand tout va bien, on est obligé d'être heureux ? On ne choisit pas de l'être, on ne peut pas se forcer à l'être. C'est ça aussi, qu'il faut remettre en question. La responsabilité. Et qui dit responsabilité, dit culpabilité, quand on a un certain sens éthique. Mais attention, ce sont deux mots différents, aux significations bien distinctes ! Je crois que c'est Arthur Miller qui a médité là-dessus. J'adore Arthur Miller, je te l'avais déjà dit ? Et pas parce qu'il a été le mari de Marilyn Monroe. Lui, il a réfléchi à la conscience, à cette épineuse question : est-on forcément coupable quand on est responsable ? Enfin, pour sa part, c'était une problématique tragique puisque c'était celle du Juif américain vivant de l'autre côté de l'Atlantique pendant la Seconde Guerre mondiale. Aucun rapport avec les problèmes de couple, donc. Même s'il a dû en avoir avec Marilyn puisqu'il a fini par divorcer. C'est qu'il faut apprendre à relativiser aussi. Franchement... Des gens sont morts pour nous, pour que nous puissions vivre libres. Tu as déjà lu la lettre de Guy Môquet ? « Français, soyez dignes de nous », voilà ce qu'il nous transmet, voilà ce qu'il écrit. Il avait dix-sept ans, tu te rends compte ? Alors... est-ce qu'on en est digne ? Nos petites galères à côté... sérieusement, est-ce qu'elles sont si graves que ça ? Tant qu'on est vivant, en bonne santé donc, et libre, évidemment, me diras-tu... on n'est peut-être pas si coupable que ça. Même si on fait des bêtises, elles n'ont pas tant d'importance. Alors pourquoi auraient-elles un impact vertigineux et des conséquences irréversibles ? On se doit, pour les Guy Môquet, de réussir à être heureux. C'est étrange, c'est la deuxième fois que j'emploie cette expression. « Réussir à être heureux », coûte que coûte. Ça veut bien dire quelque chose. Comme si c'était un échec de notre fait ; ne pas être heureux. Pourtant, on ne le fait pas exprès. Réussir à être heureux. Non, ce n'est pas si simple.

D.

Frère,

OK… euh… merci pour le pavé. C'est bien d'avoir toute sa tête pour réfléchir…

Parce que quand on se souhaite une bonne santé, on se souhaite autant une bonne santé du corps que de l'esprit. Savoir ce que l'on veut, ça sauve de beaucoup d'imbroglios. Se connaître soi-même. Je n'invente rien ; c'est Socrate qui le disait. « Gnothi seauton. » *Mais de nos jours, il n'y a plus de grec ancien dans les écoles, je crois…*

Sérieusement ! Je suis supposée faire quoi avec ça ? Il n'y a aucune cohérence. Tu dis tout et son contraire dans tes e-mails.

Je reste à ta dispo. Appelle-moi.

M.

29.

CHARLOTTE

Prudence avait fini par la convaincre. Il fallait tordre le cou de son esprit trop cartésien. Il refusait la fantaisie des signes du destin alors que ce dernier l'avait mise sur le chemin d'un expert en la matière.

Ainsi, Charlotte prévint Éric par message. Elle se rendait à un cours d'abdos-cuisses-fessiers. C'était un fait établi, et elle rangea son portable dans son sac pour ne pas être tentée de lire la réponse qui suivrait. Elle ne voulait pas gâcher la spontanéité de l'élan en s'énervant par écran interposé contre un mari peu dégourdi. Elle imaginait ses questions sans suspicion, qui tourneraient davantage autour de la logistique que de sa lubie : « Où est le pyjama de Victoire ? » (Comme d'habitude, sur la table à langer), « Est-ce que Gabriel a des récitations ce soir ? » (Il suffit de regarder dans son cahier de textes, tout y est consigné). Jamais il ne s'inquiéterait de savoir sa femme entre les mains d'un autre.

Dans le studio de fitness, Dimitri, le coach d'une vingtaine d'années, dictait la chorégraphie et Charlotte regretta bientôt son impulsivité, se demandant ce qu'elle faisait là, malgré la dominante féminine de l'audience. Comment faisaient les autres ? À première vue, les corps sveltes et sculptés qui la cernaient suivaient sans problème la cadence, laissant supposer qu'elles étaient des élèves assidues. Mais comment diable géraient-elles les devoirs, les courses, le travail et la manucure ?

« Gérer, pensait-elle. Nous sommes une petite entreprise de gestion. C'est ça, être une famille. »

Elle tenta de s'accrocher, alors que Dimitri renchérit :

— Allez, mesdames, l'échauffement est terminé, on va passer à des exercices plus corsés !

Depuis la naissance de Victoire, Charlotte avait fait une croix sur le sport. À dire vrai, depuis celle de Gabriel, elle ne s'y était jamais remise. Avant, elle aimait courir, jouer au tennis, nager... Elle avait bien tenté de retrouver un rythme, mais elle avait eu l'impression que c'était une perte de temps, qu'elle avait mille et une autres tâches à accomplir, plus importantes, et surtout plus gratifiantes. Sur les réseaux et les magazines, elle fuyait désormais toutes les influenceuses qui prônaient les bienfaits du yoga matinal ou autre tai-chi empreint de sérénité.

— Avancer le réveil d'une heure pour faire de la gym et se concocter un smoothie détox maison ? Bien sûr ! J'ai que ça à faire ! raillait-elle. Encore un coup à se bloquer le dos pour la journée !

Par miracle, exception faite de son ventre flasque, son corps de jeune femme entretenu par les séances auxquelles elle s'adonnait à l'époque n'était pas si différent de celui qu'elle avait depuis ses deux grossesses. Acculée de toute part, elle avait vite minci, davantage à cause de l'épuisement que grâce à un régime draconien imposé. En guise de séquelles, il lui restait une peau d'orange récalcitrante et quelques vergetures, certes, mais sa silhouette n'était pas si détestable, alors pourquoi se faire souffrir ? Éric ne s'en plaignait pas.

Après quarante-cinq épuisantes minutes, Charlotte rassembla ses affaires en se jurant de ne plus revenir. Essoufflée, les joues rouges, elle sursauta quand une main se posa sur son épaule.

— Verdict ?

Le tortionnaire des abdos-cuisses-fessiers venait d'approcher la haute table ronde sur laquelle l'apprentie sportive avait posé sa bouteille d'eau. Elle se balança d'un pied sur l'autre, gênée d'apparaître débraillée et suffocante.

— Oh, quelle humiliation...

— Mais non ! Vous avez eu le mérite d'essayer, et j'espère que ça vous a motivée à revenir !

— Pitié... Mon cas est désespéré ! Ce n'est vraiment pas pour moi.

— Le sport est pour tout le monde... Charlotte ? C'est bien ça ? Tout est une question de volonté. Laissez-moi vous offrir un verre et je vous jure que je peux vous convaincre de vous inscrire. Vous n'avez pas envie de surprendre votre entourage ?

La question et le ton concerné de Dimitri la désarçonnèrent.

Avait-elle quelqu'un à surprendre ?

« Même si je rentrais avec un tutu rose et une plume sur la tête, Éric ne s'en rendrait pas compte », imagina-t-elle.

Elle gigota, mal à l'aise.

— Oh… je me suis déjà surprise toute seule en venant ici ce soir. C'est bien assez pour la semaine !

— Parfait. J'ai donc sept jours pour vous séduire, alors ? Professionnellement bien sûr, répondit l'éphèbe avec un clin d'œil.

— C'est gentil, mais je crois que j'ai passé l'âge.

Charlotte balaya la pièce d'un geste de la main, pour désigner les autres femmes qui s'en allaient, et qui lui semblaient toutes plus jeunes et belles les unes que les autres. Le coach garda les yeux sur elle.

— L'âge, c'est dans la tête, Charlotte.

— Facile à dire quand on est au meilleur de sa forme !

— D'accord, madame la grincheuse. Alors, dites-moi, dans ce cas, ce que vous faites là ? À squatter mon cours ?

— Ça, c'est une excellente question ! Oui, c'est vrai, qu'est-ce que je fais là ? À écumer une salle de torture pendant que mon mari et mes enfants attendent mon retour ?

Un pincement au cœur accompagna sa confession. Des affaires de sport, Charlotte en avait plein le panier de linge sale, mais elles n'étaient pas toutes à elle.

Dimitri ne parut pas rebuté.

— Peut-être que tu n'as pas envie de rentrer chez toi ?

— Non, je ne crois pas que ce soit ça.

Le coach et son élève se regardèrent en chiens de faïence plusieurs secondes. Il était très beau, très insouciant, très spontané. Tout ce qu'elle n'était plus depuis longtemps. Et voilà qu'il la tutoyait ! Se levant précipitamment, Charlotte renversa sa bouteille d'eau et s'éloigna à reculons, le sac en bouclier plaqué sur sa poitrine.

— Pardonnez-moi... Je suis flattée, mais... vous voyez, je ne dois pas être douée pour ça. Ou je ne dois plus être douée. Ça fait une éternité... et... c'est idiot, pourquoi est-ce que je me justifie ? Je n'ai rien à me reprocher. Mais... la seule chose à laquelle je pense à cet instant précis est...

Elle s'arrêta, fixant son tentateur dans les yeux, et s'interrogea à voix haute.

— Est-ce que mon mari en fait autant ? Vous croyez ? Je sais... Je suis navrée, ce n'est pas votre problème !

De nouveau maîtresse d'elle-même, elle poursuivit sa rhétorique.

— Je suis sûre que c'est comme ça que ça commence... Est-ce qu'il lui arrive de traîner et de discuter avec d'autres femmes, hein ? Il en aurait le droit, on ne fait rien de mal...

— Je ne sais pas, répondit honnêtement Dimitri. Est-ce que tu as vraiment envie de le savoir ?

L'idée lui avait souvent effleuré l'esprit. Fallait-il tout se dire dans un couple ? Éric n'était-il pas son meilleur ami ? Voudrait-elle savoir s'il entretenait une liaison, quitte à faire voler en éclats sa naïveté et ses valeurs ? Serait-elle seulement capable de déceler un adultère ? De le démasquer par un parfum sur sa chemise ? Par un « sexto » ? Un ticket de carte bancaire oublié dans une veste comme preuve d'un cadeau exorbitant ou d'un moment dans une chambre d'hôtel ?

De tels clichés ! Elle avait toujours juré que leur couple valait mieux ; que, s'il la trompait, ce serait faire éclater une erreur de casting dès le début de l'histoire...

Pourtant, dans cette salle de sport, avec ce jeune sportif qui ne demandait qu'à la séduire, elle se rendait compte de la facilité avec laquelle la barrière pouvait être franchie. Il lui suffisait de faire abstraction des rides et des années, laissées momentanément à la maison.

— À la semaine prochaine ! cria Dimitri alors qu'elle tournait le dos pour s'enfuir.

30.

JOSÉPHINE

Le 16 décembre, Joséphine avait rendez-vous chez le pédiatre pour le rappel du vaccin de Raphaël. Elle s'y rendit en avance, grossissant les rangs de ceux qui hantaient les salles d'attente sans qu'elle ne comprenne pourquoi, quelque temps plus tôt.

Scrutant les autres membres du fan-club du Dr Monroi, elle en tira un nouvel enseignement éloquent : les enfants âgés de plus de trois ans n'étaient accompagnés que d'un seul parent, ou plutôt d'une seule parente, la mère. Les nourrissons, eux, bénéficiaient de la chance d'être entourés de maman ET papa. Les hommes démissionnaient-ils au fur et à mesure que leur progéniture grandissait ? s'interrogea Joséphine.

L'heure tournait et le retard s'accumulait. Elle envoya un message à David pour le prévenir qu'elle rentrerait plus tard que prévu. Il grognerait sans doute, critiquant son manque d'organisation. N'aurait-elle pas pu prendre un créneau plus tôt dans la journée ? Elle lisait déjà sur les lèvres de son mari ; il ne pouvait pas imaginer la saturation du cabinet pédiatrique, étant donné qu'il n'y avait jamais mis les pieds. Joséphine commençait déjà à regretter de ne pas suivre Batiste à Cuba, lorsque son tour arriva.

Le regard dont la gratifia Victor Monroi en ouvrant la porte suffit à lui redonner le sourire. C'était enfin à elle de profiter de sa sagesse les vingt prochaines minutes, et elle en oublia ses désirs d'évasion.

— Alors ? Comment ça va aujourd'hui ? demanda le pédiatre.

— Je suis fatiguée, mais ça va.

— Et Raphaël ?

Joséphine rougit.

« Quelle cruche ! »

Elle s'affaissa légèrement, maudissant ses critiques précédentes à l'égard de l'égocentrisme masculin, et rectifia d'une voix haut perchée :

— Il a l'air d'avoir moins mal aux oreilles.

Le Dr Monroi hocha la tête et l'invita à déshabiller son fils.

— Les oreilles vont mieux, effectivement, confirma-t-il après vérification.

En attendant que le vaccin soit prêt, la mère du petit patient scanna des yeux le bureau. Elle regarda la photo encadrée, celle qu'elle avait déjà repérée sur laquelle posaient trois ravissantes demoiselles.

— Vous avez des enfants ?

— Trois filles. Dix-neuf, dix-sept et quinze ans.

La surprise dut se lire sur le visage de Joséphine car Monroi ajouta :

— Je les ai eues jeune, j'en ai quarante-quatre aujourd'hui.

— Oh non… ce n'est pas à cela que je pensais ! Enfin… si, bien sûr, vous faites jeune, mais… je me demandais surtout comment vous aviez fait pour tout gérer en même temps. Vos études de médecine, des enfants avec si peu d'écart d'âge… Vous me paraissez tellement équilibré… On croirait que c'est facile !

Le médecin éclata de rire.

— Ça l'est aujourd'hui, mais un divorce n'est jamais facile, croyez-moi.

— Oh, pardon… je suis désolée… Je ne voulais pas être indiscrète.

— Ce n'est rien. Je suis en paix avec tout ça. Et mes filles n'en sont pas traumatisées.

— Ça vous dérange que je vous en parle ?

L'injection à portée de main, Monroi retira l'Emla Patch collé sur la peau de Raphaël pour anesthésier la douleur. Le compte à rebours était lancé.

— Pas du tout. D'autant que c'est moi le responsable. Je l'assume.

Joséphine se raidit. Elle s'attendait aux larmes de son fils, mais pas à ce que le spécialiste lui dévoile une sordide histoire d'adultère qui le dévaloriserait à ses yeux. Lui, l'homme parfait, doux avec les enfants, prévenant avec les mamans !

— J'étais très absent les premières années à cause de mon travail, justifia-t-il. Je ne manquais pas de bonne volonté, mais les hommes sont sans doute moins doués pour faire plusieurs choses à la fois !

— Votre épouse vous reprochait de ne pas être là ? Et elle a demandé le divorce ?

Les règles de bienséance transgressées, l'intrusion dans la vie privée du médecin parut maladroite et incongrue. Il n'en laissa pourtant rien paraître.

— Non... elle n'a rien dit.

Cette fois, Joséphine se mordit la langue mais continua de le scruter. Monroi s'arrêta alors pour expliquer, d'un ton neutre, comme il avait dû le faire maintes fois auprès d'autres inquisitrices :

— Un soir de Nouvel An, j'étais de garde et j'ai reçu un coup de fil au boulot. Une dénommée Céline qui m'expliquait être mariée à un collègue de Lucie. Elle m'a annoncé de but en blanc que son époux et ma femme entretenaient une liaison depuis six mois. Elle pensait qu'il était judicieux que j'en sois averti. Sympa de sa part ! Et bonne année, hein !

Il se mit à rire seul de sa boutade ; Joséphine était sous le choc.

— Oh, c'est pas vrai...

Elle porta ses mains au cœur. Pauvre Dr Monroi ! Il prétendait être responsable de l'échec de sa vie maritale, alors que la mère de leurs filles avait mis un coup de canif dans le contrat.

— Oui, « c'est pas vrai »... Ce sont à peu près les mots que j'ai dû prononcer avant de raccrocher le combiné.

— Vous deviez être abasourdi...

— Bien sûr. Mais il y avait des signes avant-coureurs, et si je n'avais pas eu autant la tête dans le guidon, je m'en serais rendu compte. Je ne dis pas que ça aurait sauvé mon mariage, mais ça aurait été moins violent.

Joséphine resta silencieuse, respectant le professionnel qui, stéthoscope en place, écoutait les battements du cœur de Raphaël. Ce dernier ne pleurait pas, et observait sagement l'homme face à lui.

« À quoi peut penser mon fils ? », se demanda la jeune mère.

Que se passe-t-il dans une si petite tête ? Elle essayait de lire sur son visage, mais il ne semblait pas avoir peur. Il n'était pas en âge de comprendre qu'on s'apprêtait à lui faire mal.

— Le rythme cardiaque est normal, prononça enfin Monroi.

Joséphine était happée par la curiosité. Pouvait-elle décemment quémander plus de détails ?

— Mais… quels étaient ces signes avant-coureurs ?

« Oups. »

Il lui paraissait impossible de ne pas poursuivre l'interrogatoire, et le médecin leva un sourcil. Elle n'avait donné aucun indice susceptible de le guider dans le dédale de ses réflexions pour établir le parallèle avec sa situation. L'e-mail que David avait écrit à sa sœur fourmillait de sous-entendus, et fomentait une appréhension nauséabonde.

— On ne se disputait plus.

— Je vous demande pardon ?

— Ça peut faire rire, mais nos rapports étaient devenus… cordiaux. J'avançais tête baissée alors que nous ne partagions plus grand-chose. Nous vivions côte à côte, sans vivre vraiment ensemble.

Raphaël dans ses bras, Joséphine retint son souffle.

— Il peut avoir une petite réaction. Si c'est le cas, n'hésitez pas à lui donner du doliprane. Vous avez encore une ordonnance ?

— Oui, c'est tout bon, expira-t-elle décontenancée. Merci beaucoup.

Il ne restait plus qu'une poignée de secondes. Elle relança :

— Je suis navrée de vous importuner avec mes questions personnelles… Je dois raviver la douleur ou la colère que vous avez dû ressentir lorsque vous avez confronté votre femme…

— Oh… j'avais surtout beaucoup de mal à y croire. Mais c'était il y a longtemps ! J'ai évoqué le drôle de coup de fil que j'avais reçu dès mon retour à la maison, et elle n'a même pas cherché à nier. Allez, mon petit bonhomme, ça va aller vite…

Le Dr Monroi piqua Raphaël, qui hurla instantanément. Joséphine mourait d'envie de connaître le dénouement. Comment avait réagi l'épouse adultère ? Avait-elle fait ses valises immédiatement ? Tenté de s'expliquer ? Était-elle encore avec l'autre aujourd'hui ?

Elle consola son fils en lui susurrant à l'oreille :

— Ssshhh… c'est fini… C'est fini, mon amour… Maman est là, ça va aller.

— Vous pouvez le rhabiller. J'ai effectivement fini de le torturer, dit le pédiatre en s'installant à son bureau pour remplir le carnet de santé.

Raphaël continuait de s'égosiller ; la communication devenait difficile.

— Eh bien… je ne sais pas comment vous avez fait, avec trois enfants ! cria Joséphine plus fort pour couvrir les pleurs.

— On s'organise autrement. Quand on n'a pas le choix…

Accompagnant son propos par un sourire courtois, il attendit qu'elle rassemble ses affaires pour lui rendre son carnet et accueillir les personnes suivantes.

— Allez... pensez à vous, à votre famille. Ne pensez pas à des choses négatives. J'ai dû vous faire pitié alors que tout va très bien !

— Oh non, vous ne me faites pas pitié... Vous m'aidez à ouvrir les yeux, au contraire.

Le médecin ne l'interrogea pas sur l'assertion énigmatique ; il avait d'autres rendez-vous, synonymes d'autres angoisses à éponger. Raphaël continuait à pleurer lorsqu'ils se saluèrent, et la mère et le fils se trouvèrent dehors en un rien de temps.

— Tu m'en veux ? lui demanda-t-elle sur le trottoir devant le cabinet médical. C'est pour ton bien, tu sais ; je n'ai pas le choix... Comme il l'a dit, le docteur. Pas le choix... Je suis tellement désolée.

Et, murmurant ces mots, serrant son bébé contre elle, elle éclata en sanglots.

« Désolée », c'était le terme adéquat. Joséphine Richard était désolée pour Raphaël, et pour le Dr Monroi. Elle était désolée pour Batiste, qu'elle avait déçu par son manque de spontanéité. Désolée pour David qu'elle ne séduisait plus pour cause d'incapacité à comprendre ses impératifs et besoins. Désolée pour sa mère et sa sœur, enfin, qui pâtissaient de sa jalousie alors qu'elles voulaient lui tendre la main. Elle était sincèrement désolée pour tous, et pour tout.

Essuyant ses larmes, respirant l'odeur de son fils à pleins poumons, elle s'interrogea. Et elle ? Quelqu'un était-il désolé pour elle ? Qui serait désolé de constater qu'elle était une maman paumée, triste et fatiguée ? Une maman débutante qui craignait de se tromper, de ne pas être comme il fallait ? Monroi avait l'air empathique, mais il avait dû voir tellement de cas plus graves que le sien... Quel droit avait-elle de se plaindre ? Lui-même avait dû en baver. À quand remontait son divorce ? Avait-il refait sa vie ? Il avait parlé de signes précurseurs. Refusait-elle de les voir ? Ou bien refusait-elle d'accepter ceux d'une dépression post-partum ?

Elle devait en avoir le cœur net.

Malgré l'heure tardive, David n'était pas à l'appartement lorsqu'elle rentra. C'était pourtant la veille de leur grand départ en amoureux. Elle lui envoya un WhatsApp pour savoir s'il était en route, mais n'obtint pas même une confirmation de lecture. Elle donna son repas à Raphaël avant de le poser dans son transat pour le balancer, comme elle le faisait le matin. Puis, elle ouvrit l'ordinateur portable du salon. Son rythme cardiaque s'accéléra. Cette fois, il ne s'agissait plus de lire les dernières mondanités pour accompagner son petit déjeuner ; il s'agissait de trahir la confiance de son mari.

La boîte mail de David afficha la longue liste de messages, tous lus. Aucun ne venait de Mary. Il y avait une facture, des échanges professionnels, des rendez-vous confirmés pour ses entraînements, mais rien de surprenant ni d'ambigu. Joséphine se rassura. Raphaël gazouillait dans son transat. Il digérait, et elle voyait à sa mine concentrée qu'il lui faudrait bientôt changer sa couche. Il poussait pour se vider. Elle alla préparer une infusion et revint s'asseoir près de lui. Le regardant en souriant, lui vint une autre idée : celle de consulter la boîte d'envoi. Peut-être David avait-il répondu au dernier e-mail de sa sœur ?

Bingo.

Elle trouva un élément envoyé.

Quelques mots, sans explication.

Il y a une fille à l'entraînement...

Le cœur de Joséphine se souleva dans sa poitrine.

Il y a une fille à l'entraînement...

Une fille aux points de suspension équivoques.

Qui était-elle ?

Comment avait-elle pu passer à côté ?

Joséphine n'arrivait pas à réfléchir, et tenta d'imaginer Mary, recevant cette réponse évasive au fin fond de l'Angleterre. Pourquoi n'avait-elle pas répliqué dans la seconde à cette bombe qui venait de lui exploser à la figure ?

Bien sûr qu'elle avait répliqué. C'était trop énorme. Elle avait certainement téléphoné à son frère dans la foulée, abandonnant Joséphine seule avec cette petite phrase ignoble. Un époux cocu allait-il l'appeler, comme Monroi, pour lui signifier que sa femme entretenait une liaison avec David ? Son David ? Elle avait envie de vomir. Elle avait chaud. Et surtout, elle avait peur.

31.

JOSÉPHINE

Il fallait tuer le temps.

En attendant que David rentre, elle déballa son vieux carton pour se réfugier dans ses souvenirs.

JOURNAL INTIME DE JOSÉPHINE DUARNET
12 SEPTEMBRE 2007

Je vais essayer de ne pas me planter, cette fois.

David. C'est comme ça qu'il s'appelle.

Il est drôle, intelligent, perspicace. Il bosse dans le marketing, et j'ai fait sa connaissance à une soirée organisée par une nana avec laquelle je pige parfois. Rien à voir avec les précédents boulets pour lesquels j'ai pu craquer ! Point de vue émotionnel, là, c'est d'un niveau supérieur. Du niveau d'un... Batiste. Comme si j'avais lancé un boomerang et qu'il me revenait enfin. Ça fait du bien, de vibrer à nouveau.

J'ai toujours porté en moi le syndrome de l'imposteur. Peut-être à force d'entendre ma mère me répéter que j'étais bonne à rien, j'ai fini par le croire. Comme si rien de productif ne pouvait sortir de ma petite tête, hormis ces phrases toutes faites que je jette sur le papier. Au boulot, c'est à peine si j'arrive à couvrir la rubrique des chiens écrasés. En dehors... j'ai lâché le théâtre. J'avais beau adorer ça, je crois que j'étais nulle.

Mais... Avec David, tout peut être différent, je le sens. Seule, je suis naze. Alors qu'avec lui, je me trouve forte et audacieuse. Impossible d'expliquer pourquoi.

Enfin... Attention à ne pas retomber dans le panneau, Jo. Sers-toi de ton expérience, même si elle date de la préhistoire !

J'étais d'une jalousie maladive quand je sortais avec Bat'. Un vrai pot de colle. C'est en partie ce qui a foutu en l'air notre histoire, d'ailleurs. Je ne vais pas épiloguer, je me couvrirais de ridicule si j'avouais en être traumatisée. Ça fait combien d'années, maintenant ? Y a prescription ! Depuis, je suis devenue adulte. Je ne suis plus aussi naïve. Combien d'amourettes adolescentes finissent par un mariage avec une fin hollywoodienne ? « Ils vécurent heureux et eurent beaucoup d'enfants » ? Soyons sérieux !

Je sais tout ça.

Ça ne m'empêche pourtant pas de penser qu'on sous-estime les sentiments éprouvés à quinze ans. C'est dommage car ils sont purs. Pas encore pollués par le cynisme adulte. Pas encore entachés par la répétition de schémas décevants. Ni abîmés par l'échec des idylles.

Dans la fleur de l'âge, on se promet « l'amour pour toujours », et on y croit dur comme fer. C'est ce qui crée le clivage avec les parents. « La crise d'adolescence », comme ils l'appellent d'un ton méprisant. Les miens, en tout cas, galvaudaient mes émotions, alors qu'elles étaient sûrement plus authentiques que les leurs. Ils se contentent de s'accommoder l'un de l'autre. Un peu juste, pour des gens qui s'imaginent être au-dessus de la mêlée.

Pourquoi Barbara touche de manière universelle, hein ? Elle, qui n'a pas eu d'enfant, cela dit en passant... Elle ne se moque pas de la sincérité de l'instant, sans nous vendre pour autant qu'elle est éternelle. « Ma plus belle histoire d'amour. » Même si ça capote après, elle la chante avec fougue. « J'avais quinze ans à peine. » Ah ! CQFD.

Ça me fait penser à Nadine, tiens. Ma collègue de pige au journal. Son mari demande le divorce, elle est désespérée. Motif ? Il a retrouvé sa petite copine de jeunesse sur les réseaux sociaux ! Ce n'est pas la première fois que j'entends ça. Quelle connerie ! Non pas que Nadine soit parfaite, mais je pense qu'il s'en mordra les doigts quand il comprendra que son prétendu élixir de jouvence a aussi fané. Ça ne consolera pas Nadine, mais j'en mettrai ma main au feu.

Bref. S'il est inutile de ressasser le naufrage avec Bat', il faudrait voir à ne pas se prendre les pieds dans le tapis avec David, cette fois. J'en reviens donc à la jalousie. C'est moche et ça bousille tout, je l'ai appris à mes dépens. La peur n'évite pas le danger, comme on dit. J'avais bien vu que cette garce d'Emmeline lui faisait du gringue à l'époque ! Et moi, comme une idiote, au lieu de jouer l'indifférence, je l'ai suivi partout comme un petit chien. Résultat : ça n'a rien empêché.

En avant toute, donc. David est beau, charismatique. Je dois être à sa hauteur. Fière et rusée. Distinguée et tenace. À nous deux, on conquerra le monde.

Joséphine ferma son journal et le repoussa, désemparée. Il ne restait rien de ses ambitions. Sa jalousie, elle, était intacte.

L'heure suivante, elle fit les cent pas dans l'appartement, cherchant comment aborder le sujet au retour de David, pour qu'il ne sache pas qu'elle savait. Lui qui avait promis de rentrer tôt, la veille de leur départ, arriva bien plus tard que d'habitude, sans justification, alimentant à son insu les scénarios les plus alambiqués de Joséphine.

— Bonsoir, bébé... Ça a été, ta journée ? Raph est couché ?

— Oui, et oui.

N'était-ce pas à lui de prendre l'initiative d'avouer ? Joséphine relança :

— Et toi ? Tout roule ? Rien à me dire ?

— Rien de spécial, non... On monte un projet plutôt sympa pour janvier. J'ai déjà dîné, tu t'en doutes, mais on peut boire un coup et je te raconte, si tu veux.

David rangea manteau et chaussures tandis que son épouse se dirigeait vers la cuisine. C'était la pièce la plus éloignée de la chambre de leur fils ; ce qui permettrait de crier sans le réveiller. Pousser son couple au bord du précipice ne se ferait pas sans fracas.

— Difficile de t'entraîner correctement pour ton triathlon avec la masse de travail que tu as en ce moment, j'imagine.

David leva un sourcil, surpris par l'intérêt soudain que suscitait son quotidien, et Joséphine elle-même décela les fausses notes de son intonation. Elle se reconcentra sur son objectif. Devait-elle s'autoflageller ? Il n'y avait aucune raison valable à un adultère.

— Je m'en sors, se contenta de répondre son mari.

— Tu ne m'en parles pas beaucoup.

— Je sais que ça ne t'intéresse pas.

— C'est faux. Tout ce qui est important pour toi m'intéresse.

Nouveau sourcil levé. David versait le vin dans les verres et elle le regarda faire, soucieuse de trouver la manière la plus délicate de jeter le pavé dans la mare, alors qu'elle savait qu'il coulerait à pic.

— Il y a des gens sympas dans ton groupe ?

— Oui. Enfin, je n'y vais pas pour discuter.

— Vous êtes combien ?

— Une dizaine.

Manifestement, son mari n'avait pas envie de se confier. Elle insista :

— Il y a autant d'hommes que de femmes ?

— Non, je crois qu'il y a six ou sept hommes.

— Ça ne doit pas être facile pour les femmes. Vous devez sans cesse les attendre…

— Ben… pas vraiment, elles font des exercices différents.

Joséphine soupira. Il fallait tenter une autre technique d'approche.

— David, est-ce que tu me trompes ?

Pour la diplomatie, elle devait repasser, mais il fallait arracher le pansement d'un coup sec. Elle avait réussi à capter l'attention de David. Il éclata de rire.

— Pardon ?

— Est-ce que tu me trompes ? répéta Joséphine. Est-ce que tu as rencontré quelqu'un ?

— Pourquoi tu me demandes ça ?

— Pourrais-tu répondre à la question au lieu d'en poser d'autres, s'il te plaît ?

Il soupira. Elle était pendue à ses lèvres.

— Non, je ne te trompe pas.

Alors qu'elle commençait à mieux respirer, il ajouta :

— Mais oui, j'ai rencontré quelqu'un.

Une chape de plomb écrasa la poitrine de Joséphine. Le pas de trop était fait. Elle basculait dans le vide.

Brusquement, elle se mit à suer tandis que David commençait à se justifier :

— Tu ne la connais pas. Il ne s'est rien passé entre nous.

La cuisine prit des allures de scène de théâtre.

Jusque-là, Joséphine assistait passivement au spectacle, tant elle ne maîtrisait rien de ce qui se déroulait, mais son mari la poussait à endosser un rôle de femme jalouse.

Elle se ressaisit. Comment avait-il pu jouer sa réplique avec un tel aplomb ? Il fallait désormais réclamer une tirade de détails pour établir un diagnostic sur la gravité des blessures. Comme lorsque Raphaël toussait. C'était à elle de savoir si elle devait se précipiter à l'hôpital ou attendre que ça passe.

Elle déglutit difficilement avant d'articuler ses premiers mots post-apocalypse. Le son de sa voix lui parut étrange comme si elle ne provenait pas d'elle.

— Qu'est-ce que tu entends par « rien » ? C'est qui, cette fille ?

— Je l'ai rencontrée lors des entraînements.

— Vous avez couché ensemble ?

— Non, je te l'ai dit.

Elle essaya de s'accrocher à l'idée comme à la paroi glissante de l'abysse dans lequel elle avait plongé, mais elle n'était plus qu'un pantin désarticulé. Comme elle allait mieux, quelques heures plus tôt, lorsqu'elle baignait dans l'ignorance ! Comme sa crise existentielle ou ses problèmes de fatigue lui semblaient dérisoires !

Elle ferma les yeux et ne vit pas arriver le second camouflet.

— On s'est juste embrassés.

« Juste. »

Joséphine rouvrit les yeux. Le décor n'avait pas changé, mais rien n'était plus pareil.

« Juste. »

Ce n'était pas grave, si ? Voilà pourquoi il ne lui en avait pas parlé ! Elle serait stupide de faire une scène pour ça ! Le monde s'écroulait autour des murs de la cuisine, elle ne savait plus auquel se tenir mais David ne s'en affolait pas.

— Tu comptais m'en parler ?

— Je ne sais pas.

— Tu ne sais rien, évidemment.

Son mari passa la main dans ses cheveux. Ses cheveux bruns et soyeux qu'elle aimait tant. Souvent, elle les ébouriffait. Il râlait, puis les remettait en place.

— C'est vrai que je ne sais pas comment tu l'as su. Tu ne fais plus attention à moi.

Elle murmura :

— Quel enfoiré !

Était-il en train de lui reprocher de l'avoir poussé dans les bras d'une autre ?

— Est-ce qu'elle est au courant que tu as une femme et un bébé ?

— Bien sûr qu'elle connaît votre existence !

David avait admis l'évidence en haussant les épaules. Il était pourtant aussi évident que ses lèvres n'avaient pas à déraper sur celles d'une autre.

Il reprit :

— Alors ? Je peux savoir ce qui t'a mis la puce à l'oreille ?

— Sérieusement ? C'est à moi de répondre à tes questions ?

— Pardon. Mais...

Il soupira. Elle attendit. Il parla de sa rivale au présent et le baiser échangé parut soudain pire qu'une nuit d'amour.

— Elle est si légère et pétillante, comparativement à notre vie de couple... C'est frais, ça fait du bien. Tu es fatiguée en permanence, et de mauvaise humeur, qui plus est... Je ne cherche pas d'excuse, j'essaie juste d'expliquer comment j'ai pu avoir une faiblesse pour...

— Une faiblesse ? Pour une fille légère et pétillante ?

Enfin, Joséphine l'invectiva.

— Putain, David ! L'eau gazeuse, elle est légère et pétillante ! Ah, c'est sûr que c'est plus attirant une minette en legging moulant qui sautille partout qu'une épouse à l'image écornée par les années et une grossesse ! Sans marmot, c'est bien plus facile d'être légère et pétillante ! Quelle imbécile d'avoir cru que nous étions au-dessus de tout ça ! Moi aussi, j'étais légère et pétillante à nos débuts !

— Enfin, bébé... relativise... On peut s'en sortir... Je peux changer de groupe...

La suggestion la fit éclater de rire. Un rire nerveux et diabolique.

— Ah, mais oui ! Bien sûr ! Voilà la solution ! Change de groupe et on oublie tout, mon chéri… Je me sens tellement soulagée ! Quelle idiote de m'être inquiétée pour rien !

— Jo, je n'ai pas couché avec elle. Ce n'est pas si dramatique…

— Mais qu'est-ce qu'elle vaut, ta parole ? Sincèrement ? Je ne te connais plus, David. Comment peux-tu juger de ce qui est dramatique et de ce qui ne l'est pas ? De ce qui me touche ou de ce qui m'indiffère ?

Ils nagèrent dans des couloirs parallèles de réflexions. Quand David émergea de nouveau, Joséphine sombra. Son mari était à contre-courant.

— Peut-être qu'on peut faire une thérapie de couple, pour surmonter tout ça, non ? C'est rattrapable…

— Tu rigoles, j'espère ? réfuta-t-elle froidement. Une thérapie de couple implique que je doive ajuster mon comportement. Une thérapie de couple implique une responsabilité partagée. Or, il me semble que le seul qui a introduit sa langue dans la bouche d'une tierce personne, c'est toi.

— Tu as raison, je suis désolé, je te l'ai dit. J'ai peur de te perdre.

— Il fallait peut-être y penser avant.

David Richard, le grand directeur marketing, était pris comme un lapin dans les phares d'une voiture.

— Ça… Tu dois adorer te pavaner devant ces greluches ! Elles doivent toutes se pâmer à ton passage, hein ? Alors que moi, forcément, je te vois tel que tu es quand on a gratté le vernis. Un sale gosse pourri-gâté ! C'est ça, la vérité !

L'insulte avait beau venir de ses tripes, elle ne réparait pas les dégâts. Une idée l'obsédait : l'idylle, quel que soit son stade aujourd'hui, se serait-elle poursuivie si elle n'avait pas fouillé dans les e-mails de David ? Était-il amoureux d'elle ? La rédemption serait-elle possible ?

— Est-ce qu'on part au ski quand même ? Comme c'était prévu ?

La trivialité la ramena sur terre. Vraisemblablement, les questions que se posait son mari n'étaient pas les mêmes que les siennes.

— Tu me trompes, tu fous tout en l'air, et la seule chose à laquelle tu penses est de savoir si on part en vacances ?

— Ben...

Il n'osait pas lever les yeux. Son air penaud l'énerva plus encore.

— Ça pourrait nous faire du bien...

— Ce qui pourrait nous faire du bien, c'est que tu ne te tapes pas des pétasses d'entraînement qui rentrent dans du 34.

— Bon Dieu, Jo, je n'ai pas couché avec elle ! Combien de fois va-t-il falloir que je te le répète ?

Était-il en train de s'agacer de cette situation dans laquelle il les avait plongés ?

— Je ne sais pas. Combien de fois va-t-il falloir que tu me le répètes ?

Il insista, alors qu'elle secouait la tête.

— Jo, partons ensemble à la neige. Tu es en colère, c'est normal. Mais on a traversé plus dur, non ?

— Va t'occuper de ton psoriasis au lieu d'essayer de te mettre à ma place, va… Ça vaudra mieux pour tout le monde !

— Pardon ?

Stupéfié, David dévisagea sa femme. Il décela dans ses yeux un interstice de panique, comme si elle avait laissé échapper ces derniers mots à son insu. Bien que furtif, le mouvement suffit à lui faire comprendre l'information qui lui manquait.

— Tu as lu mes e-mails ?

Les époux continuaient de s'observer, face à face.

— Tu as lu mes e-mails ! répéta-t-il.

Ce n'était plus une question.

— C'est comme ça que tu l'as su. Que je suis con ! Évidemment ! Une réflexion aussi saugrenue… Tu ne fais plus attention à rien, alors comment aurais-tu pu t'apercevoir de quoi que ce soit…

— M'apercevoir de quoi, David ? De ta trahison ?

Joséphine n'aimait pas la tournure que prenait la discussion. Elle refusait ce nouveau rapport de force vers lequel il l'entraînait.

— Ma trahison ? interrogea-t-il. Et la tienne ? Une femme qui espionne son mari, tu appelles ça comment, toi ?

— Je ne t'ai pas espionné. N'inverse pas les rôles. Ce n'est pas moi qui ai tout foutu en l'air.

— Ce n'est pas toi la plus coupable, peut-être. Nuance ! Mais tu n'es pas toute blanche dans l'affaire.

Cette fois, elle s'abstint de renchérir, abasourdie par la colère. Qui était cet homme qui se tenait dans sa cuisine ? Non seulement il ne manifestait aucun repentir, mais en plus, il renversait perfidement la situation !

— Partons comme c'était prévu, suggéra-t-il de nouveau.

Les yeux dans le vide, elle répondit :

— Partir, oui, c'est ce qu'il y a de mieux à faire.

David sourit, mais elle poursuivit.

— TU vas partir. Va-t'en !

— Quoi ?

— Va-t'en. Je ne veux plus te voir.

— Tu ne vas pas me quitter pour ça, quand même ? demanda-t-il, choqué.

— Je ne sais pas. Peut-être. Ou pas. Pour le moment, je veux juste que tu dégages.

— Mais… où veux-tu que j'aille ? C'est chez moi aussi, ici.

— Tu n'as qu'à retourner chez ta mère, puisque tu l'adores tant. Elle sera heureuse de te récupérer. Ça lui donnera une raison de plus pour me détester, n'est-ce pas ? Si TU es allé voir ailleurs, c'est forcément MA faute, non ?

— Je ne suis pas allé voir ailleurs, Jo… Arrête. J'ai eu un crush pour une autre, mais j'ai résisté. Un baiser, ce n'est pas la fin du monde.

— Tu as résisté ? Bravo…

Elle applaudit ironiquement.

— Tu veux une médaille ? Tu aurais dû m'en parler avant, David. C'est ça, ta plus grosse faute. C'est ça que tu ne comprends pas.

David hésita. Il voulait insister, mais craignait d'envenimer la situation.

— OK, concéda-t-il. J'accepte de quitter provisoirement l'appart pour te laisser respirer, puisque c'est ce que tu veux. Mais je n'en démords pas. Les vacances sont réservées, elles ne sont ni annulables, ni remboursables.

C'était sinistre. Joséphine aurait juré que son mari pensait davantage à son triathlon qu'à sa famille. Sans doute ne croyait-il pas qu'elle demanderait le divorce pour une minable affaire de baiser volé ? Il s'apprêtait à sortir de la cuisine lorsqu'il se retourna.

— Je vais préparer mon sac. Je prends quoi ?

Elle le regarda, sans comprendre.

— Je veux dire... Je fais un sac avec juste quelques affaires pour vingt-quatre heures ? Je ne vais quand même pas déménager, non ?

Le regard qu'elle posa sur lui l'incita à déguerpir avant qu'elle n'articule ou n'envoie valser le premier objet qui lui tombait sous la main. Elle resta immobile plusieurs minutes, jusqu'à ce que claque la porte d'entrée.

Le supplice parut interminable. Les bruits nauséabonds du départ précipité ; les pas du partenaire de vie arpentant l'appartement à la recherche de ses affaires ; les tiroirs et placards manipulés sans ménagement, puis la fermeture éclair d'un sac remontée d'un coup sec. Lorsque, enfin, résonna le silence, Joséphine le trouva plus abject encore, parce qu'il s'accompagnait de solitude. Dévastée, elle chercha du réconfort auprès de Raphaël ; priant pour qu'il se mette à pleurer et qu'elle puisse s'octroyer le droit de le serrer dans ses bras. En vain.

Elle sortit de sa chambre et fit l'état des lieux de ce que David avait emporté. Puis, elle saisit son téléphone pour appeler ses meilleures amies. Trop occupée à crier, une heure plus tôt, elle n'avait pas entendu sa sonnerie, annonciatrice d'un message reçu. L'ironie la saisit.

Jo, je décolle par le vol de midi. Ça te laisse encore le temps de réfléchir, mais pas trop quand même, hein ? Je garde l'espoir que tu changes d'avis. Si c'est le cas, retrouve-moi à Roissy, Terminal 2E. Comme dans les films. Tu te souviens ?

La dernière question n'appelait pas de réponse. Ils avaient voulu vivre « comme dans les films », oui.

« Tiens. Il n'a pas ajouté de "s" à "retrouve-moi". »

Cette faute grossière à l'impératif exaspérait Joséphine.

Elle connaissait par cœur l'aéroport de Roissy-Charles de Gaulle. Elle visualisa les panneaux au-dessus de la rampe d'accès. Terminaux 2E et 2F. De l'un, à travers les baies vitrées, on pouvait apercevoir les avions en partance pour le continent américain. De l'autre, ceux qui se déplaçaient, entre autres, en Europe, et notamment en Suisse.

Exactement face à face.

Joséphine posa son téléphone, gagna la suite parentale, et s'agenouilla pour sortir les bagages qu'elle rangeait sous le lit conjugal.

32.

PRUDENCE

Prudence se redressa. Après avoir occupé une partie de la journée par un *binge watching* compulsif, elle voulait sortir, nourrissant trop d'envies pour renoncer à quoi que ce soit.

— Faut qu'on bouge avant qu'on ne s'encroûte ! Il n'est pas tard, on ne va pas végéter là comme des vieux, quand même...

Paul bâilla. Devant son manque d'entrain, elle se dirigea vers la cuisine et remarqua des miettes sur le plan de travail. Machinalement, elle les poussa de la main droite pour les recueillir dans la gauche avant d'ouvrir la poubelle. Celle-ci était pleine. Soupirant, elle y déversa sa récolte puis tira le sac plastique pour le sortir du bac ; il s'accrocha à la poignée du placard sous l'évier et se déchira. Un vieux pot de yaourt nature brassé en tomba, répandant son résidu sur le carrelage, et la jeune femme pesta contre son colocataire.

— T'aurais quand même pu sortir la poubelle, Paul. C'est TON job.

— Tiens... Je ne sais pas comment je dois la prendre, celle-là !

Cette fois, Prudence était sérieuse.

— Prends ça comme tu veux, mais la poubelle, c'est à l'homme de la maison de la sortir, c'est comme ça.

— Vive la mauvaise foi, princesse... Tu ne veux pas te salir les mains ? OK, j'ai pigé. Donc si je vais jusqu'au bout de ton raisonnement, c'est à toi de repasser mes chemises et de laver mon linge sale, non ?

— Paul, je lave DÉJÀ ton linge sale.

— Oui, mais tu ne repasses pas mes chemises.

Prudence secoua la tête et soupira.

— Ce que tu peux être con.

33.

JOSÉPHINE

Assise en tailleur devant ses deux valises éventrées, Joséphine avait conscience qu'elles contenaient toute sa superficialité. Pourtant, le choix de l'une mettrait fin à l'histoire de l'autre.

Dans la valise de gauche, des bikinis fuchsia et kaki flirtaient avec un paréo excentrique à fleurs jaunes, acheté lors d'un week-end à Marrakech. Deux petites robes sombres légères, faciles à accessoiriser, se tenaient prêtes à s'adapter à toutes les circonstances. Trois débardeurs et deux pantalons en toile servaient de lit à une paire de tongs, des sandalettes dorées et des escarpins noirs à bout pointu.

Par opposition à cette frivolité, dans la valise de droite, devant Joséphine, l'épaisseur de vêtements chauds justifiait le rangement plus brouillon du second bagage. Une combinaison de ski orange, trois pulls à col roulé, deux jeans et un gilet aux manches déformées s'entassaient par-dessus plusieurs couches de chandails bariolés.

La jeune femme se leva et esquissa une grimace en étirant les muscles de ses jambes, engourdis par l'inertie prolongée sur le parquet. Dans la salle de bains, sa trousse de toilette en cuir mauve était prête. Elle l'attrapa, puis se planta de nouveau devant les valises béantes.

— Pile, je t'emmène au soleil, dit-elle en personnifiant son étui cosmétique. Face, on part à la montagne.

Elle ouvrit le tiroir de la console de l'entrée, celui dans lequel elle rangeait les clés, stylos et autres objets du quotidien. Elle y glissa les mains, écarta quelques cartes de visite, une paire de lunettes de soleil rayée et deux piles probablement usagées. Le tapotement de ses doigts émettait un bruit sourd qui sembla perturber le sommeil de Raphaël. Elle s'arrêta en entendant gémir son petit homme, puis reprit la fouille après s'être assurée qu'il dormait toujours. En vain, aucune pièce de monnaie n'était à sa portée.

— Merde. Je fais comment, moi, pour tirer au sort ?

David était si amoureux, avant. Il lui avait dit qu'il ne pourrait jamais se lasser. C'était donc qu'elle avait changé, pour qu'il en préfère une autre. Prête à convoquer la cellule de crise, elle appela Prudence en premier, qui l'écouta patiemment sur le chemin retour du local à poubelles de son immeuble.

— Bien sûr que non, tu ne pouvais pas le prévoir, affirma-t-elle. Ce n'est pas tout noir ou tout blanc dans un couple, Jo, tu le sais bien… S'il te dit qu'ils n'ont pas couché ensemble… c'est rattrapable.

— Mais qu'est-ce que j'en sais, après tout ? Comment veux-tu que je lui fasse confiance ?

— Ben… la confiance… Tu as un peu merdé aussi, alors sur ce terrain-là… je crois que vous êtes quittes. Balle au centre ?

Joséphine n'en croyait pas ses oreilles. Dans le combiné, elle renifla.

— Il y a quand même différents degrés de trahison… La mienne ne l'a pas rabaissé plus bas que terre.

— Il cherche à recoller les morceaux… C'est la preuve que ça ne compte pas. Ton David t'aime.

— Ça ne compte pas ? Sois honnête ! Tu réagirais comment à ma place ?

Cette fois, Prudence laissa échapper une seconde de silence avant de répondre.

— Je serais furieuse, évidemment… mais nos situations sont différentes. Tu as un fils avec lui, et la priorité, pour son bien-être, ben….

— C'est quoi ? De passer l'éponge ? C'est ce que tu essaies de me dire ?

La confidente se laissa interrompre sans protester alors qu'elle appliquait l'expression au sens propre, nettoyant, accroupie, le sol de sa cuisine des restes de yaourt brassé. Elle reprit le fil diplomatique de son argumentaire.

— J'essaie de te dire que tu n'es pas toute seule dans l'histoire. Il y a encore un an, j'aurais moi-même mis la main dans la figure de David pour te soulager. Là, faut vraiment être certaine que la faute est impardonnable. Pense à Raph…

Joséphine détestait ce qu'elle entendait. Elle s'écria avec rage :

— Mais je ne fais que ça, penser à Raph ! Merde, Pru… Tu le sais, non ? Je vis, je respire pour lui à longueur de journée depuis cinq mois ! C'est une des raisons qui nous bousille, d'ailleurs. David et moi ne sommes plus un couple, nous sommes des parents ! Des parents qui cohabitent mais qui ne partagent plus rien d'autre que notre progéniture.

L'agressivité incita Prudence à tenter une autre approche.

— Et ça te manque ? Je veux dire : est-ce que David te manque ?

— Ce qui me manque, répliqua l'interlocutrice avec la même virulence, c'est toute ma vie d'avant ! Ce qui me manque, c'est de ne plus pouvoir faire passer mes besoins en premier. Et je dis bien « besoins »... Je ne te parle même pas de mes envies ! La maternité, c'est un carnage. Pire ! Ça rend dingo, parce qu'en même temps, je n'imagine plus exister dans un monde sans Raph. Je mourrais pour lui, je tuerais pour lui. Alors en ce qui concerne ta question sur le manque de David... est-ce que c'est de lui ou d'un autre ? Ça... C'est carrément un autre débat.

Le silence lourd de sous-entendus qui s'ensuivit contraignit Joséphine à évoquer l'hypothèse sous-jacente de s'échapper avec Batiste. La réaction de Prudence ne se fit pas attendre.

— Non mais tu plaisantes, là ! Batiste te propose de partir avec lui, d'accord, mais tu n'y songes pas sérieusement ?

Cette fois, le mutisme de l'intéressée poussa sa conseillère à reprendre un ton plus haut :

— Joséphine Richard ! Tu ne vas pas te barrer de l'autre côté de l'Atlantique avec un amour de jeunesse, alors que tu traverses une crise conjugale probablement liée à un baby-blues tenace ?

— Non..., murmura celle-ci timidement.

— Ce serait la dernière connerie à faire, Jo ! On ne revit pas son passé ! Et David penserait que tu fuis ou que tu te venges, ça n'arrangerait rien.

— Je ne cherche pas à revivre quoi que ce soit, ni à fuir et encore moins à me venger... Je cherche à trouver le bonheur où je le peux. Admets que le soleil de Cuba peut y contribuer...

— Arrête de délirer. Tu ne laisserais pas Raph comme ça.

— Ben justement... si je le confiais à David quelques jours ? Il se rendrait compte à quel point c'est difficile. Il serait un peu plus compatissant. Et... je n'aurais jamais cru dire ça, mais... peut-être que me séparer de Raph pourrait me faire du bien aussi.

Prudence soupira, sidérée par ce qu'elle entendait.

— Franchement, Jo... je ne sais plus quoi te répondre. Fais comme tu veux, mais à mon sens, tu es en train de perdre les pédales. Tu as eu Chacha ? Elle en pense quoi ?

— Non, je ne l'ai pas appelée.

Enfin une idée judicieuse.

Charlotte prendrait son parti, et lui souhaiterait bon vent.

— Tu me tiendras au courant, conclut Prudence, mais ce n'est pas en te barrant que tu vas arranger les choses ici. Or, il me semble que c'est ça la priorité. Si c'est vraiment mort entre David et toi, tu pourras toujours rattraper ton beau gosse plus tard. Mais pas maintenant.

Que sa confidente ait raison incitait naturellement Joséphine à agir à l'inverse de ce qu'elle préconisait. Comme une adolescente en crise, elle aurait voulu rejoindre Batiste sur-le-champ. Hélas, elle n'était plus une adolescente, et accepta de se ranger à la sage décision d'appeler Charlotte. 20 h 30 étaient passées : les enfants couchés. D'ordinaire, il fallait envoyer un message en amont pour savoir si la mère de famille était disponible, car discuter par téléphone avec les chamailleries de sa progéniture en fond sonore relevait d'un travail de funambule oratoire.

De la même façon qu'elle l'avait fait avec Prudence, Joséphine relata les événements, insistant sur les torts de David et survolant la façon dont elle avait découvert le pot aux roses. Elle termina en évoquant la proposition de Batiste.

— Oh là là, mais quelle histoire, ma pauvre...

Un commentaire dont elle se serait bien passée. Sa situation n'était pas enviable, le souligner n'avait rien de constructif.

— Enfin, ce qui est sûr, c'est que tu peux écarter l'option de te barrer à Cuba. Maintenant, reste à savoir comment gérer la crise avec David.

— Quoi ?

L'intéressée regretta de ne pas avoir raccroché après l'inutilité de la première remarque.

— Je pensais que tu me dirais de prendre des vacances loin de cette merde ! Ce serait comme... appuyer sur « pause », tu vois ? Juste le temps de rassembler mon courage. Je suis à bout, Cha... C'est dur avec Raph, je suis malheureuse avec David, je suis paumée dans tous les domaines… Il n'y a rien qui va.

— Je le comprends, ma poule. J'en bave toujours avec les miens ! Mais ça vaut le coup, je te le promets… Il faut que tu parles à David. Et il faut que tu l'écoutes également.

— Que je l'écoute ?

Une nouvelle fois, Joséphine trouva le parti pris injuste.

— Parce que c'est ma faute s'il est allé voir ailleurs ? Mais enfin Charlotte, tu rigoles ? Elle est où ma copine féministe ?

— Je n'ai jamais dit que c'était ta faute, mais j'essaie de me faire l'avocate du diable pour que vous puissiez surmonter tout ça. David a peut-être aussi besoin de parler de ce qui le préoccupe. Il faut se demander comment il en est arrivé là avant de le condamner, et savoir s'il te baratine sur ce qui s'est réellement passé.

À quelques kilomètres de sa meilleure amie, Joséphine ne pouvait pas déceler son mal-être physique et émotionnel. Charlotte était courbatue par ses récents efforts d'apprentie sportive, et la voilà qui pliait désormais sous le poids de la culpabilité. Soutenir David ne la dédouanait pas vis-à-vis d'Éric. Elle comprenait la faiblesse du mari fautif, mais ce n'était pas lui qu'elle devait épauler, et elle ne pouvait être juge et partie.

***

Inutile d'épiloguer. Joséphine balbutia deux ou trois formules de politesse pour remercier sa confidente, et raccrocha plus énervée qu'avancée. Prudence et Charlotte incarnaient la voix de la raison, mais elle en avait assez d'être raisonnable. Où cela l'avait-il menée ?

« Adultère, quel mot sordide, grommela-t-elle en se brossant les dents. Adultère... Ça vient d'adulte... »

Comme si David s'était comporté en adulte responsable ! Était-il honnête sur ce qu'il s'était passé ?

Une liaison. C'était plus approprié mais non moins douloureux.

Tristement, elle s'allongea sur le lit à la place vacante de son conjoint, et ouvrit le tiroir de sa table de nuit pour y prendre la télécommande des volets électriques. Elle y trouva, parmi son micro-bazar, une pièce de vingt centimes.

— Eh bien, c'est toi qui me pousses à trancher, monsieur Richard. Voilà qui fera l'affaire ! Pile, je pars à la montagne. Face, au soleil.

Joséphine lança la pièce et se redressa. Quand elle aperçut le côté sur lequel celle-ci était arbitrairement retombée, elle n'éprouva aucune émotion. À peine le soulagement de se plier à une sentence pour qu'enfin, le sort décide pour elle.

34.

PRUDENCE

Prudence envoya un texto à Charlotte.

Attention... Jo débloque !

Elle avait laissé de côté les conflits avec Paul pour s'occuper de ceux, plus urgents, de sa meilleure amie. Joséphine avait quelques années d'avance en termes d'expérience maritale ; ça ne présageait rien de bon. Pourtant, c'était elle qui lui avait suggéré de s'installer avec son amoureux, promettant un aboutissement magnifique.

À cet instant précis, elle trouvait la magnificence bien difficile à voir.

Non seulement Joséphine était malheureuse, mais en plus, elle avait omis bon nombre de détails concernant le chemin qui menait au désastre. Jamais elle n'avait mentionné la piètre répartition des tâches, du jus d'orange toujours vidé mais jamais remplacé, aux odeurs asphyxiantes dans les WC après le café du petit déjeuner. À quoi bon supporter la flétrissure du quotidien ?

Prudence avait rêvé de brûler les étapes, aveuglée par son désir d'enfant. Après cet appel, comment ne pas faire son introspection, ni tout remettre en cause ? Serait-elle amputée du véritable amour si elle ne concevait jamais de bébé ? Dans un couple, la complicité et le respect suffiraient-ils à faire battre les cœurs jusqu'au bout ? En terminant la vaisselle que Paul avait abandonnée dans l'évier, elle poursuivit le fil de ses réflexions de manière plus concrète : combien de temps s'écoulerait-il avant qu'elle ne se cache plus pour uriner dans la salle de bains pendant qu'il s'y brossait les dents ? La passion s'effaçait-elle au profit de l'habitude, ou s'en accommodait-elle ? Avait-elle seulement donné les bons conseils à son amie ?

La nuit fut perturbée. Prudence se sentait contrariée, et nauséeuse. Elle laissa Paul traîner au lit pour aller se balader dans le quartier et acheter un croissant dans la boulangerie au pied de leur immeuble. Lorsqu'elle rentra, à peine une demi-heure plus tard, formulant pour elle-même un flot de reproches à l'encontre de son conjoint, elle fut surprise de le trouver en train de s'habiller en tenue de cycliste.

— Attends, marmonna-t-elle. Je comprends pas... Tu files faire du vélo ? C'est une blague ? J'attendais que tu te lèves ! Je voulais qu'on sorte...

— Ben, sors, je ne vois pas le problème. Je ne t'en empêche pas.

— Ensemble, Paul. Ensemble, comme un couple.

— Ça va... Éliott m'a envoyé un message, il est dispo pour aller pédaler.

— Et moi, donc, je suis la cinquième roue du carrosse ? Je bouche les trous de ton emploi du temps en fonction de la dispo de tes potes, c'est super.

Prudence croisa les bras sur son torse en regardant Paul enfiler ses longues chaussettes. Elle le trouva ridicule en habit de cycliste. Le justaucorps lui donnait une allure de gringalet, et elle se moquait de lui à chaque fois qu'il s'étalait d'épaisses couches de crème sur les parties intimes pour combattre l'érythème fessier.

— Peut-être que c'est parce que mes potes ne sont pas sur mon dos en permanence ? Tu y as pensé, à ça ? lui lança-t-il en se redressant.

Puis, comme elle écarquillait les yeux, il ajouta :

— Eh oui ! Moi aussi, je peux mordre ! Franchement Pru, t'es pas toute blanche… Tu brasses de l'air non-stop, et après tu me reproches de ne pas en faire assez ? Tu me soûles ! Laisse-moi vivre en paix.

Pour appuyer son propos, il tapa du pied le bas de la porte de la chambre.

Prudence sursauta, et établit le constat de la trace laissée par le chausson avant de répondre d'un ton glacial :

— Super. Très mature comme réaction. Moi, j'en ai marre que tu me voies comme si j'étais ton ennemie. Comme si je n'étais là que pour te pourrir la vie ! On devrait peut-être se séparer si je ne te conviens pas, ou si je ne te conviens plus, non ?

Hélas pour elle, la repartie n'eut pas l'effet escompté. Paul applaudit en riant.

— Ha, ha, nous y voilà ! À chaque engueulade j'ai droit au couplet sur la rupture et aux menaces ! Quelle heure il est ? Ça te prend de plus en plus tôt, dis-donc ! Tu crois que les femmes ont le monopole de la souffrance ? T'es ultra-chiante, Pru ! Je t'aime sincèrement, mais t'es la reine des emmerdeuses. Tu ne laisses jamais rien passer. Tu papillonnes à droite, à gauche, tu te gaves de films à l'eau de rose à la télé et t'attends un prince charmant. Mais tu sais quoi ? Mister Perfect n'existe pas. Personne ne l'est. Quand j'ai bossé quinze heures d'affilée, je ne vais pas courir chez le fleuriste pour t'offrir des orchidées sauvages. J'ai pas envie de t'emmener au resto à 22 heures quand tu rentres à l'appart alors que moi je me lève à 6 le lendemain. Je refuse de traverser la ville parce que t'as décidé d'aller voir une expo sur Noureev sur mon seul jour de repos mensuel, sous prétexte que t'adores alors que je déteste. T'as qu'à y aller avec une copine, merde ! Il faut être viril, il faut être romantique, il faut être attentionné selon TES envies, TES humeurs. Et toi ? Tu me laisses respirer de temps en temps au lieu de me sauter sur le poil ? Rien que cette conversation me gonfle !

Les bras toujours repliés sur son torse, Prudence s'enferma dans un mutisme qui alimentait la rancœur de Paul.

— Évidemment ! Madame va faire la gueule et ça va durer des plombes ! Dans une heure, moi, je serai passé à autre chose, mais il faudra vingt fois que je te pose la question « Qu'est-ce qu'il y a ? » pour que tu craches la pilule. Et après ce sont les mecs qui ont des problèmes de communication, n'est-ce pas ? Tu as toujours raison, hein ? Eh bien, continue à faire la gueule toute seule. Éliott m'attend. Il est célibataire ce week-end, sa femme est à un séminaire, et putain, là, maintenant, ça donne envie !

35.

JOSÉPHINE

Le réveil avait sonné aux aurores et pour la première fois de sa courte vie, Raphaël avait dormi d'une traite. Comme il était convenu que Mary-Jane vienne le chercher, Joséphine, son air maussade et ses mille et une recommandations l'attendaient de pied ferme. Peu importait son passé de puéricultrice.

« Reprends confiance, ma grande. Une mère sait mieux que n'importe quelle personne surdiplômée. »

C'était ce que Joséphine se martelait depuis la veille. Elle n'était plus certaine de rien, sauf de son inconditionnel amour pour son bébé.

Enfin, avait-elle admis à Charlotte, elle voulait aussi voir la tête de MJ et rembarrer la moindre réflexion fâcheuse concernant la situation avec son fils prodige !

Lorsqu'elle ouvrit la porte sur le visage impassible de sa belle-mère, pourtant, elle hésita. Que savait-elle ? Et si David ne s'était pas réfugié chez elle mais chez « une » autre ? L'autre. Elle en revenait à cette inconnue et la jalousie la dévorait.

— Bonjour, Mary-Jane, vous êtes en avance, dit-elle pour accueillir la mère de son mari.

La parfaite Mary-Jane était TOUJOURS en avance.

— Bonjour, Joséphine. J'imagine que tu n'as pas beaucoup de temps pour toi, j'ai pensé que tu serais soulagée que je prenne le relais.

— Tout va bien, je m'en sors seule.

— Oh, je te fais confiance, ce n'est pas ce que je voulais dire.

Un concentré de quiproquos comme autant de signes de leur mésentente pendant toute une décennie, pensa la bru. Alors que Mary-Jane la précédait dans le long couloir qui menait au salon, elle se tourna brusquement vers Joséphine.

— Tu viens de dire « seule » ? Où est David ?

Ainsi, il n'avait rien dévoilé du scandale.

— Je l'ignore, répondit courtoisement l'hôtesse.

Les deux femmes se regardèrent. La plus jeune s'efforça d'imiter sa rivale en lui présentant un visage aussi hermétique que possible, et sa marâtre haussa les épaules.

— Le chérubin va bien ?

Joséphine détestait ce surnom. Elle détestait le ton employé.

— Raphaël ? Oui. Merci pour lui. Il est sur son tapis d'éveil dans le salon.

Mary-Jane se délesta de sa veste et de son sac sur un fauteuil avant de prendre son petit-fils dans les bras.

— Bon-jour, mon tré-sor… Comment vas-tu ? Tu as bien dor-mi ?

— Oui, oui, il est en pleine forme, insista Joséphine en grinçant des dents.

— Tu sais que bientôt, tu ne pourras plus le laisser sans surveillance, comme ça ? Il va bouger et se déplacer, tout va devenir dangereux pour lui.

— Je ne le laisse pas sans surveillance, Mary-Jane, rassurez-vous.

— Pourtant là, le temps que tu ailles ouvrir *le* porte d'entrée… Ça suffit pour qu'il ramasse quelque chose et le mette à *le* bouche.

— Il n'en est pas encore là, et rien ne traîne. Il n'a rien à mettre à LA bouche, et LA porte d'entrée est à deux pas. Ce n'est pas le château de Versailles, ici.

Cette fois, l'ancienne puéricultrice l'ignora, préférant engager une conversation à sens unique avec Raphaël.

— On va passer quelques jours avec MJ ? Ça va être formidable, mon petit chérubin, tu vas voir…

Joséphine se mordit la langue. Décidément, rien ne trouvait grâce à ses yeux ; Mary-Jane lui était insupportable.

De façon dictatoriale et méticuleuse, elle détailla tout ce qu'il y avait à savoir sur la routine de son fils. Puisqu'elle avait affaire à une spécialiste, elle pérora sur la facilité avec laquelle il faisait ses nuits.

— Les livres de puériculture s'accordent à dire qu'un « bébé fait ses nuits quand il dort entre minuit et 5 heures du matin », avait-elle dit à David en paraphrasant le manuel qu'elle lisait, quelques semaines plus tôt. Perso, je trouve ça un peu juste…

Elle jubila à l'idée que son exquise belle-mère en fasse l'expérience. S'en accommoderait-elle sans sourcilier ?

Cette dernière se taisait, l'attention accaparée par son petit-fils. Joséphine savait qu'elle oublierait la moitié de ses recommandations pour n'en faire qu'à sa guise. Aussi avait-elle anticipé, en les notant sur un papier.

— Vous arriverez à me lire ? demanda-t-elle en tendant son mémo.

— Oui, bien sûr, répliqua Mary-Jane sans y jeter un coup d'œil.

— C'est vraiment important, vous savez...

— Oui, ne t'inquiète pas, répéta sa belle-mère agacée. Je sais encore lire, malgré mon âge avancé.

Joséphine ne réagit pas. Elle pensa à David qui savait que sa chère maman viendrait chercher Raphaël. Il savait aussi que son épouse s'étonnerait qu'elle ne soit pas dans la confidence de la dispute. Était-ce prémédité pour la pousser à l'appeler et savoir où il était ? Chez qui avait-il dormi ?

C'était la sous-estimer ! Joséphine avait une bien meilleure solution pour assouvir sa curiosité.

L'ordinateur portable n'était plus sur la table du salon, emporté par le conjoint en exil. Se connecter au compte sur le téléphone était un palier supplémentaire sur l'échelle de la trahison, mais elle n'avait plus d'état d'âme ; il lui fallait savoir s'il avait écrit à sa sœur, à défaut d'avoir discuté avec sa mère.

« Allez... Une dernière fois », se convainc-t-elle.

— Mary-Jane, j'ai une urgence à régler et je suis à vous tout de suite.

— Oui, fais ce que tu as à faire, tout va bien ici.

Joséphine s'isola dans la chambre pour ouvrir Yahoo. Sur le petit écran du téléphone, il était plus difficile de taper le mot de passe et le site indiqua qu'il était incorrect. Elle essaya une nouvelle fois, sans se précipiter, mais obtint la même réponse. Il n'y avait plus d'équivoque possible ; elle était certaine d'avoir bien écrit les lettres. David avait changé son mot de passe ! Il n'y avait pas d'autre explication, et Joséphine maudit son mari. Pourtant, l'appeler pour l'agonir d'injures la démasquerait, et c'était pire que d'ignorer chez qui il avait passé la nuit.

« OK, accepta-t-elle. Pru et Chacha ont raison. »

Il fallait crever l'abcès avant que la colère n'engloutisse leur couple. Le tête-à-tête à la montagne, même musclé, pourrait être salutaire. Elle se rappela alors ce que la pièce avait indiqué, et décida de s'y tenir.

De retour dans le salon avec la valise bouclée, elle embrassa son bébé et lui murmura autant de mots d'amour que possible.

— Maman revient dans quelques dodos, mon ange. Tu vas voir, ça va vite passer.

Joséphine avait envie de pleurer, mais elle n'offrirait pas ce plaisir à Mary-Jane.

— Ne t'inquiète pas, il est entre de très bonnes mains, lui garantit-elle.

Ça ne la rassurait pas : sa belle-mère était extatique. Il fallait partir vite pour ne pas changer d'avis, et pour ne pas commettre d'impair quant à la situation avec David. Feignant une assurance nonchalante, alors que tout en elle chancelait, Joséphine empoigna son bagage et quitta l'appartement.

***

Exceptionnellement pour cette heure, la circulation était fluide. La voiture gagna Roissy en cinquante minutes, et comme prévu, son compagnon de voyage attendait Joséphine dans le hall des départs. Tout en approchant, elle sortit son téléphone de sa poche pour consulter les derniers messages. Dans leur groupe WhatsApp, Charlotte et Prudence avaient envoyé quelques conseils et menaces :

Surtout ne fais pas de connerie, hein ? Fais le bon choix ! Sinon, gare à tes fesses !

Parlez-vous avec David, c'est la priorité.

Ça va finir par s'arranger, t'inquiète pas, ma biche.

Tiens-nous au courant, surtout !

Joséphine rangea son portable au moment où elle était suffisamment proche pour commencer à parler. Il semblait soulagé de la voir, sans être surpris. Ce fut lorsqu'il sourit en brandissant les deux billets d'avion qu'elle comprit.

C'était la mauvaise décision. Ce n'était pas sa faute ; il était fidèle à lui-même, à celui qu'il avait toujours été. C'était elle qui était différente.

— Je suis content que tu sois venue, dit-il.

— Batiste…

Il la regarda avec ses yeux bleus, et elle sentit son cœur se serrer.

Il était tellement beau.

C'était tellement difficile.

— Je ne peux pas partir avec toi.

— Et tu as fait le chemin jusqu'à Roissy pour me l'annoncer ? Ta valise dans la main ?

— Non… Enfin… Oui.

Joséphine avait encore envie de pleurer. Il fallait que cesse cette horripilante manie ! Les larmes montaient seules, à la moindre parole douce, offensive ou ironique. Pourtant, avant Raphaël, elle n'avait plus versé de larmes depuis des années.

— Je voulais venir. Je le voulais vraiment, mais… je me rends compte que c'est fuir, et ce n'est pas moi.

Batiste secoua la tête.

— Qu'est-ce que tu veux que je réponde à cela ?

Devant l'air désolé de son ancienne amante, il tenta mollement d'argumenter.

— Et si ce n'était pas une fuite ? Si c'était une façon de reprendre ta vie en main ? Jo, la téméraire, l'effrontée… Je t'ai connue prête à tout.

— Je suis toujours téméraire, Batiste. Mais j'ai un petit garçon qui a à peine cinq mois. Même si c'est le chaos dans mon couple, je n'ai pas le droit de tout plaquer pour m'offrir une parenthèse au soleil… Ça ne rimerait à rien. Au retour, il faudrait tout de même affronter la réalité.

— « Le chaos dans ton couple » ? Je croyais que c'était la mélodie du bonheur…

— Arrête. Tu sais mieux que ça.

Batiste haussa un sourcil.

— Tu m'en veux encore ? C'est ça ? C'est pour ça que tu ne veux pas partir ?

— Mais non… Même si ça m'a tenue longtemps ! J'ai passé des semaines à côté de mon téléphone après notre rupture. À attendre que tu m'appelles, que tu me dises que tu regrettais, que je te manquais…

— Pourquoi n'as-tu pas appelé, toi ? On était d'accord de se séparer pour explorer de nouveaux horizons…

La réflexion crispa Joséphine. Croyait-il vraiment à ce qu'il disait ?

— Parce que dans ce genre de situation, Batiste, il y en a toujours un qui est plus d'accord que l'autre ! C'est toi qui avais pris l'initiative, toi qui en as parlé le premier… et avec quel enthousiasme ! Te contredire et répondre que moi, ça me convenait de rester avec toi, c'était avouer que j'étais plus amoureuse de toi que toi de moi. C'était pire que tout ! Mais finalement, rassure-toi, tu avais raison. Nous deux, sur le long terme, ça n'aurait pas fonctionné. On avait besoin de grandir…

Batiste soupira avant d'esquisser un léger sourire.

— L'orgueil… Ça a toujours été ton plus gros défaut, hein ?

Joséphine répondit par un clin d'œil, mais les cœurs n'y étaient plus.

— Quant à affirmer que sur le long terme, ça n'aurait pas fonctionné, maugréa-t-il, ça, on ne le saura jamais, si tu ne pars pas avec moi.

— C'était il y a dix-huit ans que tu aurais dû te poser la question. En se perdant de vue, on s'est aussi perdus de cœur, il me semble.

— Perdus de cœur ? Ah… J'avais oublié tes punchlines… Elles doivent plaire à ton pro du marketing ! Il sait que tu es à l'aéroport avec moi ?

— David ?

Joséphine hésita en pensant à son mari, et fronça les sourcils.

— Il ne sait plus grand-chose, en ce moment. Mais c'est une autre histoire.

— Bon…

Batiste n'insista pas. Passant une main dans ses cheveux, il les ébouriffa, avant de conclure :

— *Get your shit together*, c'est comme ça qu'on dit, je crois, de l'autre côté de l'océan.

Les deux anciens amoureux se turent. Et, dans leur regard, se reflétait une part de leur adolescence qu'ils abhorraient alors mais regrettaient présentement.

— Il suffit de prononcer le mot « bonheur » pour qu'il s'enfuit aussitôt, dit-on.

C'était vrai, pensa Joséphine. Elle ignorait combien elle était insouciante à seize ans.

Tombant dans les bras de Batiste, elle enfouit son visage contre son torse alors qu'il posait son menton sur le sommet de sa tête. Comme elle aurait aimé ranimer la flamme par une odeur ou un geste ! Le choix se serait imposé naturellement si elle était parvenue à s'imaginer de nouveau lycéenne, pleine d'espoirs et de promesses. Hélas, lorsqu'elle se dégagea et rouvrit les yeux, elle ne s'était pas télétransportée dans la cour de l'école mais stationnait toujours dans le morne terminal de Roissy-Charles de Gaulle, où les passants se bousculaient et les files d'attente s'allongeaient. Batiste relâcha l'étreinte pour essuyer une larme qui roulait sur la joue de son ancienne fiancée. Elle ne s'en était pas rendu compte ; elle pleurait encore.

— Prends soin de toi, Batiste.

— Toi aussi, Miss Duarnet.

Il ajouta gentiment :

— Et si ton mari se comporte mal, il aura affaire à moi !

C'était faux, Joséphine le savait. Il allait disparaître de sa vie une nouvelle fois.

— T'inquiète pas, assura-t-elle en accompagnant sa piteuse réponse d'un geste pour montrer ses biceps. Tu sais que j'ai toujours été super costaude !

Batiste lui lança un regard potache qu'elle interpréta comme s'il lui avait jeté un « Tu le regretteras, ma vieille ». Il ramassa son sac de voyage, puis tourna les talons. Joséphine, elle, resta immobile, les pieds collés au sol de l'aérogare.

Enfin, une fois éloigné de plusieurs mètres, son passé se retourna, et porta une main à la bouche pour créer un haut-parleur :

— Dans les films, tu m'aurais couru après avec une phrase du genre « Attends ! En fait je pars avec toi ! ».

Elle éclata d'un rire forcé, mais ne bougea pas. Elle attendait qu'il soit définitivement englouti par la foule.

— C'est bien la preuve que j'ai raison, Batiste Martin, murmura-t-elle : ça n'aurait jamais marché entre nous. Dans mes films à moi, c'est le héros qui aurait opéré un demi-tour pour se jeter à mes pieds, en me suppliant de le laisser rester à mes côtés.

36.

PRUDENCE

Seule dans l'appartement après que Paul avait claqué la porte, Prudence s'enferma dans la salle de bains pour scruter plus longuement que nécessaire le bâtonnet qu'elle tenait entre les mains. Elle s'y accrochait comme si sa prise pouvait l'empêcher de vaciller.

— Ce n'est pas possible...

Le résultat s'était affiché de manière irréversible, mais elle craignait de sortir de la pièce. C'était stupide : elle imaginait qu'une fois dehors, l'information s'évaporerait dans l'air ambiant, jusqu'à n'avoir jamais existé autrement que dans son imagination. À moins qu'à l'inverse, elle ne se propage trop vite pour appartenir à tout le monde, sans qu'elle n'ait pu s'y préparer ? Comme si elle allait accoucher dans la seconde ! Elle se trouva paralysée par ce qui avait toujours été son rêve.

Fébrilement, tout en ajustant de quelques millimètres la position de ses produits de beauté près de la vasque, Prudence continua à jeter plusieurs coups d'œil au test, au cas où il changerait d'avis. Elle en connaissait la notice par cœur, elle savait comment procéder, et il n'y avait aucune méprise possible. D'autant qu'à la pharmacie, elle avait bien veillé à acheter celui sur lequel s'inscrivait en toutes lettres « enceinte » ou « pas enceinte ». Elle n'avait pas assez confiance en elle pour interpréter la barre bleue qui devait éventuellement apparaître à côté du témoin, sur les modèles moins sophistiqués. Avec celui qu'elle venait de manipuler, la réponse était aussi limpide que lapidaire ; même s'il était précisé qu'il y avait un pourcentage d'erreur.

« Rien n'est jamais infaillible. Ni le corps, ni le cœur. Alors un test de grossesse… »

Prudence laissa en suspens le fil de son ironie car elle savait que le minuscule écran digital ne mentait pas. Elle l'avait su avant même qu'il ne clignote. Elle le dévora à nouveau du regard, à s'en abîmer les yeux, et quand enfin, elle fut certaine qu'elle l'avait enregistré dans sa mémoire visuelle, elle ouvrit la porte en grand. Les lettres finiraient par s'effacer, mais son cerveau avait tout assimilé, et tout s'emboîtait. D'ailleurs, ses nausées, elles, subsisteraient, comme autant de preuves irréfutables.

Lentement, elle se dirigea vers le salon pour y attendre le retour de Paul. Il allait suffoquer sous le choc ! Elle avait tout prévu, bien avant que le test de grossesse ne confirme ce qu'elle avait pressenti. Elle savait qu'il rentrerait de meilleure humeur après sa sortie à vélo, et que tout s'arrangerait. Elle savait comment elle lui annoncerait la nouvelle, et comment ils la célébreraient. Elle peinait à contenir son excitation.

S'installant en tailleur sur le divan qui conférait un style contemporain au salon, elle feuilleta un magazine de décoration, puis d'informations judicieuses sur le *home staging*. Son esprit vagabonda dans les différents étages de l'immeuble. Le bâtiment était ancien, et les bruits se propageaient vite. Bientôt, tous les voisins se réjouiraient pour le petit couple si mignon du troisième. Elle qui détestait être le centre de l'attention, elle serait prochainement le nombril du monde, et n'avait pas l'intention de se dérober. Elle avait trop longtemps attendu son tour ! Elle en avait assez de se montrer évasive quand chacun lui demandait, dans les escaliers ou l'ascenseur : « Et vous ? C'est pour quand ? »

Depuis son emménagement avec Paul, lorsque Prudence passait devant les portes d'entrée, elle entendait les cris, les pleurs, les rires... Toutes ces scènes de vie de famille composées, décomposées, recomposées... Elle les enviait, avec leurs enfants en pagaille. Bien sûr, elle donnait le change, vantant le caractère époustouflant de sa vie parce qu'elle était libre et égoïste, mais elle crevait de désespoir à l'idée de ne jamais vivre cette expérience. Elle agonisait de ne pas comprendre pourquoi elle n'avait pas reçu sa part, elle aussi, de mercurochrome sur les genoux et de nez à moucher. Pourquoi les cigognes refusaient-elles de s'arrêter sur son palier ?

Enfin ! Maintenant qu'elle s'apprêtait à être servie, elle saurait ne pas perdre une seule miette de ce bonheur.

Oui, elle avait tout prévu.

Sauf le coup de fil d'Éliott.

37.

JOSÉPHINE

Au sortir de Roissy, l'air frais ramena Joséphine à des réflexions plus terre à terre. Elle avait payé son billet pour Cuba, et elle se demanda s'il était annulable. Le départ de Batiste lui coûtait bien assez cher ! « Les préoccupations de la Jo proche de la quarantaine ressemblent davantage à celles d'un David que d'un Batiste », pensa-t-elle ironiquement.

Pourtant, ne pas choisir l'un ne signifiait pas qu'elle lui avait préféré l'autre. Loin de là ! Quand elle confrontait son amour de jeunesse à celui de son présent, aucun des deux ne lui faisait envie. Elle n'avait certainement pas assisté à l'envol du premier au soleil pour rejoindre le second sous des montagnes enneigées. Pourquoi s'infliger une séparation avec son fils et jouer au couple modèle avec un mari qui rêvait d'une autre ?

« T'es peut-être paumée, mais pas désespérée », se secoua-t-elle.

Elle ne dépendrait plus de la volonté d'un homme, quel qu'il soit.

Enfin, peut-être un peu, si. Mais l'homme en question était en devenir : il avait cinq mois, et ce qu'elle choisirait lui conviendrait aussi. De surcroît, elle n'avait aucune raison de se presser. Ses décisions étaient moins urgentes que son bonheur. *Carpe diem* : un leitmotiv qui ne lui avait jamais correspondu. Elle se projetait sans cesse, mais il fallait pourtant accepter l'impossibilité de tout contrôler. L'incartade de David en était une charmante preuve !

Heureusement, la première étape de sa nouvelle vie serait facile. Elle consistait à envoyer un message jubilatoire à Mary-Jane.

Changement de programme. Je passe récupérer Raphaël chez vous d'ici une heure. Désolée pour le revirement.

C'était poli mais ferme, et la réponse ne se fit pas attendre. Mary-Jane appela lorsque Joséphine s'engouffrait dans le taxi. Elle hésita à décrocher – plaisir malhonnête du téléphone portable. Regarder s'afficher le nom et l'ignorer à sa guise. Après trois sonneries, la destinatrice accorda sa grâce, arborant un sourire machiavélique imperceptible pour l'interlocutrice.

— Oui, Mary-Jane ? Vous avez reçu mon message ? demanda-t-elle en feignant la désinvolture.

— Je ne comprends pas, Joséphine. David n'est pas avec toi ?

— Non, David n'est pas avec moi.

— Tu n'es pas à l'aéroport ?

— Si, mais j'en pars. C'est moi qui ne comprends pas qu'il ne vous ait rien dit !

« Ha, ha. »

Joséphine avait envie de lui expliquer qu'elle s'était rendue au Terminal 2E, là où se situaient les comptoirs d'enregistrement pour La Havane, juste en face du 2F, celui qui regroupait les vols à destination de Genève où son mari devait, au même moment, faire le pied de grue. Sa belle-mère n'aurait pas saisi la subtilité.

— Enfin… Où est David ?

— Je ne suis pas sûre à cent pour cent, Mary-Jane. Vous qui le connaissez si bien, ça me surprend que vous me posiez la question. Peut-être à l'aéroport, peut-être à son travail, peut-être chez un ami ? Peut-être chez UNE amie ?

— Mais… C'est complètement insensé ce que tu me racontes !

— Votre fils vous expliquera, s'il le souhaite. En attendant, comme je vous l'ai écrit, je viens récupérer Raphaël d'ici une heure. Merci de préparer ses affaires.

Joséphine raccrocha. Son omnipotence fut éraflée par une once de culpabilité. Elle n'était pas gentille avec Mary-Jane qui avait manqué, à son insu, quelques épisodes.

« Gentille ? »

De toute façon, elle détestait cet adjectif employé à tort et à travers de manière péjorative. Être quelqu'un de gentil au XXIe siècle… c'était être niais ou sot. C'était comme… être brave. Et la bravoure, elle aussi, appartenait au champ lexical des caractères ennuyeux et inutiles.

D'autres pirouettes stylistiques lui vinrent à l'esprit alors que le taxi quittait l'autoroute. Le cerveau de Joséphine était en ébullition. Elle remarqua des encombrants, expression qui désignait ces vieux meubles et déchets dont les citadins ne voulaient plus et qu'ils déposaient sur les trottoirs au pied de leurs magnifiques immeubles pour s'en débarrasser. David l'imaginait-il comme un encombrant ? Voudrait-il filer le parfait amour avec l'autre puisqu'elle l'avait lâché au pied des pistes de ski ?

Elle secoua la tête pour la vider de ces réflexions qui la parasitaient. Elle n'avait pas à faire de révérence à Mary-Jane. Puisqu'elle ne partait plus, elle devait légitimement retrouver son fils. Que David se débrouille avec sa mère !

38.

PRUDENCE

— Enfin !

Prudence commençait à s'inquiéter. Même fâché, Paul envoyait toujours le premier texto pour se réconcilier.

— Oh, Pru...

La voix d'Éliott chevrotait. Avait-il bu ?

— On ne pouvait pas savoir... Le mec était cinglé... Tout s'est passé tellement vite...

Elle l'entendit renifler, puis sangloter.

— Je reste sur place... Ils ne veulent pas me donner de nouvelles, comme je ne suis pas de la famille... Ses parents sont déjà prévenus... mais il vaudrait mieux que tu viennes... C'est toi qu'il voudra voir s'il se réveille.

— Éliott, je ne comprends rien ! De quoi tu parles ?

Le salon tournait autour de Prudence. Elle porta la main à son ventre, son ventre plein de son amour pour Paul. Elle tenta de s'accrocher à la voix de son ami mais ses propos étaient incohérents. Il hoquetait en essayant de reprendre sa respiration. Elle ne savait pas si la connexion était mauvaise ou s'il tenait mal l'appareil entre ses mains.

— On pédalait sur les quais et... le type avec sa C4 Picasso, il nous a doublés en nous rasant de près. Paul a un peu tangué mais tu le connais, c'est un bon cycliste, et il n'est pas tombé. Au feu rouge suivant, on a rattrapé le gars... et Paul a rabattu le rétro côté passager de sa voiture pourrie pour lui signifier de faire plus attention aux deux-roues. Il veut toujours jouer au justicier sur la route... Je lui ai dit des milliers de fois de ne pas le faire ! On ne sait jamais sur qui on tombe. Mais il n'écoute pas. Il n'écoute jamais...

Éliott craqua. Sa voix se brisa dans des convulsions larmoyantes et Prudence se sentit prise de bouffées de chaleur épouvantables.

— Éliott... Qu'est-ce qui s'est passé ?

— Un peu plus loin, le type nous a rattrapés. Quand il s'est trouvé à notre hauteur, il a donné un coup de volant pour faire peur à Paul. Mais il a perdu le contrôle de sa voiture. Le con... Je n'ai rien pu faire... J'étais juste derrière, j'ai tout vu, mais je n'ai rien pu faire.

Prudence suffoquait de plus en plus. Cette fois, ce fut elle qui éprouva des difficultés à articuler.

— Mais... où... est Paul ?

En guise de réponse, elle entendit Éliott étouffer un sanglot dans le combiné.

39.

JOSÉPHINE

Une nouvelle sonnerie retentit alors qu'elle tenait le téléphone en main. La mère de David avait dû le contacter dès la fin de leur conversation.

Cette fois, Joséphine ne décrocha pas, voyant le nom de son mari persister sur l'écran. Il s'acharnait à rappeler dès qu'il tombait sur son répondeur. Aussi finit-elle par couper la mélodie, pour ne pas déranger le chauffeur de taxi.

— C'est un standard que vous avez là, mademoiselle ! commenta celui-ci aimablement.

Joséphine baissa les yeux sur son alliance, juxtaposée à sa bague de fiançailles. D'ordinaire, elle en était si fière qu'elle imposait la correction de son état civil à quiconque s'avisait de la prétendre célibataire. Devrait-elle délivrer son annulaire ?

David laissa un message sur sa boîte vocale, et elle se demanda s'il influencerait cette décision. Elle imagina le ton qu'il avait dû employer pour l'apitoyer. Résigné ou dépité ?

— Putain, Jo… Je viens d'avoir ma mère au téléphone… Elle me dit que tu récupères Raph ? Moi, je viens de me taper le trajet jusqu'à l'aéroport… Génial. Donc tu ne pars pas avec moi, c'est ça ? Bravo. Bel état d'esprit ! T'es complètement immature… Incapable de discuter, d'adulte à adulte. Je te préviens, si tu ne me rejoins pas à Roissy, on divorce.

Le téléphone collé à l'oreille, une bouffée d'angoisse monta dans ses entrailles. Le chauffeur conduisait lentement dans une circulation qui se densifiait au fur et à mesure qu'ils approchaient de la destination. Il ignorait tout du message qu'elle venait d'écouter, et bêtement, elle l'envia.

« Il a certainement d'autres chats à fouetter, des problèmes financiers, sentimentaux, ou les deux, bien plus importants que les miens », culpabilisa-t-elle.

David tenta d'appeler encore, mais il n'était plus question de lui répondre. Il hurlerait le plus fort – comme si cela suffisait pour avoir raison ! Joséphine se consola en l'imaginant à l'aéroport. Au moins, elle ne tomberait pas nez à nez avec lui chez Mary-Jane.

Au pied de l'immeuble, elle demanda au chauffeur de l'attendre. Il laisserait tourner le compteur ; ce serait une excuse pour ne pas s'attarder. Sa belle-mère ouvrit la porte d'un air catastrophé.

— Joséphine ! Que se passe-t-il ?

— Tout va bien, Mary-Jane, il n'y a rien de grave.

— David et toi n'allez pas vous séparer ?

— Oh, je ne doute pas qu'il vous tienne informée. Vous serez aux premières loges, rassurez-vous.

Sans y être invitée, Joséphine entra et se dirigea vers le salon. Raphaël somnolait sur le tapis d'éveil et la mère leva un sourcil cynique.

— Je croyais qu'il ne fallait pas le laisser seul une seule seconde, même pour ouvrir la porte...

Mary-Jane, décontenancée, rectifia en balbutiant :

— J'ai dit que bientôt, il ne faudrait plus le laisser oui... Mais là, de toute façon, il dormait...

Joséphine prit son fils dans les bras. Son odeur la saisit à la gorge, mais pour une fois, elle avait envie de pleurer d'extase.

Elle quitta l'appartement sans fournir d'explication, laissant sa belle-mère consternée sur le palier. De retour chez elle, elle vida la valise préparée pour partir avec Batiste et remplaça les paréos et bikinis par quelques affaires plus en adéquation avec la grisaille parisienne.

Enfin, elle envoya un texto à David.

Je n'ai jamais répondu aux menaces et ce n'est pas aujourd'hui que je vais commencer. Je suis prête à discuter, d'adulte à adulte, comme tu dis, mais pas en vacances au ski. Tiens-moi au courant de ton programme. En attendant, je te laisse l'appart et pars avec Raph. Tu peux voir ton fils quand tu le souhaites, mais ne préviens pas à la dernière minute. Je ne serai pas à ta disposition.

Joséphine sortit, son fils blotti dans le porte-bébé, sans se retourner. L'affection, le soutien, elle irait les chercher là où elle était sûre d'en trouver.

40.

PRUDENCE

— Paul est à l'hôpital. La C4 l'a entraîné sur le terre-plein central, et le vélo a buté dessus. Paul a décollé et traversé la voie. Il s'est fracassé de l'autre côté de la route, là où ça roule en sens opposé. Il a été percuté par une voiture, et... le bruit. C'était horrible. Je l'entends encore dans ma tête. Ça a fait un bruit sourd. J'ai crié mais...

Éliott s'arrêta une demi-seconde avant de reprendre.

— Il était inconscient quand je l'ai rejoint. Les secours sont arrivés vite, mais depuis qu'ils l'ont embarqué, je n'ai plus de nouvelles. La voiture qui l'a heurté était conduite par une vieille avec son petit-fils. C'est elle qui m'a emmené à l'hôpital et qui a appelé l'ambulance. La pauvre, elle était secouée, mais elle a géré. Qu'est-ce que tu voulais qu'elle fasse ? Elle ne roulait même pas à fond... et elle a essayé de piler quand elle a vu Paul faire un vol plané par-dessus le terre-plein, mais c'était trop tard. Le type à la C4, lui, il est chez les flics, sa caisse est morte. Il dit que c'est Paul qui a commencé, tu te rends compte ? Ça n'a aucun sens. Rien n'a aucun sens !

Le téléphone glissa des mains de Prudence. Elle ne s'était pas rendu compte qu'elle tremblait. Le salon tournait toujours, mais au ralenti. Elle avait du mal à respirer. Qu'il faisait chaud dans cet appartement ! Paul était à l'hôpital, elle l'avait entendu. Il avait eu un accident, information reçue. Elle tenta d'atteindre le canapé mais tituba. Elle s'assit par terre et s'adossa contre le petit buffet qui leur servait parfois de table d'appoint lorsque des amis venaient dîner.

Un accident. Ça arrivait dans les films, mais… à eux ?

Bien sûr que non.

Prudence ouvrit l'application de chauffeur privé sur son téléphone et commanda une voiture. Celle-ci arriverait dans sept minutes. Sept minutes pendant lesquelles les pensées les plus ignobles la transpercèrent. Pouvait-il exister un monde dans lequel Paul n'était pas ? Le fruit de leur amour germait dans son ventre. Il ne pouvait pas ne pas en prendre connaissance. Il était bien trop vivant.

Les larmes commencèrent à ruisseler de panique et elle peinait à focaliser son attention sur l'écran de son portable. Elle cligna des yeux pour ajuster sa vision de plus en plus trouble, et aperçut les chaussons de Paul, abandonnés dans l'entrée. Elle pantela. Quels étaient les derniers mots qu'ils avaient échangés, déjà ? Elle ne s'en souvenait plus. Il avait mentionné Éliott et sa femme, partie en séminaire… Il était fâché contre elle, mais il l'aimait quand même, évidemment. Il devait revenir de meilleure humeur, et tout s'arrangerait dans leur lit défait.

Rampant jusqu'aux chaussons, Prudence les saisit et les serra contre elle. Elle les détestait et trouvait l'idée d'en porter ringarde.

Il faudrait lui en acheter de nouveaux.

D'ailleurs, peut-être pourrait-elle en trouver une paire identique pour nouveau-né ?

Ce serait joli, sur les photos.

Surtout si c'était un fils !

Ces chaussons insolents la rassuraient et l'ancraient dans la réalité. Son quotidien était concret puisque Prudence pouvait l'étreindre. Il était couvert de tissu et de coutures usées par endroits, mais il tenait. Comme leur vie à deux.

L'hypothèse que Paul ne revienne jamais enfiler ses chaussons la répugna. Prudence ferma les yeux et l'imagina devant elle, confortable, les pieds au chaud, la voûte plantaire appuyée sur les barreaux des tabourets du bar. Il souriait. Elle secoua la tête et il lui apparut encore, assis en tailleur sur le tapis du salon, jouant à la console, les horripilantes pantoufles enfoncées sur ses fichues chaussettes portées par demi-journées.

Non, voyons. C'était impossible. Ces chaussons lui ressemblaient tellement ! Les fils décousus, le tissu râpeux, d'accord, mais reprisable à souhait et plein de couleurs.

Comme elle les aimait.

Comme elle l'aimait, lui.

Elle s'était montrée hargneuse et il avait claqué la porte avant de monter sur son vélo. Et pour quelle raison stupide ? Ils ne pouvaient pas en finir comme ça. Elle ne vivrait pas le restant de ses jours avec cette ultime dispute en guise d'adieux, c'était ridicule. Sans l'homme dont elle était éperdument amoureuse et avec lequel elle était en passe d'avoir un bébé ? Non, voyons. C'était impossible.

Ce bébé, il deviendrait un enfant, un adolescent. Il faudrait l'élever pour en faire un adulte, et elle ne saurait pas le faire toute seule, même si c'était ce qu'elle avait juré. Elle avait menti.

Bon sang, comment tenir debout ?

Une nausée monta en elle, et elle en ravala le reflux acide.

Hors de question de se défiler, Paul. Tu ne t'en tireras pas sous prétexte que tu as fait une pirouette en deux-roues.

Mais si jamais…

S'il…

Les chaussons.

Assurément, ses parents lui laisseraient les garder.

Avec sa console de jeux, et les céréales dans le placard de la cuisine. Personne ne s'en soucierait, de toute façon. Les céréales, il n'y avait que lui qui en mangeait. Elles étaient gorgées de sucre. Et le paquet était presque neuf. Des céréales d'enfant écœurantes, au chocolat au lait.

Paul.

Il fallait qu'elle se rende à l'hôpital pour rire avec lui de l'absurdité de la situation. Encore quatre minutes avant que la voiture n'arrive. Elle l'observait se rapprocher du point de domicile, sur la carte de l'application téléphonique.

Il fallait qu'elle le voie. Il fallait qu'elle le touche. Qu'elle le respire. Il se réveillerait aussitôt à son contact. Elle n'envisageait pas une vie sans lui. Il fallait bien qu'il revienne pour porter fièrement ses chaussons. Et pour partager un infâme petit déjeuner avec ses céréales transformées. Elle avait besoin de lui pour illuminer son existence, car personne d'autre que lui ne pourrait autant la tourmenter. Personne d'autre que lui ne pourrait autant la faire vibrer. La bouleverser. La transcender. Personne d'autre que lui.

Lui.

Et son odeur, après le sport.

Sa voix de ténor, quand il hurlait devant un match de foot.

Ses vêtements. Son pantalon de jogging préféré, avec la tache de café indélébile à l'entrejambe.

Elle vénérait tout de lui.

Elle aimait qu'il la fasse rire. Elle aimait qu'il inscrive dans les favoris de leur télévision les programmes qui lui plairaient sans qu'elle n'ait à le lui demander. « Des comédies à l'eau de rose », critiquait-il. Il ne voulait pas l'avouer, mais il aimait bien les regarder avec elle. Il détestait les thrillers. Il sursautait dans le lit quand l'héroïne se faisait poursuivre par un *serial killer*, et Prudence se moquait.

— Tu le vois bien arriver, quand même ? Le moment où il va l'attaquer, cette cruche ?

Elle aimait aussi le voir danser. Il disait avoir deux pieds gauches mais après un verre, il ne bougeait pas si mal ! En revanche, il chantait faux. Ça, il fallait le reconnaître. Il déformait toutes les paroles des refrains, même les plus simples, et elle le corrigeait.

Leur relation était trop fraîche pour se terminer comme ça, en queue de poisson. Surtout une queue de poisson d'un automobiliste décérébré.

C'était forcément un canular. Ils avaient encore tellement à partager.

D'autant qu'il leur fallait rattraper les heures que Paul avait perdues en restant sur son téléphone au lieu de profiter des moments ensemble ! Prudence s'en agaçait, c'était source de disputes. Depuis peu, elle avait décrété que l'appareil était interdit dans le lit, passé 22 heures. Il avait râlé, prétextant que c'était son outil de travail, mais avait fini par plier. Ils restaient ainsi éveillés dans la nuit, allongés ; elle, la tête posée sur son torse. Il lui caressait le bas du dos, et ils parlaient. Qu'est-ce qu'ils pouvaient parler !

Ils imaginaient leur avenir : Paul rêvait d'acheter une maison en banlieue parisienne, dans les Hauts-de-Seine. Rueil-Malmaison, peut-être ? Ils feraient du vélo dans le parc d'à côté en famille, quand ils auraient des enfants. Il ignorait que cela arriverait prochainement, et il y avait urgence à le lui dire. Il ne pouvait pas mourir avant de savoir.

Et à son âge, de toute façon, on ne mourait pas.

Il voulait des fils pour jouer au foot avec eux. Il plaisantait de la possibilité d'avoir des jumeaux, car il y en avait dans sa famille éloignée.

Et si c'était une fille ? Il n'y avait jamais pensé à ça ! Saurait-il la coiffer ? Lui tresser les cheveux ?

Dans leur lit, ils évoquaient aussi leur vie professionnelle. Paul n'était pas de ces hommes qui humiliaient leur femme en public en clamant que leur travail n'était que de l'argent de poche. Il était fier d'elle, l'encourageait. Elle, en retour, écoutait ses problèmes au bureau, ou le laissait s'en délester devant un match de foot.

Alors, il vociférait comme un dingue, et elle le récupérait souvent plus stressé qu'après une grosse réunion ! Quand elle lui demandait l'intérêt de se mettre dans tous ses états, il lui disait qu'elle ne comprenait rien. Il n'avait pas tort, mais elle lui reprochait de ne pas voir les efforts qu'elle faisait.

Brusquement, elle s'inquiéta.

Mais elle ? Était-elle attentive à ses efforts à lui ? Il était si différent des autres...

Parce qu'il l'aimait telle qu'elle était. Parce qu'il l'aimait le matin nue, sans fard, sans maquillage. Parce qu'il ne faisait pas semblant d'être un autre pour la séduire. Parce qu'il était le seul à la captiver autant, à l'énerver, à l'émouvoir ou à la faire rire, et parfois tout cela en même temps.

C'était ça, Paul. Il l'avait convaincue d'être elle-même. Il savait lui faire sentir au plus profond de son être qu'elle était l'unique, sa complice, son amie, son amante. Il savait le lui faire comprendre, sans mots ni gestes. Il ne se contentait pas de l'aimer, il l'adorait. Il souhaitait le meilleur pour elle, sans même comprendre qu'elle l'avait déjà. Car c'était lui, le meilleur de sa vie. C'était lui.

Le lui avait-elle seulement dit ?

La voiture allait arriver pour la conduire à l'hôpital et Prudence ne voulait pas perdre une seconde. Elle avait tenté d'appeler les parents de Paul mais l'appel basculait sur la messagerie. Sans doute avaient-ils éteint leurs portables – elle se rappelait avoir lu qu'il valait mieux éviter les ondes susceptibles d'engendrer un dysfonctionnement des appareils de soins, comme dans les avions.

Alors qu'elle claquait la porte, la jeune femme crut entendre le téléphone sonner à l'intérieur de l'appartement. Elle hésita à rouvrir pour vérifier mais se ravisa. Au XXIe siècle, qui appelait encore sur un téléphone fixe ? Pendant qu'elle s'éloignait de son appartement, serrant plus fort son portable entre ses mains, le répondeur s'enclencha :

« Vous êtes bien chez Prudence et Paul… Nous ne sommes pas là pour le moment mais vous pouvez nous laisser un message. Ou pas ! À vous de voir ! »

Le médecin raccrocha sans laisser de message.

41.

JOSÉPHINE

— Comme je ne répondais pas à ses appels, David a fini par m'envoyer un texto. Il n'est pas monté dans l'avion et s'est abstenu de m'insulter, mais il est d'une humeur de chien.

Joséphine comprit, devant l'air renfrogné de Charlotte, qu'elle devait étoffer son argumentaire. Si elle l'avait accueillie à bras ouverts, sa meilleure amie ne semblait pas pour autant dans son camp.

— Je te jure, insista-t-elle... Il ne voit pas plus loin que le bout de son nez... Il m'en veut de planter les vacances et pense que j'exagère, que je fais une montagne de pas grand-chose.

Dans le cosy à côté d'elle, Raphaël somnolait. Éric avait emmené Gabriel et Victoire rendre visite à sa famille mais une fois de retour, ils exigeraient autant d'espace que le matériel de puériculture de son bébé. Ils ne pourraient pas pousser les murs trop longtemps. Hélas, son plan A, qui était de joindre Prudence, était resté lettre morte.

— Mais toi ? Qu'est-ce que tu en dis ? demanda Charlotte.

— Moi ? Je ne sais pas.

La réfugiée s'enfonça dans le canapé. Elle pourrait quand même se cacher là quelque temps, si elle se faisait toute petite ! Elle se sentait mieux dans cet appartement que dans son propre foyer.

— Bien sûr, faire un smack à une autre, ce n'est pas la fin du monde. Mais… Raph n'a que cinq mois… alors qu'est-ce que ce sera dans un an ? Dans dix ans ? Je n'ai pas envie de me réveiller à la cinquantaine en regrettant de ne pas avoir eu assez de cran. Merde… S'il flashait sur une autre, il aurait dû m'en parler. Tirer la sonnette d'alarme.

— D'accord. Mais imagine-le rentrer un soir pour te dire : « T'as passé une mauvaise journée ? Tu as du vomi de Raph sur le pull ? Attends… je ne t'ai pas dit : y a une minette à l'entraînement, elle est canon ! » Comment tu l'aurais vécu ? Franchement ?

— Mal.

— Ben, voilà.

Charlotte souffla sur sa tasse de rooibos pour la faire refroidir, tandis que Joséphine grommelait :

— Je ne sais pas ce qu'il aurait dû faire, mais je sais ce qu'il n'aurait pas dû faire. Et il n'aurait pas dû rouler une pelle à cette fille.

L'épouse d'Éric répondit par un triste sourire avant de laisser la mauvaise foi de Joséphine poursuivre son monologue acerbe. Enfin, la sonnerie de l'interphone retentit. Les deux femmes se regardèrent, interloquées, et Charlotte se leva pour décrocher.

— C'est David, dit la voix masculine déformée par la mauvaise qualité de l'audio. Je sais que Jo est là. J'ai besoin de lui parler.

Charlotte tourna la tête vers sa meilleure amie et murmura :

— Tu ne lui avais pas dit de prévenir s'il voulait te voir ?

Joséphine acquiesça. David ne l'avait pas écoutée.

— Je fais quoi ? interrogea l'hôtesse toujours à voix basse.

L'intéressée leva les yeux au ciel pour signifier qu'elle ne se compromettrait pas, et Charlotte répondit à sa place.

— Bon. J'ouvre.

Elle appuya sur le bouton avec une grimace d'excuse.

David pouvait sentir la présence de sa femme dans l'immeuble ; elle l'habitait tout entier. Une fois le sas d'entrée franchi, il vérifia l'étage et le numéro de porte inscrits sur la boîte aux lettres, puis s'engouffra dans l'ascenseur et frappa à la porte sans attendre. L'instinct avait toujours été sa meilleure arme.

Charlotte ouvrit et il s'en trouva décontenancé.

Laquelle était-ce, déjà ? La prof ou la juriste ? Il les confondait toujours.

— Charlotte, moi c'est Char-lotte, articula-t-elle en devinant ses pensées.

— Ah oui… Moi, c'est… David.

— Je le sais très bien, merci. Tu cherches quelque chose ? Ou quelqu'un, peut-être ?

David resta planté, les bras ballants, et l'amie de son épouse appela en tournant la tête de l'autre côté.

— Jooooo… C'est pour toi !

Sans l'inviter à la suivre, elle disparut dans l'appartement après qu'il la gratifia d'un regard de remerciement. Il resta alors sur le palier pendant plusieurs longues secondes, puis Joséphine apparut à son tour. Se postant au même endroit que Charlotte l'avait fait, elle s'adossa au mur sans rien dire, ni troublée ni surprise.

— Où est Raph ? demanda-t-il en préambule.

— À l'intérieur, avec Cha. Ils se tiennent à l'écart des hostilités.

David ne savait que faire de cette réponse. Il reprit d'un ton plus fier :

— J'imagine que c'est fini, puisque tu n'as pas voulu partir au ski.

— Bien sûr ! ironisa son épouse. Ne pas partir skier dans les Alpes, c'est forcément synonyme de divorce !

Puis, redevenant grave, elle précisa :

— Tu as abîmé notre couple, et tu ne cherches même pas à récupérer ma confiance… Comment veux-tu que je réagisse ?

— Elle va quitter le groupe d'entraînement, Jo. Le problème est réglé.

Le ton solennel avait pour but de clore le débat. Joséphine secoua la tête d'un air désemparé.

— Non, le problème n'est pas réglé. Tu te débarrasses d'un sujet gênant parce que tu sais que tu as merdé, mais tu n'es plus un gosse qui a fait une bêtise ! C'est sérieux. Et puis, qu'est-ce que j'en sais, après tout ? Ça se trouve, c'est elle qui t'a jeté, si elle se barre du groupe ! Groupe dans lequel je n'imaginais pas que tu remettes les pieds, de toute façon. Je ne comprends même pas que ça t'ait effleuré l'esprit.

— Mais tu veux toujours que tout soit parfait, Jo !

David avait réagi en faisant un tour sur lui-même en signe d'agacement, avant de reprendre :

— Bon sang ! Tu ne te rends pas compte que la perfection, ça peut aussi être angoissant ? Moi, j'avais l'impression de subir, en permanence…

— Que tout soit parfait ? Ça t'angoissait ?

Le ton monta encore et Joséphine poursuivit, plus pugnace :

— Mon pauvre chéri… Alors que j'étais réduite à quémander des miettes de ton attention ? À fouiller dans ton portable pour lire ce que tu écrivais ? David, je me suis couverte de ridicule… et toi, tu me joues le couplet sur le bonheur qui fait peur ? On n'a vraiment pas vécu la même vie ces derniers mois… Mais surtout n'aie plus peur, va. Continuons de foncer dans le mur et ce sera bientôt fini. Merci pour ta contribution, surtout.

— Mais qu'est-ce que tu veux que je fasse, bordel ? Faut que je te dise quoi ? Guide-moi ! Explique-moi !

— Je ne sais pas… Elle est comment ? C'est un sacrifice de ne plus la voir ? Tu vas peut-être nous en vouloir, à Raph et moi, de foutre en l'air votre idylle, non ?

David Richard n'avait pas l'habitude d'être maltraité, ni désolé. Il commença à perdre patience sur le pas de la porte.

— Arrête, Jo. Je sais que t'es en colère, mais là c'est toi qui dépasses les limites. T'es vraiment conne quand tu te comportes comme ça.

— Parce que toi, quand t'en embrasses une autre, tu ne te comportes pas comme un con ? Quand tu me menaces parce que je ne te rejoins pas où tu veux, quand tu veux, tu ne te comportes pas comme un con ?

Chacun fuit l'autre du regard. Joséphine ne reconnaissait pas l'homme qui se tenait en face d'elle. Son mari, le père de son fils, celui avec lequel elle vivait depuis tant d'années… il agissait comme un étranger.

— Je ne sais plus quoi faire, Jo. Le moindre de mes pas m'enfonce. Alors oui, je vais chercher le réconfort là où j'en trouve. Je reste un homme.

Et cet homme-là lui paraissait exécrable. Plus troublant encore : il semblait n'en penser pas moins d'elle ! L'amour n'était donc qu'un sentiment versatile offert et repris en un battement de cils. Combien de matins s'étaient-ils réveillés ensemble ? Combien de nuits, enlacés ? Combien de fous rires ? De discussions à bâtons rompus ? L'amnésie les gangrénait.

— On est dans l'impasse, David. Quand j'étais enceinte, on se vantait d'être plus malins que ces couples qui explosent après la naissance de leur enfant. Et regarde-nous : on en est la caricature. Moi avec mes hormones chancelantes, toi avec ta fuite en avant… Est-ce que l'envie de se battre pour ce qui a existé entre nous est intacte ? Il faut être honnête, on n'était pas prêts à devenir parents. Tu me reproches ma froideur, et je t'en veux de m'avoir accroché un boulet au pied. Il y a une telle colère en nous ! On n'arrivera pas à retrouver notre légèreté, il faut l'accepter.

— Il y a des concessions à faire, j'en conviens, mais tous les couples passent par là. Je ne vois pas pourquoi on serait plus fragiles que les autres.

— Est-ce que tu es prêt à les faire, ces concessions ? Est-ce que tu es prêt à renoncer à ton sport ? À déléguer ta charge de travail pour garder Raph et me laisser reprendre une activité professionnelle ?

David réfléchit avant de négocier :

— Je ne ferai pas mon métier à moitié, Jo. Mais je peux essayer de réduire un peu la voilure sur mes entraînements.

— « Essayer » ? « Un peu » ? Ça ne suffira pas ! Je ne veux pas jouer les Pénélope et t'attendre. Je ne veux pas être celle qui se morfond. Et je ne veux pas me contenter de ce que tu daignes m'accorder.

— Ton discours ne tient pas debout. Tu sais très bien que rester scotchée à Raph, c'est incompatible avec le fait de prendre le taureau par les cornes ! Tu connais le monde du travail... Je ne vais pas te faire un dessin. Le vrai problème, Jo, c'est que tu as un choix à faire, et que tu m'en veux pour ça. C'est injuste.

— Une partie de moi t'en veut, tu as raison. Cela dit, dans l'immédiat, c'est le cadet de nos soucis.

David hésita de nouveau. La conversation glissait sur un terrain qui ne lui était pas favorable.

— OK, concéda-t-il. On s'accorde une trêve, le temps de laisser passer Noël. Pour voir. Si ça ne marche pas, ça ne marche pas. Mais accordons-nous au moins ça.

Baissant les yeux, Joséphine soupira. Était-elle prête à déposer un mouchoir sur sa fierté ?

— Je vais rester encore un ou deux jours ici, si ça te va.

L'envie de marchander encore pressante, le directeur du marketing la réprima pour s'incliner. Il n'avait que peu d'atouts en main.

— Soit. J'imagine que je n'ai aucune chance de te faire changer d'avis. Alors si tu as besoin de quoi que ce soit de l'appart, pour Raph ou pour toi… t'auras qu'à sonner.

— Merci, mais ça ira.

S'approchant de Joséphine pour lui dire au revoir, il l'embrassa sur la joue. Il craignait qu'elle s'offusque d'un geste plus tendre, mais il en avait partagé d'autres avec sa maîtresse en legging. « Et sans scrupule », pensa Joséphine.

— Batiste entre en ligne de compte ?

À l'instant où il prononça son ultime question, il la regretta. Joséphine le regarda avec une hargne nouvelle.

— C'est une blague, David ? Comment peux-tu être autant à côté de la plaque ? C'est moi qui ne tourne pas rond ? C'est ce que t'essaies de me faire croire ? Quelle arrogance ! Pourquoi est-ce que tu es venu jusqu'ici ? Hein ? Pour me donner des leçons de morale ? Moi, au moins, je n'essaie pas de tricher. Alors restons-en là pour le moment. S'il te plaît. La réconciliation n'est pas à l'ordre du jour.

Sans plus attendre, Joséphine ferma la porte délicatement. Elle s'était fait un point d'honneur à ne pas la claquer sur le père de son fils.

Enfin, une fois en sécurité, la fébrilité de ses émotions prit l'ascendant sur la fermeté de ses convictions, et elle se laissa glisser dos au mur jusqu'à se recroqueviller. En face d'elle, sur la console d'entrée, elle remarqua une rose rouge dans un vase. Elle était splendide.

***

— Il n'a même pas réclamé de voir Raph !

Joséphine explosa en sanglots dans les bras que Charlotte avait tendus pour l'aider à se relever.

— Tu sais ce qu'il te faut ? Une sortie entre filles ! Qu'est-ce que t'en dis ? J'envoie un message à Pru ; Éric gardera les enfants, et hop, on sort. Ça va te requinquer !

Joséphine renifla en hochant la tête, mais Prudence restait injoignable. Les deux mères de famille s'octroyèrent la virée à deux, Raphaël en poussette.

— Quelle chance tu as d'avoir rencontré ton âme sœur, gémit la plus malheureuse. Éric reste toujours aussi prévenant, malgré les années. David et moi... nous étions fusionnels professionnellement, et sexuellement. Mais pour le reste... il a toujours davantage partagé avec sa mère et sa sœur, et le temps qu'il accorde à son fils, c'est vraiment quand il n'a rien de mieux à faire.

— Oh, je ne sais pas ce qui te fait dire qu'Éric est « prévenant », nuança Charlotte en mimant des guillemets virtuels, mais David fait ce qu'il peut, ça, j'en suis sûre. Maintenant, que ça ne te suffise pas... c'est un autre débat.

Joséphine leva les yeux au ciel.

— La rose, dans l'entrée. Clairement, c'est celle d'un fleuriste, pas d'un supermarché. La qualité a un prix, et c'est mignon que ton homme y fasse attention. Je ne peux même pas te dire quand David m'en a offert une pour la dernière fois !

— C'est celle d'un fleuriste, oui, mais elle ne vient pas d'Éric, si ça peut te rassurer. La vie n'est pas un conte de fées. Tu es dure avec David.

— Je ne suis pas dure, je suis réaliste.

— Mais écoute-nous ! proféra brusquement Charlotte. On est là, comme deux vieilles rombières, à critiquer sans cesse nos bonshommes… Reconnais qu'on n'est pas commodes nous non plus, même si on a des circonstances atténuantes ! Évidemment que l'époque exige des ajustements, si on veut mener une carrière accomplie et s'épanouir en tant que mère. Mais… est-ce entièrement leur faute ? Pourquoi ne pas prendre le problème dans l'autre sens ? Au lieu de se dire que les mecs sont tous semblables dans leurs défauts… Pourquoi ne pas se dire que c'est chacune de leurs qualités qui les rend uniques et qui fait qu'on les aime ?

Joséphine secoua la tête en signe de protestation.

— On prend peut-être le problème dans le mauvais sens, mais il n'en est pas moins là. Moi, je crois qu'on se voile la face. Tu vois, par exemple, j'étais persuadée que l'attachement de David à sa famille flinguait notre union, mais c'était faux. En fait, c'était ma volonté désespérée d'en créer une, à nous, qui déséquilibrait nos rapports. De combler ce manque en moi, alors que lui n'en éprouvait pas le besoin. Il avait déjà la sienne, et avec son égocentrisme forcené, il n'a jamais pris ce que je ressentais en considération.

— Vous auriez pu la partager, cette famille, suggéra Charlotte. Le cœur est assez grand…

Puis, elle ajouta en riant :

— Tu as un tel caractère de cochon ! Tu as pris ta belle-mère en grippe dès le début !

Inutile d'épiloguer, Joséphine le savait. Elle avait la rancune tenace. Mais Mary-Jane lui en avait tant fait baver ! Il avait fallu du temps pour que la mère de David accepte de mettre de l'eau dans son vin, qu'elle comprenne qu'il ne s'agissait pas d'une énième conquête de son fils prodige. Trop tard ! Le mal était fait, Joséphine se souvenait de tout. MJ lui avait reproché de lui voler son petit garçon lorsqu'ils avaient emménagé ensemble, et elle ne perdait jamais l'occasion de lui rappeler qu'elle n'était pas assez bien pour lui.

— Ah, tu as fait *un* blanquette de veau ? Elle est peut-être délicieuse, mais sans vouloir t'offenser, David a toujours dit que *le* mienne était *the best*.

— Pourtant, c'est loin d'être une spécialité britannique, non ?

La belle-fille renvoyait la balle sous l'œil noir de son mari. Mary-Jane vivait seule, alors qu'elle l'avait, lui. Et sa marâtre s'en vengeait à la moindre occasion par de sournoises réflexions.

— Eh bien, Joséphine... quand vas-tu commencer ton régime pour perdre tes kilos en trop ? avait-elle demandé une semaine à peine après la naissance.

Plusieurs fois, l'épouse s'était plainte, mais le fils-mari avait toujours botté en touche.

— Arrête... Elle est juste un peu maladroite.

— Maladroite ? Vraiment ? Et ça, c'est maladroit peut-être ? étayait-elle en imitant la voix de sa belle-mère : « Au fait, Joséphine, quand est le prochain rendez-vous de toi chez le coiffeur ? C'est drôle... J'ignorais qu'on pouvait avoir autant de cheveux blancs aussi tôt dans *un* vie... » Reconnais quand même que ta mère a un sacré côté garce !

Charlotte et Joséphine rentrèrent à l'appartement tardivement et Éric les accueillit. Les enfants étaient couchés.

— J'ai vécu l'enfer pour endormir Vicky, et puni Gabriel qui ne voulait pas faire ses devoirs, énonça-t-il.

— Je suis désolée, répondit Joséphine. Je voulais me réfugier chez Pru et Paul, mais je ne sais pas où sont passés les deux tourtereaux. Promis, je dégage de chez vous demain.

Charlotte attrapa son amie par les épaules.

— Mais non, tu ne nous déranges pas. C'est la routine, t'inquiète.

Éric leva un sourcil ; le regard de sa femme le fit taire avant qu'il n'objecte, et l'attention fut détournée par deux sonneries simultanées.

— Ça doit être enfin Pru dans le groupe WhatsApp.

— Oh merde ! laissa échapper Charlotte alors qu'elle avait dégainé son portable la première.

Elle lut à voix haute :

Paul a eu un accident. Il s'est fait foutre en l'air par une voiture pendant sa sortie vélo avec un pote. Je suis restée des heures à l'hosto. J'ai vraiment cru qu'il allait y passer, mais ça va. Grosse commotion cérébrale et jambe dans le plâtre.

Jo, j'ai eu ton message. Si tu as besoin de venir dormir à l'appart, tu y es chez toi. Paul reste en observation, et la concierge te donnera le double des clés si jamais je ne suis pas là.

Les deux femmes se regardèrent, choquées.

— Je ferais mieux d'y aller, balbutia Joséphine. Si Pru a besoin que je fasse quoi que ce soit...

— Oui, bien sûr… Ça remet tout en perspective…

Joséphine commanda une voiture et rassembla ses affaires. Elle enfila son manteau puis harnacha le porte-bébé avant d'installer son fils contre elle. Le conseil de la vendeuse de Sauvel Natal n'était pas si stupide.

— Prends soin de toi, dit Charlotte en la serrant dans ses bras, et appelle ou débarque quand tu veux.

— Merci… Tu es un ange.

42.

PRUDENCE

Prudence avait encore la chair de poule. De retour dans l'appartement, désœuvrée, elle s'était mise aux fourneaux. Cuisiner l'apaisait quand elle était stressée, et un gâteau au chocolat serait le remède idéal. Paul en raffolait. Peut-être pourrait-elle lui en apporter une part à l'hôpital ?

Elle ne lui avait rien dit. Elle s'était contentée de caresser son front, quand on l'avait enfin autorisée à le voir, et elle avait réalisé à quel point chaque geste anodin revêtait une envergure plus large. Ce front chaud, légèrement ridé, qui séparait l'implantation de sa chevelure brune de ses sourcils taillés en accent circonflexe… Il était un peu rugueux, et du bout des doigts, elle en avait apprécié les aspérités. Elle adorait aussi les sourcils de Paul. C'était un détail mais ils lui conféraient un caractère viril, peut-être en raison du contraste entre sa peau blanche et la densité de ses poils noirs.

Et si leur enfant était roux ?

Elle fut prise d'un rire nerveux, seule dans la cuisine. Un beau petit poil-de-carotte, avec des taches de rousseur sur les joues. Comme elle aimerait ça ! Ce serait magnifique ! Être singulier. Ne pas se fondre dans la masse. Leur bébé ne ressemblerait pas aux autres puisqu'il serait l'enfant de Paul ; il serait une force de la nature. Un miracle et une chance.

Léchant la spatule en bois imprégnée de chocolat fondu, elle ferma les yeux pour ne pas laisser sa pensée dériver davantage. Elle anticipait le meilleur pour évacuer le pire, mais le chemin serait encore long. Il lui faudrait passer une échographie de datation ; puis une autre qui déterminerait les risques de malformation. Les compléter par des examens sanguins... Sans avoir jamais coché les cases, elle connaissait déjà toutes les étapes, vécues par procuration lors des grossesses de ses amies. Il ne fallait pas s'enflammer trop tôt.

Combien de temps Paul resterait-il à l'hôpital ?

Le gâteau dans le four commençait à embaumer et dans la cage d'escalier qui menait à l'appartement de Prudence, Joséphine décela des effluves d'amour dans l'air. Des notes subtiles qu'elle percevait pour y avoir largement goûté avec David par le passé. L'amour sentait bon pour qui savait le reconnaître ! Lorsqu'elle hissa le cosy de Raphaël sur le palier, elle fut heureuse de comprendre que le mélange des arômes émanait de dessous la porte à laquelle elle se présentait. Si Pru cuisinait, cela voulait dire que Paul était tiré d'affaire. Ils en seraient quittes pour une grosse frayeur.

Joséphine sonna, et sa meilleure amie ouvrit aussitôt. Les deux femmes se regardèrent un bref instant avant de tomber dans les bras l'une de l'autre.

— Ce n'est pas une bonne étoile qu'il a au-dessus de sa tête mais une constellation entière ! annonça Prudence une fois assise sur le canapé. Il aurait pu y passer. Au lieu de ça, il a déjà commencé à râler à l'hôpital. Et ça, ça veut dire que tout est en place dans sa caboche. Un homme qui se plaint est un homme qui va bien ! Je sais que rester à la maison sans bouger va être infernal pour lui, mais je suis prête ! C'est un signe, ce qui arrive. Il ne faut pas attendre d'aller chercher le bonheur. Il faut prendre sa vie en main. L'attraper, au sens propre comme au figuré.

— Yep, opina Joséphine. « Prendre sa vie en main. » C'est mieux que « refaire sa vie ». On ne peut pas la refaire, c'est débile. On la continue autrement, ailleurs.

— On la continue, et on l'embellit !

Devant le sourire énigmatique de son amie, Joséphine s'immobilisa. Elle scruta son visage radieux, soulagé et réjoui. Elle hésita une demi-seconde avant de répondre.

— Oh, Pru... Est-ce que tu...

— Oui ! cria-t-elle. Oui, mille fois oui ! Je ne devrais pas te le dire, il paraît qu'il ne faut pas en parler avant trois mois mais... Paul à l'hôpital...

Joséphine se précipita pour l'enlacer.

— Ma chérie ! Oh que c'est beau ! Je suis tellement heureuse pour toi ! Pour vous ! Je suis sûre que ça va bien se passer ! Tu lui as annoncé ?

Prudence secoua la tête.

— Pas encore... Je n'ai pas pu. J'aurais préféré que ce soit lui qui l'apprenne en premier, évidemment, mais il fallait que ça sorte ! J'ai un trop-plein d'émotions...

— Pas étonnant, avec ce que tu viens de vivre... Depuis quand le sais-tu ?

— Ce matin. C'est tout frais.

Les yeux de Joséphine s'embuèrent.

— Jo..., dit Prudence doucement, non... Si tu craques, je vais craquer aussi !

Les deux femmes entremêlèrent leurs pleurs et leurs rires.

— Les larmes de joie, ça ne compte pas, précisa la mère de Raphaël.

— Les larmes de joie, ça compte double, tu veux dire !

43.

CHARLOTTE

Éric ronflait ; il s'était écroulé.

D'ordinaire, Charlotte le secouait parce que cela l'empêchait de dormir. Il se tournait, grognait et se rendormait avec une facilité qui l'agaçait.

Ce soir pourtant, ce n'était pas le râle d'Éric qui la laissait allongée, les yeux grands ouverts sur le plafond de leur chambre. Il fallait qu'elle balaie les parasites qui entravaient sa bonne conscience ; elle ne trouverait pas le sommeil, autrement. Allumant la lumière de son téléphone portable, sans bruit, elle extirpa de sa table de chevet un petit carnet à spirales, et se faufila à travers l'appartement jusqu'à la cuisine.

Après s'être préparé une tasse de rooibos, elle saisit un stylo. Aussitôt, les mots jaillirent. Des mots ourlés, déjà imprimés dans sa pensée, dont elle habilla son journal. Elle n'avait plus qu'à les recopier. Le temps lui filait entre les doigts ; il fallait l'intercepter et l'emprisonner dans ces pages avant qu'il ne soit trop tard, pour ceux qui prendraient sa relève.

Victoire, mon amour, ma douceur,

Hier, nous partagions la même chambre à la maternité. Je cligne des yeux, et me retrouve à fêter ton premier anniversaire. C'est fou !

Je me souviens pourtant si bien des premières minutes de ton existence. Et en amont, de la perte des eaux à 5 heures du matin !

De ton père, qui a sursauté dans un demi-sommeil (« Sérieusement ? Faut y aller maintenant ? À cette heure ! »).

De l'arrivée à la clinique... trempée et désolée pour les femmes de ménage (les eaux ruisselaient !) ; ou de cette salle d'accouchement dans laquelle j'ai pénétré en pensant : « Voilà, c'est ici que je vais donner la vie à mon bébé. C'est ici que commence son histoire. »

Victoire, mon ange, mon trésor... Comme je t'ai rêvée ! Tu existais déjà dans mon esprit avant de naître. Je t'ai voulue et conçue exactement telle que tu es.

De la sage-femme qui t'a mise au monde, je me souviens de l'intensité de son regard, acérée par le masque de protection médical qui dissimulait tout de sa morphologie. Tu es née à 7 heures du matin, en moins de deux heures. Il paraît que le second bébé arrive plus vite que le premier, et Gabriel t'avait ouvert la voie !

Papa est resté à la maternité avec nous jusqu'à 11 heures, puis on nous a emmenées là où nous allions cohabiter lors de tes premiers jours dans ce monde étrange. Tu m'as regardée, étonnée, avant de t'endormir, épuisée par l'aventure que tu venais de traverser, effrayée par ce qui t'entourait et t'était inconnu, mais adorée, choyée et enveloppée par la chaleur de mon être, blottie contre mon sein.

Ton frère a été le premier ; celui que beaucoup de femmes espèrent. Il est le fruit de notre histoire, à ton père et à moi. Toi, ma fille, tu en es la continuité pérenne.

Tu m'as souri pour la première fois à sept semaines d'existence, et déjà, plus rien n'était pareil. Tes sourires silencieux, de complicité... Tes yeux curieux et exaltés dans les miens, sans prononcer le moindre mot... Ils veulent tant dire pour moi. Certes, les premiers temps, il a fallu s'apprivoiser, apprendre à se connaître... savoir quelle petite personne tu allais devenir... et ce n'est pas facile, crois-moi !

Tu sais, s'il y a une leçon à tirer de la maternité, une dont tu pourras te souvenir lorsque toi aussi tu deviendras mère, c'est celle-là : tout passe avec les enfants. C'est ce que mamie me répète inlassablement ! Tout passe toujours. Les réveils à 4 heures du matin, les grosses fièvres et les petits bobos... Rien ne dure jamais. Alors, il faut profiter.

Bien sûr, c'est facile à dire ! Tous les parents d'adolescents n'ont que ce mot à la bouche. « Profite ! » Ils ont d'autres problèmes plus sérieux avec leur progéniture !

Enfin... Dans la nuit, lorsque tu as trempé body, pyjama, draps et matelas parce que tu as une gastro et que la chambre empeste l'odeur du vomi, je peux t'assurer que tu ne profites de rien et que le temps te paraît infini !

Mais...

Au petit matin, ma fille, lorsque le soleil se lève sur cette nuit de petits drames et de fatigue ; lorsque tu me souris et me tends les bras... je sais que plus rien d'autre n'existe que toi, et je voudrais prolonger éternellement cet instant de grâce qui n'appartient qu'à nous. Quand ta minuscule main s'agrippe à mon avant-bras le temps d'un biberon ; quand tu dors lovée contre ton doudou ; quand tu ris aux éclats...

Ton rire, ma fille ; ton rire ferait fondre les cœurs le plus coriaces.

Alors je sais enfin ce qu'est le bonheur. Et il porte ton nom. Victoire.

44.

PRUDENCE

Très tôt dans sa cuisine, avant de se rendre à l'hôpital, Prudence saupoudra de sucre glace la part de gâteau qu'elle avait pris soin de réchauffer. Elle observa son œuvre avec recul : c'était assez satisfaisant ! Puis elle couvrit l'assiette de papier d'aluminium et la glissait à l'horizontale dans un sac quand Joséphine entra, un Raphaël fiévreux dans les bras.

— Il n'a pas l'air d'aller beaucoup mieux... et toi, tu m'as l'air au bout du rouleau.

La nuit avait été courte, saccagée par les réveils multiples de l'enfant malade.

— Avec la météo qui se dégrade et mes allers-retours à droite, à gauche, son nez est complètement bouché, justifia Joséphine. Je suis désolée... Tu n'as pas besoin de ça en ce moment.

— Ne t'inquiète pas pour moi, faut bien que je me prépare à ce qui m'attend !

Prudence souriait gentiment, mais la jeune mère secoua la tête.

— Je crois surtout que Charlotte a raison, même si ça fait mal de le reconnaître. On n'a plus l'âge de faire un break, David et moi. Il y a trop de contraintes dans nos vies d'adultes. Je ne peux pas squatter éternellement chez toi. Surtout quand Paul va rentrer… Vous aurez besoin de votre espace.

Cette fois, sa meilleure amie ne répondit rien et dans son silence, Joséphine entendit plus qu'un accord tacite.

— Vas-y, reprit-elle. Balance ce que tu as à me dire. Je sens que ça te démange.

— Jo… Je vais essayer de prendre des gants mais si je n'y arrive pas, rappelle-toi que je t'aime, OK ?

— Tu me fais peur !

Prudence la regarda avec compassion.

— C'est toi qui nous fais peur, ma poulette. Remets les choses en perspective… J'ai failli perdre mon homme avant qu'il ne sache que je suis enceinte de lui. Et toi… tu chouines parce que le tien a fait un bisou à une autre ? Franchement… Tu es une mère formidable, Jo, vraiment investie… T'as pas à prouver quoi que ce soit. Le hic, c'est que depuis Raph, David et toi n'arrivez pas à sortir la tête de l'eau, et faut en trouver la raison… Peut-être que tu as fait un transfert d'obsession de ton taf à ton fils ? Je ne sais pas… Je ne suis pas psy. Je fais juste un constat… Avant, ça collait avec les intérêts de David, mais plus maintenant. Résultat : lui continue de tracer sa route et toi, tu freines des quatre fers. À mon sens, l'histoire de l'autre nana n'est qu'un prétexte.

Joséphine, tête basse, reniflait bruyamment, mais Prudence n'en avait pas fini.

— Y a qu'à voir le bordel que Batiste a mis dans ta tête en deux rendez-vous… Que se serait-il passé s'il n'était pas parti à Cuba ? S'il était resté ici ? T'aurais replongé illico en adolescence avec lui.

— C'est pas vrai, maugréa la mauvaise foi de Joséphine.

— Arrête. Je ne dis pas que tu as tous les torts. David a fermé les yeux sur ton post-partum parce que ça l'arrangeait d'avoir une femme à la maison. Il aurait dû faire plus attention à toi. Mais… t'es aussi une grande fille.

— Ça va, l'interrompit cette fois sa meilleure amie d'un ton sec. J'ai retenu la leçon de morale.

Prudence n'insista pas. Elle regarda sa montre.

— Bon… Je file à l'hôpital. Tu sais que je serai avec toi, quoi que tu décides.

— Tu parles !

Se laissant enlacer, Joséphine supplia faussement :

— Deux jours. Tu me laisses me cacher chez toi encore deux jours ?

— Deux jours. Et après, je te fous dehors !

45.

JOSÉPHINE

Salut, Jo.

Quand rentres-tu à la maison ? Et comment fait-on pour Noël ?

David trépignait, Joséphine ne pouvait pas lui en vouloir. Elle avait demandé de l'espace, il lui en avait laissé, mais impossible d'exiger un premier Noël somptueux pour Raphaël et de le priver de son père en même temps.

Je rentrerai à l'appart le moment venu.

Cette réponse concise lui avait pris une bonne heure de réflexion, et elle était curieuse de savoir comment il l'appréhenderait. Sans doute se demanderait-il si elle reviendrait avec le plein de courses et le plein de résignation, ou s'il fallait qu'il s'occupe de tout lui-même ! Elle voulait semer le doute : regagnerait-elle le quartier général ou s'agirait-il d'une réunion d'anciens combattants ? Se posait-il seulement la question comme elle se la posait ?

Ils avaient convenu que la cérémonie aurait lieu le 25 au matin, pour assister au spectacle de Raphaël et de ses grands yeux émerveillés.

— Tu les fantasmes, ces grands yeux émerveillés, lui avait dit une Charlotte moqueuse. Parce qu'à cinq mois, il ne va pas comprendre grand-chose, ton p'tit roi !

— Dans le doute... Je veux instaurer la tradition. Et comme on ne sait pas de quoi demain sera fait...

Lorsque, enfin, Joséphine fut prête à partir, Prudence la serra dans ses bras, puis lui glissa gentiment, en replaçant une mèche de ses cheveux derrière son oreille :

— Tu prends la bonne décision, soldat. Mais n'hésite pas. Tu seras toujours la bienvenue ici, quand tu veux.

— Merci, mais une future maman pleine de sagesse m'a dit qu'il fallait que je rentre...

— Tu connais le chemin... Fais ce que tu as à faire, la porte reste ouverte.

Après une énième accolade, Joséphine empoigna le cosy de son fils, ses affaires, son courage, et quitta le havre de paix.

Dans la voiture, son téléphone annonça un texto du passé.

Ainsi, je me suis rendu en salle d'embarquement, avec des regrets. J'aurais largement préféré des remords ! Arrivé à La Havane, j'admire le soleil couchant et, crois-moi, j'aimerais le partager. Je repense à celle que j'ai connue, espérant la retrouver ; il n'est jamais trop tard. Il paraît que Noël est propice aux miracles ! Pourtant tu sais que je n'ai jamais cru en rien. Sauf en toi, ma Jo. Tu étais brillante, drôle, fantasque, passionnée et talentueuse. Tu savais tout magnifier, tu t'adaptais à toutes les situations. Quelle chance de t'avoir croisée sur mon chemin. Je ne dis pas que je n'aurais pas dû te laisser filer ; il fallait bien que jeunesse se passe. Mais... qu'est-ce qu'on a ri, ensemble ! Non ? Allez... Viens. S'il te plaît.

Joséphine sourit. Ces mots, qu'elle avait attendus, des années plus tôt, voilà qu'il les jetait à ses pieds à un moment crucial et cruel. Pour la première fois, elle répondit à Batiste sans hésiter, ni attendre un délai convenable. Elle écoutait son envie. Elle faisait connaissance avec elle-même.

Qu'est-ce qu'on a pleuré, aussi... Je m'en souviens bien. Mais bravo à toi, Batiste. Tu es un homme exalté ; un homme d'action. Combien parlent sans jamais agir ? Tu n'es pas de ceux-là. Ton désir de voyager et de sauver le monde t'a toujours porté. Tu es allé au bout de ton rêve, et tu as eu raison. Mais ce n'est pas le mien. Je te souhaite d'être heureux, sincèrement, sans moi ! En tout cas, sans la Jo d'aujourd'hui. Tu peux embarquer dans tes bagages les souvenirs de celle que tu as connue. Je te les laisse avec tendresse.

Joséphine rangea son téléphone dans son sac ; Batiste ne répondrait pas. Elle contempla alors Raphaël et s'émerveilla de ce qu'elle avait été capable de créer.

Arrivée devant la porte de l'appartement, la jeune mère hésita à sonner ; c'était aussi chez elle ! Posant le cosy au sol, elle chercha ses clés mais David lui ouvrit promptement.

— Je t'ai entendue arriver dans le couloir, l'aborda-t-il en souriant. Tu mets toujours un temps fou à trouver ton trousseau dans ton bazar.

Il désignait son sac qui contenait autant ses effets personnels que ceux de son fils. Deux rouges à lèvres, un paquet de mouchoirs, une dosette de lait en poudre, un portefeuille énorme, une vieille ordonnance de doliprane, cinq ou six stylos, un cordon de recharge de portable, un biberon, une couche propre dans un sachet zippé. David aurait pu tout citer sans quitter sa femme des yeux. Il s'avança d'un pas et Joséphine tourna la tête, croyant qu'il allait l'embrasser, avant de comprendre qu'il se penchait pour saisir l'anse du cosy. L'époux fronça les sourcils en réalisant la méprise.

— Pardon, murmura-t-il embarrassé.

— Non, c'est moi...

D'un geste, il l'invita à entrer et Joséphine le suivit dans le salon. Elle avait l'impression de regarder le décor de sa vie pour la première fois. Devant elle trônait le sapin acheté quelques semaines plus tôt. Il lui parut ridiculement immense pour l'occasion. Il dévorait une grande partie de la pièce, et avait valu une peu glorieuse scène de ménage en plein magasin lorsqu'elle l'avait imposé à David.

— Et qui va s'emmerder à le monter jusqu'à l'appart dans l'escalier ? l'avait-il agressée. Parce qu'il ne rentrera jamais dans l'ascenseur !

— Mais si...

David avait raison. Il était trop haut, trop large, trop dense pour entrer dans la minuscule cage de l'immeuble haussmannien, mais Joséphine avait insisté car elle souhaitait un vrai conifère, avec l'odeur et les épines qui finissent par joncher le sol. Pas comme celui de son enfance que sa mère ressortait chaque hiver : un faux arbre en plastique couvert de neige artificielle ! Elle voulait faire mieux pour Raphaël, et comprenait enfin son erreur. Peu importait la taille ou la qualité du sapin, c'était le plaisir de l'enjoliver ensemble qui lui apportait sa valeur. La joie commune de le voir s'illuminer, à la nuit tombée, avec les guirlandes bariolées. Le leur était trop sophistiqué, avec un thème rouge et or choisi pour s'harmoniser avec le mobilier. C'était nul. Elle pensa qu'il fallait qu'elle appelle ses parents, tout de même, lorsque David suggéra :

— J'ai acheté deux ou trois trucs pour préparer l'apéro. On s'ouvre une bouteille de champagne ?

Elle hocha la tête.

Ils ne s'étaient pas coordonnés et il y avait trop à manger. Côte à côte, ils tartinèrent des toasts de saumon fumé et coupèrent quelques tranches de foie gras. Le protocole était respecté, exception faite des huîtres : David détestait les ouvrir.

— Combien de réveillons finissent aux urgences avec des doigts entaillés ? avait-il dit une année, alors qu'elle se plaignait de ne pas le voir « remplir sa part du contrat » !

Cette fois, il abandonna son sarcasme habituel pour briser la glace.

— Alors ? Comment va Prudence ?

— Bien, merci. Elle fête Noël demain midi, mais entre ses nausées et le plâtre de Paul, ce sera un Noël cabossé.

— Ses nausées ?

— Je ne t'ai pas dit qu'elle était enceinte ?

— Non.

— Je croyais.

Le bouchon de la bouteille sauta, émettant un bruit sourd qui fit sursauter Joséphine.

David sourit et proposa :

— On trinque ?

— Au futur bébé ?

— Euh... Je pensais à nous...

Elle le regarda sans ciller avant d'émettre solennellement :

— Au premier Noël de Raph.

David croyait en sa magie. Elle n'y voyait qu'un simulacre festif au cours duquel chacun se devait d'exprimer de la tendresse pour une famille méprisée le reste de l'année. Pourtant, c'était bien Joséphine qui avait insisté afin d'en faire un événement mémorable cette fois, espérant effacer des registres le fiasco précédent. Enceinte, elle avait posé un veto au restaurant branché choisi par sa belle-mère car elle n'était pas immunisée contre la toxoplasmose. David lui en aurait presque voulu !

— Tu ne veux pas sortir parce que le menu ne te convient pas, soit. Alors on organise le dîner à la maison, avait-il exigé.

— Bien sûr... « On » !

C'était à elle de gérer puisque c'était sa faute.

Le succès fut mitigé. Les traditionnels escargots n'étaient pas contre-indiqués par le régime spécial grossesse, mais l'Anglaise Mary-Jane avait trouvé l'idée répugnante. Il lui fallait du foie gras et du saumon fumé, tout ce qui était interdit à sa rabat-joie de bru.

— Autant aller au resto, en somme, avait geint Joséphine à David.

— Ça va... T'as qu'à te préparer un truc à part.

— Mais oui... Je vous organiserai un festin pendant que je m'ouvrirai une boîte de conserve, ça ira très bien.

Malgré l'aigreur et la fatigue, la future maman avait mis les petits plats dans les grands. David avait ouvert une bouteille de son meilleur vin, et tant pis pour elle, qui n'en boirait pas une goutte.

— Tout de même, avait rouspété MJ. Tu peux prendre un verre... Ça ne va pas tuer le bébé.

— Bon sang !

Joséphine avait déversé son fiel plus tard en relatant la soirée à Charlotte et Prudence.

— Ce que ça peut m'énerver les gens qui insistent ou décident pour toi ce qui est bon ou non pendant ta grossesse... Si j'ai envie de mettre toutes les chances de mon côté, foutez-moi la paix ! Non, je ne veux pas picoler ni même tremper mes lèvres. En quoi ça dérange ? Neuf mois dans une vie, je peux bien résister !

Elle avait muselé son orgueil pour faire bonne figure mais ses efforts n'avaient reçu ni merci, ni bravo, ni aide pour débarrasser l'immense table dressée et décorée par ses soins.

David se leva pour prendre son fils dans les bras.

— Tu vas le réveiller, protesta sa mère.

— Ben oui, c'est le but. Il faut bien qu'il participe à la fête ! Et puis s'il dort trop, il va faire le cirque toute la nuit.

Il avait raison, mais Joséphine ne put s'empêcher de penser que ça ne l'avait jamais dérangé jusque-là. Leur fils servait de prétexte pour créer une diversion, et ce ne fut qu'après son repas, lorsqu'il digérait dans son transat, que les deux parents passèrent à table à leur tour.

— Alors ? Comment ça va au boulot ?

Le sujet était sans risque et les conduisit jusqu'au dessert. David parlait volontiers de ses projets, ou des contretemps qui les entravaient. Joséphine distilla quelques conseils, comme elle l'avait toujours fait.

— Ça fait longtemps qu'on n'a pas échangé comme ça, reconnut-il en posant sa cuillère dans son assiette vide. Ça fait du bien. J'ai l'impression que l'on se retrouve.

— C'est ce que tu penses vraiment ?

— Bien sûr ! Pas toi ?

— Non.

Le David bien repu sembla brusquement estomaqué, et elle précisa :

— Enfin, je vois ce que tu veux dire. Mais ce n'est pas le cas.

— Je ne comprends pas.

— On ne parle que de toi, David. Ta vie professionnelle, tes ambitions. Je ne dis pas que ça ne m'intéresse pas, mais ça ne va que dans un sens.

Il resta silencieux quelques secondes, et la scruta comme s'il ne l'avait pas vue depuis des mois. Il la soupçonnait d'avoir guidé la conversation pour préparer son attaque.

— OK, lâcha-t-il. Eh bien, parlons de toi. Qu'est-ce que tu as à me dire ?

Joséphine n'aima pas le ton employé. Comme s'il était évident qu'elle n'avait rien de captivant à raconter.

— Moi aussi, j'ai encore des désirs.

— Parfait ! Lesquels ?

— Je ne sais pas t'expliquer comme ça... C'est compliqué.

— Je ne vois pas ce qu'il y a de compliqué. Tu me reproches d'être nombriliste. Pourtant, je suis prêt à t'écouter. Alors vas-y. Tu veux que je te comprenne ? Je ne suis pas plus bête qu'un autre. Ça devrait être à ma portée.

— Tu n'as pas réalisé... On a eu un enfant ensemble, mais il n'y a que ma vie qui a volé en éclats depuis sa naissance. On ne peut pas dire que ça ait changé grand-chose pour toi. Les nuits blanches, les angoisses, le congé maternité, même la transformation de mon corps... Tout ça t'est étranger.

— Ce n'est quand même pas ma faute si ce sont les femmes qui accouchent ! Je n'y suis pour rien.

Joséphine secoua la tête, de dépit.

— Je ne remets pas en cause la nature humaine, je remets en cause la société qui ne fait rien pour aider les jeunes mères à retrouver une place convenable, pas amoindrie. Et tu te calques sur elle pour me rabaisser.

David agita les bras en signe d'impuissance.

— Mais qu'est-ce que je peux y faire si tu ne sais pas où te mettre ?

— Me soutenir. Être attentif. T'occuper de ton fils. Reporter tes entraînements. T'efforcer de rentrer plus tôt du boulot. Ne pas embrasser d'autres filles. Tu veux que je continue la liste ?

— Tu ne crois pas que moi aussi, je peux te reprocher des choses ?

— Je n'ai rien dit de tel.

— Contrairement à ce que tu penses, j'ai essayé de me montrer patient, Jo, mais tu n'as rien vu. Tu n'as aucun autre sujet de conversation que Raph. Tu évoques tes désirs, mais tu n'en as plus pour moi. Tu es fatiguée de tout et tu fais la gueule pour rien, sauf quand il s'agit d'éveiller ton fils. Il a droit à tous tes sourires, et moi, je vis avec une vieille fille aigrie parce qu'elle ne peut plus vivre comme ça lui chante. Je t'ai proposé que ma mère nous aide, mais tu as refusé. Qu'est-ce que tu attends de plus ? Je ne vais tout de même pas arrêter de bosser pour rester avec toi. On a un appart à payer, je te le rappelle !

La virulence transcendait David mais Joséphine bouillait également. Il fallait bien que Mary-Jane soit citée dans la conversation !

— On va arrêter là pour ce soir, répondit-elle sèchement. La « vieille fille aigrie » te remercie. Ça ne mènera nulle part.

Elle se leva pour débarrasser la table et cette fois, l'affliction empêcha le mari d'objecter. Il savait qu'il aurait dû s'abstenir, mais elle l'avait poussé à bout. Il ne chercha pas non plus à la dissuader de dormir dans la chambre d'amis. Chacun sauvait sa peau du naufrage, avec ses émotions embarquées sur un trop frêle radeau pour deux.

Le lendemain, la famille abîmée se rassembla au pied du sapin pour ouvrir les cadeaux flambant neufs à l'attention de leur fils, simulant la surprise et essayant de l'intéresser aux jouets. L'attention de Raphaël était davantage accaparée par les emballages qu'il cherchait à porter à sa bouche, mais les Richard se contentèrent de deux ou trois gazouillis pour combler l'espace entre eux. Ils immortalisèrent la cérémonie en prenant des photos qu'ils se promirent d'accrocher un jour prochain dans un pêle-mêle.

David posta la plus jolie sur ses réseaux sociaux ; il en reçut une avalanche de compliments. Suffisante, estima-t-il avec satisfaction, pour faire le fanfaron au bureau à son retour de congé. À 8 heures du matin, le petit déjeuner était avalé et Noël appartenait au passé. Qu'allaient-ils faire de cette journée glaciale ?

— Ma sœur est en France. Je ne te propose pas de bruncher avec elle, j'imagine.

Joséphine leva un sourcil.

— Quoi ? reprit David, acerbe. Je n'ai même plus le droit d'évoquer ma famille dans mon propre appart ? Que ça te chante ou non, c'est la tante de Raph, et elle est venue d'Angleterre pour le voir.

— Tu as raison.

Joséphine marqua une pause avant d'étoffer sa réponse.

— Je suis en colère contre toi.

Le décalage avec sa propre repartie prit David de court. Cette fois, la justification de leur terrain d'entente, puisque Joséphine la soulignait, achevait toute ambition de réconciliation.

— OK. Tu es en colère. Ben, tu sais quoi ? Je ne peux pas rembobiner. Je suis désolé de t'avoir fait souffrir, mais c'est arrivé. Je vais donc partir chez ma mère ce matin, et je prends mon fils avec moi. Tu me préviendras quand tu te seras calmée. J'en ai ma claque.

Il n'y avait aucun conditionnel. La conversation était verrouillée et Joséphine eut un haut-le-cœur. Il allait embarquer Raphaël, chez MJ. Prise de panique, elle se mit à sangloter.

— Qu'est-ce que j'ai encore dit ? interrogea David, plus cinglant.

Vouloir déjeuner le 25 décembre en famille n'avait rien d'une motion de défiance. Joséphine se dirigea en haletant vers la salle de bains pour s'y cacher tandis qu'il habillait Raphaël.

— Bon… J'ai les dosettes, le biberon, la poudre, les couches, les lingettes… J'ai rien oublié ?

La mère tituba de nouveau jusqu'au salon pour serrer son bébé contre elle. Il partait déjeuner à deux rues d'ici, mais elle croyait l'abandonner pour toujours. David l'observa, agacé, et commenta :

— Tu es ridicule.

C'était vrai, et le réaliser l'horrifia.

***

En fin d'après-midi, David ramena Raphaël à l'appartement et cette fois ce furent ses propres affaires qu'il rassembla. Il comptait retourner chez MJ, où il profiterait des bons conseils de sa sœur en matière de vie conjugale, sans un bébé qui lui volerait la vedette.

Joséphine n'imaginait pas que régresser chez sa mère soit bénéfique au sauvetage de leur couple, mais après avoir passé son 25 décembre seule à ruminer, elle reconnut qu'elle-même n'avançait pas davantage. Elle avait envoyé un message à Charlotte :

David a embarqué Raph chez sa mère pour la journée. Mes premières heures de liberté sans mon petit… J'en ai rêvé, et maintenant qu'elles me sont imposées, j'en suis déboussolée ! C'est grave, docteur ?

Et la réponse n'avait pas tardé :

Coupe le cordon avec ton gosse ! Le guider puis le laisser partir… c'est le jeu !

Alors qu'elle tournait en rond, elle pensa qu'il lui fallait trouver ces satanées bonnes résolutions du Nouvel An. Celles impossibles à tenir plus de trois jours, qui auraient au moins le mérite de l'occuper en attendant son fils.

Résolution numéro 1 : chercher un logement, au cas où ça tourne mal avec David.

Elle préparait déjà un dossier, même si la décision restait floue et terrifiante.

Résolution numéro 2 : se tenir prête à accepter que ça tourne mal avec David.

Résolution numéro 3 : sauver mon mariage.

Résolution numéro 4 : rester cohérente. La résolution numéro 3 ne colle pas avec la 1. Ni avec la 2.

Résolution numéro 5 : trouver une source de revenus. Au cas où la résolution numéro 3 (voire 2) tombe à l'eau.

« Ça, c'est dans mes cordes », considéra-t-elle. Elle avait repris contact avec quelques employeurs susceptibles de l'embaucher à la pige en presse écrite. Échanger avec des collègues lui permettrait de ne plus avoir la colère pour seule compagne familière.

Résolution numéro 6 : ne plus avoir la colère pour seule compagne familière.

Résolution numéro 7 : accepter la dépression post-partum. S'en sortir seule ou se faire aider si nécessaire. Mais s'en sortir, bordel.

Sept résolutions. Une pour chaque jour de la semaine. Pas de repos le dimanche, donc, mais Joséphine avait déjà trop lambiné.

46.

CHARLOTTE

Charlotte relut la carte qui avait accompagné la rose livrée et laissée dans l'entrée. Une rose de fleuriste, Joséphine avait vu juste, mais pas sur l'expéditeur. Pendant qu'elle la glissait dans sa poche, non sans l'avoir déchirée, Éric verrouilla la porte. Il commençait à se faire tard et seule la lumière du salon confirmait la présence de sa femme. Du couloir, il distingua son ombre avant sa silhouette, assise sur le canapé. Il éprouva un élan de tendresse. Après toutes ces années, il était toujours aussi amoureux de son allure, même s'il se montrait peu enclin aux démonstrations d'affection. Faute de temps, de fatigue, d'usure.

— Tu te rends compte que Victoire va avoir dix-huit mois ? Je n'en reviens pas...

Rejoignant sa conjointe dans le salon, il imaginait son envie de disserter sur les problèmes de Joséphine Duarnet-Richard. C'était loin d'être son cas.

— Éric, j'ai quelque chose à te dire.

— On pourrait peut-être organiser une fête ? Au moins pour célébrer les trois derniers mois sans otite, gastro-entérite ni bronchiolite ? Même si on n'est pas sortis des poussées dentaires… On tient le bon bout !

— Éric, écoute-moi.

— Quoi ? Si c'est encore Jo…

— Je dois te parler. Il faut que je t'avoue… mais je ne sais pas par où commencer…

Charlotte avait le trac. Éric l'avait toujours impressionnée, même deux enfants plus tard. Même après ces années de vie commune qui l'avaient dépouillé de ses moindres secrets, et des attraits de la découverte.

— Vas-y, je suis tout à toi, dit-il gentiment. Mais je te préviens : on ne décortique pas la vie sentimentale de ta copine ! Et si c'est pour te plaindre des enfants, je préférerais aussi que tu t'abstiennes… J'en ai marre qu'on ne se parle que des choses négatives. Faudrait aussi qu'on se dise ce qui va bien, de temps en temps, non ?

— Je suis retournée à la salle de sport, Éric.

La sagacité avec laquelle Charlotte lui avait coupé l'herbe sous le pied l'amusa. Il fit mine de la féliciter avant de tâter ses propres poignées d'amour.

— Formidable ! Tu essaies de me faire passer un message ? Tu trouves que je m'empâte ? C'est vrai que j'ai un peu plus de ventre qu'à notre rencontre, mais bon…

— Le prof de sport. Il m'a fait les yeux doux.

— Ha, ha ! Ridicule.

— Je te demande pardon ? Tu penses que je ne suis pas assez jolie pour séduire encore ?

— Bien sûr que non, ça n'a rien à voir avec ça. C'est juste que… j'imaginais les jeunes plus rapides ! Il en a mis, du temps, à se déclarer.

— Il m'a fait des avances plusieurs fois, et j'y suis retournée. Je suis entrée dans son jeu. Ça m'a émue d'apparaître comme une femme séduisante. Pas comme une mère de famille fanée. Pas comme une cuisinière ou une secrétaire.

Enfin, l'attitude d'Éric s'ajusta au sérieux de Charlotte. Il n'était plus question de la tourner en dérision, car il pouvait palper sa souffrance. Il devinait à son hésitation qu'elle était en plein conflit intérieur : elle classait ses mots et en préférait certains à d'autres, plus graves mais non moins appropriés. Elle tentait de le ménager et l'idée, attendrissante, le saisit.

Il se surprit brusquement à poser sur elle les yeux du lycéen timide qui lui avait chuchoté en classe ces quelques mots, vingt années plus tôt, pour l'inviter au cinéma :

— Pssst... T'as vu *Titanic* ?

— Oui.

— Ah...

— Mais je peux y retourner avec toi, si tu veux.

— Oh... Su... super.

Éric avait bafouillé car lui aussi s'était précipité au cinéma dès la sortie du blockbuster. Mais l'avouer, c'était comme être sur le paquebot : risquer le naufrage. Elle aurait sans doute répondu que ça ne servait à rien d'aller voir un film qu'ils connaissaient déjà tous les deux. Or, il était prêt à tout pour que ce rancard ne tombe pas à l'eau – comme DiCaprio à la fin.

— Alors, tu me donnes ton numéro ?

— OK, et tu m'appelles ce soir ?

— Oui, on fait comme ça.

— Castillon ! Vous perturbez ma classe !

— Pardon, monsieur Landrinet.

Charlotte avait souri ; les oreilles d'Éric étaient cramoisies, mais pas parce que l'enseignant l'avait interpellé. Lui, le jeune pataud boutonneux, avait presque gravi l'Everest ! La plus jolie fille de la classe avait daigné griffonner au crayon à papier son numéro de téléphone fixe, avant de reporter sa petite tête blonde vers le tableau. Son regard, à lui, était resté amarré aux chiffres. Elle ne les avait pas ordonnés sur une ligne de son cahier de textes, mais abandonnés nonchalamment en diagonale, « à l'arrache ». Or, ces chiffres, si chèrement gagné, il devrait bientôt les affronter ! Éric aurait à saisir son courage à deux mains pour oser les composer. Le monde, celui des adolescents tout du moins, attendait l'invention des portables. À sa génération incombait encore le lourd fardeau d'articuler dans un combiné attaché à un fil. Pire encore : il fallait être prêt à accepter que son ego puisse être sacrifié si l'un des parents avait le toupet de décrocher le téléphone dans sa propre demeure. L'amoureux transi envia soudain la destinée tragique de Jack Dawson.

— Bonsoir, monsieur Du… Du… Duflot… Est-ce que je pourrais parler à Charlotte, s'il vous plaît ?

Avec abnégation, bien avant la géniale découverte des textos, il fallait donner de la voix ; et la mue, liée aux hormones en ébullition, ne facilitait pas le chemin de croix des braves.

Le salon de leur appartement lui parut très sombre. Éric avait du mal à discerner l'expression sur le visage de sa femme. À l'approche de la quarantaine, la presbytie le guettait, mais la myopie n'était pas une nouveauté. Il avança d'un pas pour avoir un meilleur angle de vue. Quelle confession Charlotte s'apprêtait-elle à faire ?

La veille de leur premier rendez-vous au Majestic, une bonne copine avait joué l'entremetteuse pour rassurer l'adolescent au paroxysme de la puberté. Joséphine Duarnet, sa camarade assise à côté de lui en cours de géo, lui avait révélé que l'élue de son cœur avait détesté *Titanic*. Pourtant, elle était prête à retourner le voir. Pour lui.

Il ne lui avait jamais avoué qu'il savait.

Le lycée paraissait une galaxie lointaine où il eut brusquement envie de s'envoler avec l'amour de sa vie, loin de leur quotidien d'adultes responsables. En navette spatiale ou mieux : en Vespa, comme à l'époque ! Hélas, dans la réalité, il n'avait ni l'une ni l'autre, et face à lui, se tenait une femme encore magnifique, mais à l'air désabusé.

— Eh bien ? demanda-t-il. Il s'est passé quelque chose qui devrait me contrarier ? Ou remettre en cause notre mariage ?

— Rien, évidemment. Je n'ai pas donné suite et je n'ai plus l'intention d'y retourner.

— Parfait. Alors pourquoi m'en parles-tu comme ça ? Maintenant ?

Charlotte se leva, en colère contre son mari. En colère contre elle-même. En colère contre le monde entier.

— Tu ne vas donc pas ouvrir les yeux ? Parce que je culpabilise ! Parce que même s'il ne s'est rien passé, et je te promets qu'il ne s'est rien passé, je n'aimerais pas que tu te montres accessible à d'autres ! Ça me ferait... de la peine. Ma priorité, c'est toi, c'est nous, depuis toujours. J'ai peur de la perdre de vue, avec le temps, mais c'est trop précieux pour mettre tout en péril. Je veux qu'on puisse se dire ce qui compte, même si j'aurais pu continuer à vivre avec ce poids sur la conscience. C'est bien ce que reproche Jo à David, d'ailleurs ! Je n'attends pas ta clémence. Je n'ai pas commis un acte irréparable, mais je ne veux pas non plus le rendre anodin. C'est une alerte, et... c'est pas ce qu'il faut, dans un couple ? Communiquer ? Voilà. Je le fais, je communique.

Éric passa derrière le bar et saisit une bouteille de porto, ainsi que deux verres sur l'étagère du dessus. Les désignant à sa femme, il demanda :

— Tu en veux ?

Sa réaction placide la troubla. Charlotte pensait que révéler son manège la soulagerait, mais elle craignait le retour de bâton.

— Sérieusement ? Tu n'as rien à me dire sur le sujet ? Tu n'es pas fâché ?

— Je suis fatigué des disputes, Charlotte, répondit Éric en versant le liquide brunâtre. C'est bon pour les jeunes couples. Ceux qui te disent qu'une engueulade redonne de l'élan ou du souffle à une histoire sont des menteurs. Je ne vois pas en quoi ça nous rapproche. Moi, ça me mine. Ça m'éloigne de toi, parce qu'on se balance des mots ultra-violents, des mots de dépit qui n'ont aucune raison d'être, sauf de nous blesser mutuellement. Même si on les habille de bonnes intentions en expliquant que c'est pour mieux nous faire avancer.

On les justifie en jurant que c'est pour nous aimer plus fort la fois d'après, pour ne pas commettre deux fois les mêmes erreurs, mais c'est faux. Les disputes sont les mêmes, inlassablement, parce qu'on ne change pas.

— On ne change pas, reprit Charlotte avec amertume, mais on évolue. Et on évolue parfois différemment. C'est ça qui sépare les couples.

— Si l'on ne prête pas attention à l'autre, oui. Tu crois que je n'ai pas vu que tu essayais de quitter plus tôt le travail pour aller à ton club à la con ? Tu crois que je n'ai pas trouvé bizarre que tu t'y rendes maquillée et coiffée ? Et alors ? Tu avais quand même envie de rentrer à la maison après, malgré ce qui pouvait se passer là-bas, non ? J'ai toujours eu confiance en toi, Cha, et j'ai encore confiance. Je connais ma femme. Elle est droite, honnête, et sa famille compte plus que tout. Elle ne balancerait pas tout pour un minet de vingt balais. Tous ces soirs, j'attendais que tu rentres à la maison. Et tu es toujours rentrée. Auprès de moi. Tu n'es jamais restée avec lui.

Charlotte se leva, stupéfaite. Elle s'approcha du bar et vida son verre de porto d'une traite.

— Mais... pourquoi tu ne m'as pas parlé de tes doutes ?

— Parler serait encore revenu à se disputer. Je te l'ai dit, je te connais. Tu refuserais d'avouer tes torts même sous la torture. Tu peux être tellement butée quand tu veux... Tu aurais nié et ça, en revanche, ça m'aurait angoissé parce que ça t'aurait poussée à mentir. Tu devais aller jusqu'au bout de l'expérience, j'imagine. Je t'aurais perdue, autrement.

— Est-ce que tu essaies de me dire que tu as déjà fait cette expérience ? Que tu es déjà passé par là ?

Éric savoura une gorgée avant de répondre.

— De quoi parle-t-on, là ? Est-ce que j'ai déjà eu l'opportunité de te tromper au cours de toutes ces années de mariage ? Allons... ne sois pas si naïve. On ne vit pas dans une bulle ! Est-ce que je l'ai déjà fait ? Non, jamais.

— Mais en as-tu déjà eu l'envie ?

— C'est ce que tu as ressenti, toi ?

Charlotte secoua énergiquement la tête.

— Non ! Je te jure que non ! Pas une seule seconde ! Je n'ai jamais eu envie du corps d'un autre. Ni de son esprit, d'ailleurs.

— Moi non plus, confia Éric avec autant de conviction. Voilà pourquoi il n'y a pas de raison de se fâcher. Parce que la vraie trahison est peut-être là. Je ne crois pas aux mots d'amour, Cha. Je crois aux faits, aux gestes, à la fidélité de nos pensées. Car les mots n'ont que peu de valeur puisqu'ils peuvent dire tout et leur contraire selon le contexte. Tout est sujet à interprétation. C'est ça le problème des couples ! Entre ce que l'un dit et ce que l'autre entend et croit en comprendre, il y a parfois des mondes entiers hostiles ; des doubles sens qui flinguent l'amour.

Subtilement, le silence voltigea dans la pièce sur son dernier mot si souvent galvaudé.

« L'amour ». N'en était-il pas question tous les jours dans un mariage aussi fertile ?

Le souffle coupé, Charlotte lâcha timidement :

— Je suis désolée de t'avoir fait souffrir.

— C'est gentil de le reconnaître. Quelle bourrique tu peux être ! Tu sais que depuis qu'on est ensemble, et ça fait un bail, tu ne t'es jamais excusée ? Pas une seule fois ! Comme si c'était toujours moi qui étais en faute. Pourtant tu n'as pas le monopole des concessions. Tu m'as vraiment foutu la trouille. Et tu n'as pas le droit d'exiger de moi un comportement parfait si tu n'es pas toi-même irréprochable.

— Je sais, Éric. Mais je me sens parfois si seule dans notre relation... J'ai l'impression de tout porter à bout de bras, tout le temps.

— Oh, je ne me fais pas de souci pour tes petits bras... Dimitri m'a dit qu'ils étaient bien musclés ! ricana-t-il.

L'évocation du sportif prit Charlotte de court. Elle leva la tête vers son mari, qui la regardait en souriant.

— De quoi tu parles ?

— Je suis peut-être à côté de la plaque parfois, mais tu ne crois quand même pas que j'allais le laisser draguer ma femme sans réagir ? Je suis allé le voir, ton coach pour midinettes.

— Mais... tu n'as jamais su te battre !

— Ah, c'est sûr que ça ne m'aurait pas arrangé d'en venir aux mains... mais je te rassure, ce n'est pas allé jusque-là !

Puis, comme sa femme semblait assommée, Éric ajouta :

— Ça ne va pas toujours très bien entre nous, Cha, ça ne va pas toujours comme tu le souhaites en tout cas. Mais si c'était à refaire, je ne changerais pas une seconde de ma vie à tes côtés. Tu n'es pas seule dans notre relation. Je peux encore te surprendre. Ou du moins essayer ! Comme j'aurais essayé de me bagarrer, s'il l'avait fallu...

Le visage de Charlotte rougit. Oh, elle pouvait en vouloir à son mari de ne jamais faire le lit le matin, de laisser traîner ses pulls et vestes partout dans l'appartement, ou d'oublier ses clés ! Elle pouvait lui reprocher sa nonchalance et sa mollesse au quotidien. Mais les années passaient et il résistait à toutes les tempêtes, même celles des enfants ; le mur porteur de cette famille qui tournait autour de lui, qui vivait parfois à côté de lui, parfois même sans lui, mais qu'il couvait indéfectiblement d'un regard tendre et protecteur. En l'observant passer l'éponge sur le bar pour essuyer les quelques gouttes d'alcool tombées sur le similicuir, un regain de passion submergea Charlotte et elle s'y abandonna, essuyant d'un revers de main les dernières larmes au coin de ses yeux.

Éric s'approcha d'elle pour la serrer contre son cœur.

— Tu sais que je n'ai même pas eu le temps de dîner, moi, avec nos chameaux de gosses ?

— J'avais préparé une moussaka...

— Miam... Je vais recouvrir Gaby avec sa couette qui a dû encore tomber, embrasser Vicky, et je te rejoins dans la cuisine.

47.

JOSÉPHINE

Entre les fêtes, la fébrilité de Raphaël s'accentua. Le Dr Monroi n'avait pas pris de congé, et devant la mine hagarde de Joséphine, improvisant une entrée catastrophée dans son cabinet, la secrétaire médicale n'eut pas le cœur de la renvoyer.

— Je sais que je n'ai pas rendez-vous, mais... le docteur avait dit que s'il y avait quoi que ce soit... et j'ai pensé qu'à l'ouverture, il y aurait moins de monde...

Au regard de la salle d'attente, la réflexion n'était pas absurde : il n'y avait que deux familles. Elle s'assit en face de l'une des mères et observa le fils qui lisait tranquillement à ses côtés. Il devait avoir huit ans et semblait hypnotisé par un imagier sur le sport automobile.

— Regarde, Raphaël, lui dit sa maman tout bas. Tu as vu, sur la photo ? Tu me demandais comment les cascadeurs faisaient pour traverser un feu sans se brûler. Eh bien, voilà... Ils portent des vêtements qu'on appelle des vêtements « ignifugés ». Ils sont spécialement conçus pour résister aux flammes.

Joséphine sourit en entendant le prénom du petit garçon. Au même moment, son propre Raphaël se mit à pleurer.

— Chhhhh, lui murmura-t-elle. Ça va aller, Raphaël, le docteur va te voir bientôt.

La mère de l'autre côté de la salle leva la tête et les deux femmes se regardèrent, complices.

— Joli prénom, plaisanta-t-elle.

— J'espère surtout qu'il sera aussi sage que le vôtre au même âge !

— Oh, ça n'est pas toujours le cas, je vous rassure. Il suffit que je tourne le dos pour qu'il fasse le pitre.

— C'est pourtant impossible de les surveiller vingt-quatre heures sur vingt-quatre...

Joséphine se rappelait la remarque de sa belle-mère. La femme en face d'elle sourit.

— Surtout quand on travaille à temps plein ! Il faut apprendre à jongler, de nos jours.

Cette fois, elle ne trouva rien à ajouter. Elle avait honte de ne pas avoir repris, tant elle était convaincue que la société définissait les êtres par leur métier. C'était d'ailleurs l'une des premières questions que l'on posait généralement lors d'une rencontre : « Vous travaillez dans quoi ? » Jamais une discussion ne commençait par : « Vous aimez quel type de littérature ? » ou « Quel musée avez-vous visité dernièrement ? ».

Les minutes défilèrent et elle ne put s'en empêcher.

— Vous travaillez dans quoi ?

« Oups. »

Depuis la naissance de Raphaël, Joséphine avait trop besoin d'échanger avec des adultes pour dénigrer ces clichés sociétaux ! Une salle d'attente était le lieu idoine pour gommer la segmentation de la population, aliénée par l'appartenance aux différentes castes socioprofessionnelles. De l'autre côté de la pièce, rien n'indiqua que la femme ne s'en offense. N'étaient-elles pas des jumelles de maternité ?

— Je suis dans le domaine artistique, répondit-elle simplement.

— Ouah ! J'ai fait du théâtre, quand j'étais jeune... J'adorais ça ! C'était ma première passion, mais je ne pensais pas pouvoir en faire mon métier. Ça m'a tenue longtemps, cela dit.

— Ah oui ? Vous faisiez de l'impro ou vous jouiez des pièces ?

La question surprit Joséphine. Son interlocutrice semblait s'y connaître et le sujet l'intéressait plus que de savoir vers quoi et pourquoi elle avait louvoyé.

— Les deux. Je suis passée par le Cours Florent.

C'était sa petite fierté et un grand gage de sérieux ! Lâché par faute de temps et non d'envie.

— Jolie institution ! Vous avez arrêté ?

— Hélas, oui. J'adorerais remonter sur les planches, mais les années ont passé et la naissance de mon fils a tout chamboulé.

— J'imagine... Mais ça ne doit pas nous obliger à nous effacer.

Joséphine regarda avec attention cette femme qu'elle rencontrait pour la première fois, et dont elle se sentait étrangement proche. Puisque leurs deux garçons répondaient au même prénom, elle imagina qu'elle lui ressemblerait peut-être dans une poignée d'années.

— J'ose vous demander dans quel domaine artistique vous travaillez ? s'enquit-elle timidement.

Son alter ego sourit de nouveau.

— Le théâtre.

— Ah…

La gêne devait transpirer par tous les pores de sa peau ; jamais elle n'aurait dû faire la maligne avec ses quelques heures de cours ! Courtoisement, la femme reprit :

— Je m'appelle Hélène Esméri. Je suis metteure en scène.

Puis, avec naturel et sympathie, elle ajouta :

— Tenez… je vous laisse mes coordonnées. Si jamais vous souhaitez prendre contact pour un essai, je serais ravie de vous aider.

Joséphine se leva du fauteuil pour saisir la carte de visite qu'elle lui tendait. Elle la scruta, comme pour vérifier que le nom inscrit correspondait bien à l'état civil décliné.

— Merci… C'est un peu compliqué en ce moment, mais c'est gentil de votre part.

— Je vous en prie. N'hésitez pas. Je suis certaine que vous êtes très gracieuse sur une scène.

Cette fois, Joséphine leva vers elle des yeux effarés. Elle semblait sincère. Peut-être percevait-elle aussi la connexion entre elles ? Peut-être se contentait-elle d'être polie ? Ou peut-être la mère du plus jeune des Raphaël apparaissait-elle ouvertement désespérée ? Elle rangea la carte dans son sac entre un biberon, un paquet de lingettes et son portefeuille, alors qu'Hélène Esméri reprenait l'explication du livre avec son fils.

Le Dr Monroi les reçut par ordre d'arrivée, tandis que la salle d'attente continuait de se remplir. À chaque nouvel entrant, Joséphine jaugeait la vocation requise pour enchaîner autant de rendez-vous avec tous ces enfants hurlants ! Elle en fit le constat lorsque son Raphaël fut appelé.

— Vous devez être épuisé quand la journée s'achève, dit-elle en guise de bonjour.

— Ce sont souvent les parents, plus que les enfants, qui me réclament de l'énergie, vous savez !

— Ah ça... Si vous n'avez que des parents comme moi... vous devez vivre l'enfer !

La réponse lui avait échappé et elle ricana de gêne. Elle se sentait pathétique.

— Si je n'avais que des parents comme vous, sourit le médecin, les journées seraient bien plus faciles.

Puis, s'asseyant à son bureau, il ajouta :

— Alors... dites-moi, qu'est-ce qui arrive à Raphaël ?

— Il a de la fièvre. Je suis tellement navrée de vous importuner encore... et ce n'est peut-être rien, mais je suis toute seule et...

Joséphine le regarda dans les yeux, l'air désemparée.

— J'ai peur, avoua-t-elle.

C'était réel. Elle était terrifiée à l'idée d'élever seule son fils, de n'avoir aucun projet, de ne plus se connaître ni se reconnaître. Quatre-vingt-dix pour cent du temps, elle endossait le rôle de mère, et son identité de femme se réduisait comme une peau de chagrin.

— Bien, répondit calmement Monroi en posant son crayon. Une chose après l'autre... Je vais examiner Raphaël ; si vous voulez bien soulever son pull, je vais écouter son cœur.

— Je le déshabille entièrement ?

— Non, ce ne sera pas nécessaire… Nous nous sommes vus il n'y a pas si longtemps, je crois…

À la peur s'ajouta l'humiliation, même si l'enfoncer n'était pas dans l'intention du pédiatre.

— Les bronches ne sont pas prises, conclut-il après vérification. C'est déjà un point positif. Je vais regarder ses oreilles.

Puis il parla plus bas, en s'approchant :

— C'est dur, d'être une jeune maman, hein ?

— Jeune, c'est vous qui le dites !

Le spécialiste esquissa une moue complice ; elle avait encore du temps devant elle !

— La naissance des enfants est un bouleversement, arrêtez de culpabiliser. Vous avez des raisons d'être angoissée, ne vous flagellez pas pour ça. Foutez-vous la paix…

Cette fois, Joséphine se tut, tandis que son fils se laissait faire, groggy. Elle avait déjà lu ces mots plusieurs mois auparavant dans les livres de puériculture supposés la « préparer » à la maternité, comme on prépare un sportif à une compétition. Pourtant, personne ne pouvait être suffisamment paré à affronter ce tsunami émotionnel, et ces mots engloutis, il était bon de les entendre resurgir à un moment opportun.

— Votre petit bonhomme a une belle otite du côté gauche. C'est pour ça qu'il a de la fièvre. Puisqu'elle semble persister, je vais vous prescrire un antibiotique. Ça va aller.

— Comment est-ce que vous l'avez su ?

— Je vous demande pardon ?

Joséphine dévisagea le Dr Monroi. Elle était fascinée par cet homme qui contrôlait la situation.

— Oh, pas l'otite ! Votre femme ? Je veux dire... comment vous l'avez su que c'était fini entre vous ? C'est elle qui est partie ?

Le médecin posa son matériel sur le bureau pendant qu'elle rhabillait son bébé avec sa combi pilote.

— Vous pouvez m'envoyer paître... Je sais que je suis intrusive.

— C'est moi qui l'ai quittée.

Il avait répondu sereinement, comme s'il était évident que l'initiative d'une séparation soit venue de lui. Devant la mine surprise de la mère de son patient, il ajouta :

— Vous me trouvez vieux jeu, non ?

— Non... pas du tout ! C'est juste que...

— Vous pensiez que ma femme était partie avec l'autre ?

Joséphine baissa les yeux. Bien sûr, c'était ce qu'elle avait imaginé. Comme elle ne disait rien, Monroi se mit à rire, dévoilant un émail brillant.

— Allons... Ce n'est pas si grave ! C'est moi qui suis parti. J'étais incapable de pardonner. C'est comme ça... Je suis rancunier. Et je ne voulais pas me battre avec elle. Je lui ai tout laissé, sauf nos filles. Nous avons opté pour une garde alternée, et elle a refait sa vie avec un type. Pas celui avec lequel elle m'avait trompé... Un autre. J'aimerais vous dire que c'est un crétin fini, mais même pas. Il est plutôt sympathique.

— Est-ce que vous regrettez ?

— Ça m'est arrivé, accepta encore de répondre le médecin, mais c'était il y a longtemps. Ça m'a permis de prendre conscience de beaucoup de choses, à commencer par réaliser la chance que j'avais d'avoir des enfants formidables, et qu'il fallait que j'en profite. J'ai appris à hiérarchiser les priorités. On ne quitte pas quelqu'un pour quelqu'un d'autre, j'imagine. On quitte quelqu'un parce que ça ne va plus dans le couple. La tierce personne ne fait que révéler les problèmes sous-jacents.

Joséphine hocha la tête devant ce discours empli de bon sens. Tout en tapant quelques notes sur son ordinateur, Monroi reprit :

— Faites-vous plaisir, c'est le meilleur conseil que je puisse vous donner. C'est enfoncer une porte ouverte, mais plus vous vous épanouirez et plus ce sera facile d'être mère.

— Encore faut-il savoir ce qui peut nous faire plaisir... J'ai l'impression d'être complètement paumée.

— Il n'y a rien qui vous intéresse ?

— Là ? Maintenant ? Si je vous disais à quoi je pense, vous me prendriez pour une folle !

Le pédiatre lâcha son clavier et croisa les mains sur son bureau.

— Je vous écoute, dit-il sérieusement.

— La mère de l'autre Raphaël, que vous avez examiné juste avant nous... Elle est metteure en scène de théâtre.

— Oui, je sais. Je suis allé voir pas mal de ses représentations, depuis le temps que je la connais.

Joséphine hésita une seconde. Ainsi, il entretenait des liens privilégiés avec d'autres parents. Hélène Esméri devait, elle aussi, avoir son numéro de portable.

— Elle m'a « presque » donné envie de me remettre à la comédie. Je jouais quand j'étais plus jeune.

La « presque » adolescente timide craignait qu'il se moque d'elle. Pourtant elle ne décela rien de tel dans son regard, il demeurait imperturbable. Se levant pour l'escorter, il demanda simplement :

— Eh bien ? Qu'est-ce qui vous en empêche ? Vous en avez parlé avec elle ?

— Oui... elle m'a donné sa carte...

— Alors appelez-la ! Je ne vois pas où est le problème.

Le Dr Monroi haussa les épaules, et ouvrit la porte de son cabinet. La salle d'attente était comble.

— La seule chose qui vous appartienne vraiment, c'est votre vie, conclut-il en lui serrant la main. Votre fils va grandir et s'émanciper. Vos biens matériels vont et viennent... Pensez à vous. Allez... Passez de belles fêtes, hein ! Et appelez si nécessaire.

Il n'attendit pas qu'elle ajoute quoi se soit. Tourné vers le patient suivant, il fit signe à une femme d'une trentaine d'années.

— Fiona..., dit aussitôt celle-ci avec entrain en se levant. C'est à nous !

Une petite fille sage interrompit le puzzle qu'elle reconstituait pour venir saisir avec anxiété la main de sa maman.

***

Exténué par la fièvre, Raphaël ronflait déjà dans la poussette lorsque Joséphine sortit du cabinet, regonflée à bloc. Victor Monroi avait dû morfler, mais il s'en était sorti ! Elle s'arrêta à la pharmacie et pensa à David. Elle jeta un coup d'œil à sa montre : « À cette heure, se dit-elle, il doit être à l'entraînement. » Le toubib avait raison. Quand deux personnes s'aimaient, aucune idiote en legging ne pouvait interférer. Il était temps d'arrêter de faire payer l'addition à son mari. Ils pouvaient encore sauver les meubles. Amoxicilline contre l'otite en poche, Joséphine commanda un taxi et donna l'adresse du stade.

Elle surprendrait David, anticipa-t-elle sur le chemin. Elle en écrirait une pièce de théâtre brillante, qu'elle proposerait à Hélène Esméri. Ils se pardonneraient, tombant dans les bras l'un de l'autre au ralenti. Elle ronchonnerait gentiment, parce qu'il serait couvert de sueur, mais ils ranimeraient leur passion. Il lui suggérerait par grivoiserie de prendre une douche dans les vestiaires avec lui, et elle… Mince, réalisa-t-elle en rédigeant mentalement la scène. L'imagination avait des limites, et ces limites s'appelaient Raphaël !

« Qu'est-ce que je fais de notre petit boulet, à la fin du dernier acte ? Je peux oublier la douche… ou alors, à la maison, quand il sera couché. Ce sera moins romantique, mais ça fera l'affaire ! »

Tandis que Joséphine construisait son rêve de retrouvailles torrides, la voiture arriva aux abords du stade. Elle sourit en repérant le groupe d'entraînement. Elle reconnut la silhouette d'un ou deux partenaires de David, et s'apprêtait à baisser la vitre pour les interpeller quand elle aperçut à son tour son mari, à quelques pas des autres sportifs de week-end. Il chahutait comme un adolescent avec une femme qu'il tentait de maîtriser en la serrant dans ses bras. Elle riait, feignant de le repousser à cause de sa transpiration, exactement comme Joséphine l'avait fantasmé. Depuis l'arrière du véhicule, elle les scruta et son rictus se figea. La femme en question se retourna vers David, jouant à s'éloigner une énième fois avant de revenir vers lui. Elle ébouriffa ses cheveux, et il l'embrassa fougueusement.

48.

JOSÉPHINE

L'appartement de Prudence était désert.

Joséphine s'écroula sur le canapé, sans pleurer. Elle se sentait vidée. La scène s'était déroulée sous ses yeux à peine trente minutes plus tôt, mais déjà, elle lui semblait floue. Que s'était-il passé ensuite ? Elle avait remonté la vitre et bredouillé au chauffeur quelque excuse pour qu'il redémarre. Elle s'était trompée d'adresse. Elle avait oublié un rendez-vous. Elle devait effectuer un demi-tour. Il avait haussé les épaules et obtempéré.

Raphaël dormait. Elle aimait le regarder dans son sommeil. Il était tellement expressif ! Toutes ces mimiques qu'il offrait en spectacle à son insu… Ses petits doigts qui s'écartaient, ses bras qu'il agitait, ses grimaces, ses sourires aux anges… À quoi rêvait-il ?

Joséphine n'avait pas apostrophé son mari. Elle avait filé sans esclandre, plus par déception que par humiliation. S'il fallait toucher le fond pour remonter, elle avait bien senti qu'elle le touchait. Elle s'y était même cognée ! Mais au moment de remonter, le sol s'était dérobé sans qu'elle n'ait pu le frapper des deux pieds pour resurgir à la surface.

Lentement, elle se redressa et saisit l'ordinateur portable posé sur la petite table du salon. Elle ouvrit trois pages Internet. Sur la première, elle entra les informations nécessaires pour se mettre en quête d'un appartement à la hauteur de son budget. Sur la deuxième, elle lança le moteur de recherche avec les mots-clés suivants : avocat, divorce, Paris. Le troisième onglet resta figé une vingtaine de minutes sur l'accueil de Yahoo, le temps que Joséphine se prépare un café, puis un biberon pour Raphaël. Elle le nourrit, changea sa couche, avala dans une grimace son breuvage déjà tiède, et réactiva enfin la page pour se documenter sur des ligues d'improvisation.

Quelques jours plus tôt, Mme Richard utilisait encore l'espace virtuel pour espionner son mari. C'était une autre époque, une autre vie qui venait de s'achever devant un stade d'entraînement, comme fauchée par une voiture.

Pourtant, constata-t-elle, elle respirait toujours. Les battements de son cœur lui martelaient qu'elle avait une seconde chance à saisir. Elle repéra une école à proximité qui proposait des cours d'art dramatique, nota l'adresse et se promit d'y faire un tour. Cela remplacerait l'une de ses stupides résolutions du Nouvel An.

Elle se souvenait encore de son premier professeur de théâtre, quand elle avait dix-huit ans : « Joséphine Duarnet ! On a tous un vilain petit canard posé sur notre épaule qui nous juge, qui nous dit combien il nous trouve grotesque, combien on s'avilit. Fais-le taire.

Dégage-le ! Arrête de te regarder jouer, comme arrête de te regarder vivre… Libère-toi ! »

Il fallait être mature pour y parvenir à dix-huit ans. Joséphine n'en avait pas été capable, mais elle adorait l'idée. Enfin, cela rejoignait l'idée qu'elle devait s'attacher à l'avenir à cultiver sa propre personnalité et, ironiquement, elle comprit qu'elle aurait pu devenir amie avec Mary si elle n'avait pas été rongée par la jalousie. Elle qui clamait exprimer sa vérité, quitte à froisser un coiffeur sûr de son coup de ciseau !

La quarantaine approchant, le canard avait vieilli et Joséphine réussirait à s'en débarrasser. Comme elle se débarrasserait de tout ce qui l'encombrait.

— Je suis tellement désolée…, lui dit Prudence lorsqu'elle partagea avec elle sa triste découverte.

— Ce n'est pas toi qui devrais l'être.

— Pourquoi ne lui as-tu pas demandé des comptes ? À ta place, j'aurais foncé sur l'autre garce pour lui faire avaler son legging !

— Qu'est-ce que ça aurait changé de me donner en spectacle ? Il reste le père de Raph, aussi con soit-il.

Comme l'avait conseillé Monroi, il fallait cerner ses problèmes pour les « hiérarchiser », et David ne méritait plus d'être le premier sur la liste. Il s'agissait de trouver une source de revenus qui conviendrait au nouveau statut de Joséphine. Elle devait regagner son indépendance si elle voulait recouvrer sa liberté.

— Tu pourrais devenir… agent immobilier ? C'est hyper tendance, et comme tu passes ta vie à regarder le prix des loyers…

— T'es barge, Pru. Je ne serais pas crédible pour deux sous ! C'est comme si tu me proposais de devenir décoratrice d'intérieur… Ça aussi, c'est hyper tendance, mais *no way* !

— Exagère pas. C'est sérieux, de bosser dans l'immobilier. J'aurais pu te balancer influenceuse…

— Ha, ha.

— Coach de vie ?

— Joker.

— Blogueuse culinaire ? Non… Détective privée ! Puisque tu as su si brillamment percer à jour ton mari…

— Je rêve ou tu te fous franchement de moi ?

— Ça va… C'est juste pour que tu arrêtes de te mettre la pression avec le taf idéal. C'est important, évidemment, mais je le vois bien avec mes collègues qui cumulent les casquettes… Quelle que soit la boîte qui t'emploiera, y a peu de chance qu'elle t'érige une statue dans le hall pour les heures sup que tu ne compteras pas. En revanche, bonjour la culpabilité quand tu prendras un jour off à cause de la gastro de ton fils ! Et je te passe les remarques mesquines du style : « Tiens, tu bosses à mi-temps maintenant ? », juste parce que t'éteins ton ordinateur cinq minutes plus tôt pour filer à la fête de l'école ! Crois-moi, j'ai eu suffisamment de temps pour observer comment les gens jonglent quand je galérais à tomber enceinte. Et j'ai retenu vos leçons, à Chacha et toi.

— Madame Pru, rétorqua Joséphine esquissant les prémices d'un sourire retrouvé, vous voilà officiellement prête pour devenir mère de famille… La lucidité de votre discours a convaincu le jury.

49.

CHARLOTTE

Gabriel, mon fils, mon trésor,

Ton père trouve qu'il est ridicule de t'écrire. Il dit que pour tes dix-huit ans, tu préféreras un séjour à New York plutôt que le journal de ta vieille mère ! Mais moi, je sais bien que tu seras heureux de lire ces lignes... L'un n'empêche pas l'autre, non ?

De toute façon, c'est irrémédiable. Même majeur et marié, tu resteras mon tout petit, mon premier enfant, celui avec lequel je suis devenue maman ; celui avec lequel j'ai essayé, et plus ou moins réussi ! Tu essuies les plâtres... Alors autant n'en faire qu'à ma tête jusqu'au bout !

C'est un bagage lourd à porter d'être l'aîné. Il y a tellement d'attente autour de toi ! Tellement de pression. Si ça peut te consoler, c'est pareil de l'autre côté de la barrière : la charge parentale est abyssale. Du coup, je commets des erreurs, et des grosses, en tant que mère. Je crie, je punis, je m'emporte, je m'en veux. Désolée, mon fils. Je fais vraiment de mon mieux et... je suis sûre que toi aussi, même si ta chambre est un dépotoir, et même si tu oublies tes cahiers de devoirs en classe.

Je t'ai tenu la main, mon Gab' ; je l'ai serrée le plus fort possible. Je t'ai accompagné dans tes balbutiements, dans tes joies, dans tes larmes aussi, et je serai là jusqu'à ce que tu n'en aies plus besoin, je l'espère.

Je veux que ta sœur et toi deveniez grands et forts, indépendants et autonomes.

Je vous souhaite le meilleur et le plus doux des avenirs. Je ne suis pas de ces mères qui font des enfants pour les garder auprès d'elles, c'est déjà ça de gagner pour votre équilibre psychique ! Mais je dois reconnaître que j'ai longtemps été angoissée à l'idée que tu rompes la communication à l'âge adulte, pour ne plus nous appeler qu'à Noël ou aux anniversaires.

C'est un cliché, mais il est si difficile de faire parler les hommes ! Combien de fois t'ai-je sauté dessus à la sortie de l'école pour que tu me racontes, minute par minute, le déroulé de ta journée ? Toi, tu préférais te concentrer sur ton pain au chocolat, et tu haussais les épaules en répondant « 'Sais plus, m'man »...

Je ne souhaitais pas t'espionner, mon chat, je te le promets ! Je voulais juste que l'on prenne plaisir à partager.

Aujourd'hui, enfin, je comprends que le succès de notre relation ne tient qu'à nous. Il différera peut-être de ce que les autres entendent traditionnellement par « succès », mais on se fiche des conventions. À nous d'inventer notre propre langage, pour que l'on ne se perde jamais, malgré les années et les aléas de la vie. Un jour viendra où tu construiras ta propre famille, et tu embrasseras l'héritage que je cherche à vous laisser.

Grands et forts, oui, c'est ainsi que je vous imagine, ta sœur et toi ; et unis contre chaque adversité que vous rencontrerez. Il n'y a rien de plus beau pour des parents que de voir leurs enfants rire et jouer ensemble, petits. Que cela continue toujours, même tard, mes chéris. Partager, pour que pèse moins lourd le poids du reste du monde, c'est une chance inestimable.

Étrangement, il me semble plus compliqué d'élever un fils qu'une fille. Peut-être parce que je suis une femme, je ressens instinctivement les douleurs et les tourments de Victoire. Avec toi, je me suis souvent remise en question… Comment élever un petit mec pour en faire un homme bien ? Un homme responsable qui ne craindra pas ses sentiments ni ses engagements ? Qui traitera sa femme avec tendresse et élégance, et qui l'encouragera dans tout ce qu'elle entreprendra ? On vous en demande beaucoup, je le sais. Je l'ai remarqué aux côtés de ton père.

Le plus important, mon trésor, est de faire du mieux que tu pourras. Toujours. Tu verras, ça ne te satisfera pas tout le temps, car tu es déjà un vrai compétiteur ! Mais ça suffira souvent.

L'objectif, Gabriel, n'est pas de gagner un tournoi de foot ou d'avoir une bonne note à l'école. L'objectif est d'être heureux. D'être bien dans tes baskets, et de suivre ton chemin, de petits bonheurs en grande allégresse.

Si mes conseils sont passés de mode à l'avenir, et si tu ne dois en retenir qu'un, c'est celui-ci : fais-toi confiance. Comme quand on révise tes maths ensemble… Ce n'est pas toi qui es stupide parce que tu ne comprends pas ; c'est moi qui explique mal !

Écarte-toi des sentiers battus. La meute n'a pas toujours raison.

Trouve la réponse en toi, en ta fabuleuse personnalité qui ne cesse de s'affiner ; ou bien, éventuellement, en celle de papa, puisque tu profites de ses gènes ! Tu peux t'appuyer sur lui et en être fier, crois-moi. Prends exemple sur lui, mon tout beau, et tu seras un homme bien. Alors, je saurai que nous avons réussi.

50.

JOSÉPHINE

Quid *de la suite ?*

Après le départ de Mary, David avait regagné l'appartement et envoyé un message expéditif. Il ignorait avoir été pris en flagrant délit, Joséphine bénéficiait d'un coup d'avance pour digérer l'information ! Elle reprenait l'ascendant. Dans sa promesse de passer en laissant Raphaël à Prudence, elle hésita à préciser : « sauf si tu veux voir ton fils, bien sûr… », mais espérait qu'il en ferait lui-même la demande. Il n'en fut rien. Elle en était déçue, mais pas surprise.

Lorsqu'elle arriva, l'épouse bafouée respira l'odeur d'un foyer dans lequel elle avait vécu plusieurs années. Elle était sienne, en partie, mais elle n'en éprouvait aucune nostalgie.

— Une séparation est une forme de deuil, je crois. Cela prend du temps, de la peine, des efforts. Ça coûte. Mais on survit.

C'était ce que Paul lui avait dit, quand il avait partagé l'expérience de son divorce.

David était dans le salon ; il se leva immédiatement.

— Ça me fait plaisir de te voir…

— Merci.

— Tu vas bien ? Tu veux quelque chose ?

— Non, ça va.

Joséphine s'assit dans un fauteuil, face au canapé sur lequel son meilleur ennemi se réinstalla.

— Raphaël n'a plus d'otite.

— Ah, ouf !

— Oui.

— Tu aurais pu venir avec lui.

Elle sourit, malgré elle.

— Non, je crois que ce n'était pas souhaitable.

— Qu'est-ce que tu veux, Jo ?

Il fallait entrer dans le vif du sujet. Ils perdaient leur temps à échanger des banalités. Si David considérait que l'otite de son fils en était une.

— Je veux divorcer.

Le visage de David se décomposa. Joséphine elle-même fut choquée par les mots qui sortirent de sa bouche. Peut-être avait-elle rêvé l'étreinte de son mari dans les bras d'une autre ? Peut-être subiraient-ils une dispute vertigineuse qui leur permettrait d'avancer, comme ils en avaient eu tant d'autres par le passé ? Certains couples savaient perdurer parce qu'ils tiraient un enseignement positif de leurs brouilles, croyait-elle.

— Ils y repensent parfois au coin du feu et se rassurent, avait-elle affirmé à Pru et Paul. « Tu te rappelles quand tu m'avais fait une scène parce que tu ne voulais pas que je parte faire une virée à moto avec les copains ? » Et l'autre, de répondre : « Ha, ha, ha. Bien sûr ! C'était il y a si longtemps ! »

— Sottise, avait réfuté Paul-le-divorcé. La discorde est enterrée provisoirement, sans être réglée. Bien sûr, le temps étouffe la colère et les deux parties relativisent... On se félicite d'avoir surmonté les différends. On se sent invincibles. Mais... je te promets que tout finit par revenir au moment du dépôt de bilan.

— Et pour reprendre ton exemple, l'engueulade idiote sur la virée à moto apportera de l'eau au moulin de l'épouse, qui traitera son bonhomme d'égoïste, preuve à l'appui, avait renchéri Prudence.

— Tu te rends compte de la honte d'un divorce ?

La réaction de David la désarçonna.

— C'est ça le plus important pour toi ? Je suis malheureuse et toi, tu penses à ton image ?

— Tu n'es pas si malheureuse que ça, quand même... Faut pas exagérer.

— Comparativement aux enfants sous-alimentés en Afrique, c'est sûr que tout va très bien. Mais par rapport aux femmes que leurs maris ne trompent pas, j'ai de la marge.

— Arrête tes simagrées ! On ne va pas revenir là-dessus, c'est de l'orgueil mal placé.

— Arrête, oui ! C'est exactement ça. Et laisse mon orgueil de côté, s'il te plaît. Tu peux tomber le masque. Je vous ai vus.

David fixa sa femme dans les yeux, comme s'il voulait percer sa rétine pour atteindre ses pensées les plus intimes. Elle avait imaginé que le mettre au pied du mur la réconforterait, que ce moment la laverait de l'humiliation, mais il n'en était rien. Il pouvait bien s'abîmer le regard à essayer de lire en elle. Même s'il y parvenait, il ne trouverait rien, dans aucun recoin de son cerveau. Pas la moindre trace d'émotion ou de sentiment.

Il répondit avec un rire forcé.

— Qu'est-ce que tu as vu ?

— Elle et toi. Mardi, au stade. Tu veux un déroulé précis ? La marque de son legging ? Tu tiens vraiment à nous traîner plus profond dans la boue ?

Le directeur du marketing passa la main dans ses cheveux et fit quelques pas.

Joséphine savait que c'était un signe d'anxiété.

— Ce n'est rien, je te l'ai déjà dit. On peut y arriver.

— « On » ?

Elle secoua la tête.

— Non. « On » ne peut pas y arriver, car JE ne veux pas niveler ma vie vers le bas avec un homme qui piétine ma confiance.

David ne croyait pas à ce qu'il entendait, et un instant, son air égaré affaiblit Joséphine. Elle justifia plus doucement :

— Tu te souviens, il y a dix ans, quand je voulais changer le monde ? Ce que je te répétais sur les inégalités sociales ? Pourquoi j'étais en faveur des grèves, alors que tu y étais farouchement opposé ? Le peuple a raison de se soulever pour améliorer sa qualité de vie. La collectivité doit tirer vers le haut les laissés-pour-compte, au lieu de revoir ses prétentions à la baisse pour établir une moyenne médiocre. Eh bien, voilà. C'est à ça que me fait penser ce qui reste de notre couple. Moi, je voudrais m'élever, et toi, tu m'enfonces.

— Et comment comptes-tu t'y prendre toute seule ? objecta David, sceptique. C'est le nombre qui fait la réussite.

— Tu te trompes. C'est la force des envies, quand on sait les écouter.

— Il n'y a rien de concret dans ce que tu me dis, Jo, soupira David, fatigué de tourner en rond dans le salon. Tu ne sais pas ce que tu veux, c'est ça le vrai problème.

— Je me suis inscrite dans une ligue d'impro. J'ai l'intention de me remettre au théâtre.

— Tu plaisantes ?

Il s'arrêta brusquement.

— C'est quoi, ce délire ? Un divorce, un cours de comédie entre deux couches sales, et hop ? Te voilà une femme épanouie ? T'as conscience que c'est n'importe quoi ?

— J'ai conscience que tu trouves mes ambitions moins importantes que les tiennes, comme toujours, et que c'est ton manque de respect qui nous a conduits dans le mur. Il y avait un virage à prendre, pourtant, avec le passage de deux à trois... Et notre mariage n'y survivra pas.

Il n'y avait plus matière à moquerie. Le visage de David s'assombrit.

— Et Raph dans tout ça ? Tu y as pensé ?

— Raph, je le protège, justement. Je préfère qu'il n'ait pas de souvenirs de nous ensemble. Ça aura moins d'impact qu'une séparation à l'âge de trois ou quatre ans.

De nouveau, David pivota, comme si la mise en mouvement alimentait la cohérence de ses réflexions.

— Putain, Jo ! C'est tellement lâche. Le divorce aujourd'hui, c'est aller à la facilité.

— Non. Un divorce, je ne crois pas que ce soit facile. Ni pour celui qui quitte, ni pour celui qui est quitté.

Il avança encore de quelques pas, puis leva la tête. Face à ses yeux noirs, Joséphine eut l'impression âcre que sa dernière réflexion était un mensonge de plus. Il était soulagé de sa prise d'initiative. Il n'aurait pas à s'en vouloir.

— Très bien, accepta-t-il sèchement. C'est donc comme ça que ça se termine.

Elle avait du mal à y croire elle-même et ne répondit pas, le laissant cheminer.

— Pour l'appartement ? On va faire comment ?

La logistique ingrate lui incombait puisque c'était elle, la responsable. Elle nota avec cynisme qu'il s'inquiétait davantage du matériel que de son fils. Implicitement, ils savaient qu'elle obtiendrait la garde de Raphaël et qu'il le verrait selon son bon vouloir. Elle lui rendait sa liberté, et lui offrait sa bénédiction pour succomber aux charmes de sa maîtresse en jogging. Il était gagnant sur tous les tableaux. Quant à elle, elle obtiendrait une rupture sans belligérance. C'était un moindre mal, mais ça n'empêchait pas la tristesse.

Le couple évoqua brièvement les questions financières ; Joséphine expliqua qu'elle avait trouvé un logement à quelques rues. Une location provisoire en attendant de mettre l'appartement en vente, sauf s'il voulait racheter ses parts. Il lui verserait une pension, mais elle ne revendiquerait pas de sommes vertigineuses. La discussion fut étrange, désinvolte et désengagée, comme s'il s'agissait d'autres que d'eux-mêmes. La future divorcée repensa à leur mariage à la mairie de Boulogne-Billancourt. Ils avaient opté pour une cérémonie sans chichis. Pas d'église ; aucun d'eux ne croyait en Dieu. C'était une petite victoire, à l'époque, sur sa belle-mère, et elle n'en était pas peu fière. Elle était surtout si jeune et naïve… Elle avait beau se répéter qu'une séparation n'était pas un échec ; cinq mois après la naissance de leur enfant, elle ne voyait, à travers l'impuissance à sauver leur union, qu'un gigantesque gâchis.

Le soir même, elle annonça la nouvelle à ses meilleures amies. Elle avait honte d'être mère célibataire, et surtout, honte d'en éprouver cette honte.

— Tu sais, la rassura Charlotte, toutes mes copines séparées ont regretté de ne pas l'avoir fait plus tôt, alors qu'elles savaient que plein de trucs n'allaient pas. Mais c'est stupide, les gens peuvent changer, et rien n'est jamais parfait dans un couple. Regarde… Qui aurait pu prédire que tu rejetterais ton métier ? Tu ne dois pas culpabiliser de ne pas avoir vu de pseudo-signes avant-coureurs. C'est du flan.

— C'est toi qui trouves les mots pour me consoler, Chacha, alors que tu étais la première à vouloir que je sauve les meubles ?

Après avoir bu un verre de vin de trop, plus tard dans la soirée, Joséphine envoya un message au Dr Monroi.

Il ne l'avait pas vue sous son meilleur jour, mais l'avait aidée, à sa manière.

Cher Docteur, pour une fois, je ne vous écris pas pour vous demander conseil quant à la santé de Raphaël, mais pour vous remercier de votre bienveillance. J'ai renoué avec mes projets personnels pour exister autrement qu'en tant qu'épouse ou mère ! Si un jour, je peux donc faire quoi que ce soit en retour pour vous... N'hésitez pas. Bien à vous, Joséphine Duarnet-Richard.

Elle posa son téléphone sur la table basse, mais il sonna quasiment instantanément.

Ravi de vous lire. Existez ! Prenez soin de vous, et bonne année. Victor.

Victor. Il avait signé de son prénom.

Joséphine rougit.

***

Commencer l'année par un divorce était loin de son rêve de petite fille, mais au moins, elle ne craignait plus de se retrousser les manches ! Une semaine s'écoula. David s'était installé chez sa mère pour lui laisser le confort de l'appartement avec Raphaël jusqu'à ce qu'elle déménage. L'idée qu'il ait déjà pu la remplacer par l'autre la rongeait, mais elle était trop fière pour l'interroger. Elle tenta par des moyens détournés d'en savoir plus, lui demandant s'il pouvait garder leur fils, le temps de ses cours de théâtre. Il avait accepté.

Franchir le cap fut éprouvant. Laisser son bébé en sachant que Mary-Jane rôdait ! Il fallait composer avec ce nouveau schéma familial, et s'émanciper de l'exclusivité affective qu'elle avait exigée jusque-là. Bientôt, elle finit par trouver une forme de rédemption. Et si elle s'était trompée sur son compte ? Et si sa belle-mère n'avait pas envoyé de message, après l'annonce de la séparation, par pudeur ou délicatesse ? Joséphine s'attacha à clarifier la situation. MJ n'avait pas toujours joué fair-play mais restait la grand-mère de Raphaël. Elle ne pouvait pas être en paix avec David et en guerre contre elle.

Mary-Jane,

Votre fils a dû vous expliquer, à sa façon, les raisons de notre divorce.

J'espère ne pas entendre dans votre silence la confirmation que nous n'avons jamais vraiment su quoi nous dire, toutes les deux...

Enfin. Au moins, nous évitons les flatteries inutiles entre femmes ! Comme l'emploi du temps de David ne lui permet pas une garde alternée, nous pourrons nous arranger, et nous nous en tiendrons à échanger autour de Raphaël. Que notre attention soit désormais tournée vers celui que nous adorons tous tendrement, et uniquement vers lui.

Bien à vous.

Joséphine déposa le courrier dans la boîte aux lettres de MJ qui, en réponse, n'emprunta pas le même mode de communication intimiste, mais envoya un texto le jour suivant, confirmant qu'elle avait reçu la missive.

Ma chère Joséphine,

J'espère que tu tiens le coup, ainsi que le petit chérubin.

Veux-tu me dire comment nous devons nous organiser pour le début d'année ? Je me réjouis de le voir, tu t'en doutes.

Affectueusement.

— Ben, voyons ! Même à l'écrit, elle se trompe d'adverbe !

Charlotte et Prudence se jetèrent un clin d'œil complice. Joséphine ne changerait jamais !

— Que je tienne le coup ! Elle doit penser que je me suis fait larguer comme une crotte par son génie de fils, évidemment.

— Lâche-lui la grappe, Jo... Ça se trouve, elle te regrettera, s'il refait sa vie avec l'autre morue obsédée par le sport.

— Et par les leggings. Elle se croit où, franchement ? Aux *States* ? Y a qu'à New York que les filles s'habillent comme ça !

— Vous êtes gentilles, les filles, mais on va revenir à nos moutons. D'abord, le message de l'ex-belle-doche. D'ailleurs... c'est marrant, j'avais pas compris qu'en divorçant de David, je divorçais d'elle aussi ! Voilà enfin une bonne nouvelle ! Même si... vous avez remarqué, comme elle exige déjà d'avoir accès à Raph à peine le cap du 31 passé ? Elle me laisse vaguement le soin de décider de la logistique. Trop aimable à elle ! Comment devons-nous nous organiser ? Je crève d'envie de répondre qu'il n'y a rien à organiser. Raph et moi, on fêtera le passage à la nouvelle année avec un gros biberon et une couche propre.

Charlotte et Prudence la charrièrent encore sur son caractère de cochon. Joséphine, elle, tournait et retournait ses phrases pour répondre lorsque, entre ses mains, son téléphone sonna, annonçant un e-mail.

— Vous le croyez, ça ? s'exaspéra-t-elle encore. C'est Mary ! J'ai plus de contact avec ma belle-famille en vingt-quatre heures qu'en dix ans de mariage. Ça pue la conspiration !

Elle avait tort.

Jo,

Malgré notre lien en tant que belles-sœurs, il faut que tu te sépares de David pour que je réalise à quel point nous ne nous connaissons pas toutes les deux.

J'ai tant et tant entendu parler de toi que j'avais l'impression de te deviner. Quelle erreur ! Il ne m'a jamais semblé pertinent de te demander comment tu allais, ni qui tu étais vraiment, sans être déformée par le regard d'un autre, aussi amoureux soit-il. J'en suis navrée.

Tu le sais, c'est moi que David appelait parfois pour se plaindre, mais souvent pour vanter votre amour. Dans un éclair de délicatesse, il s'en excusait, car il réalisait la cruauté d'exposer des sentiments aussi forts à quelqu'un qui désespère de trouver l'âme sœur.

Comment lui en vouloir ? Même si c'est mon petit frère, il est le pilier de la famille, rendue bancale à la mort de notre père. C'est lui qui m'a tout appris de la nature masculine, alors qu'il n'avait plus de modèle à suivre. Il m'a conseillée, guidée, sur un chemin qu'il devait seul débroussailler. Combien de fois ai-je pleuré mes peines de cœur sur son épaule ? Je le réclamais, et j'en ai honte, car j'ai dû trop souvent interférer dans votre relation. Je crains d'avoir ma part de responsabilité, et pour cela, je te demande pardon.

Pourtant, au fond de moi, j'ai encore du mal à y croire. Vous étiez si beaux ensemble ! J'ai conscience que c'est maladroit de m'exprimer ainsi, alors que tu tournes la page, mais ce n'est pas un échec. J'espère que tu ne le vois pas comme tel, en tout cas. Ce sont deux routes qui se séparent pour le meilleur.

Qu'est-ce que j'en sais ? Tu serais en droit de me poser la question ! Eh bien, j'ai au moins l'expérience de la solitude, à défaut d'autre chose, et si tu penses que vous avez pris la bonne décision, alors je te soutiens, comme je le soutiens, lui. Ce n'est pas si mal, en fait ! Je ne suis pas triste de mon indépendance. « Mieux vaut être seul, blablabla. » Tu connais l'adage, et se sentir enlacée par les bras de la liberté, c'est parfois beaucoup mieux que par les bras d'un homme.

Désolée… Je m'égare encore.

Ta douleur n'est pas moins grande que celle de David, et cet e-mail maladroit a pour but de te témoigner mon affection, Jo. Inutile de te le rappeler : ton fils, mon neveu, est le seul enfant que j'aie à chérir. Je voudrais donc t'apporter du réconfort, mais je me trouve en mauvaise posture. Heureusement que mon frère ne tarissait pas d'éloges sur toi. Grâce à lui, je te sais courageuse et obstinée. Ça ira.

Prenez soin de vous,

Mary.

Joséphine essuya une de ses larmes d'un revers de la main. Comment sa belle-sœur pouvait-elle demander pardon alors que c'était elle, la mégère ?

En plus d'une réponse sobre au message de sa belle-mère, il lui faudrait trouver les mots adéquats pour répondre à cette alliée inattendue ; elle s'en faisait un point d'honneur.

Cette alliée inattendue… qui la réconciliait subtilement avec son futur ex-mari.

Raphaël.

C'était le cadeau inestimable que David lui avait fait. Il incarnerait toujours leur amour, même révolu. Il n'y avait pas d'enfant plus désiré que lui, et cette certitude le porterait tout le reste de son existence ; il fallait lui faire confiance. Que leur fils emplisse sa vie de grâce et d'aventures, il n'aurait pas de meilleure façon de leur rendre hommage, malgré la colère et la peine.

Ils réussiraient leur divorce sur les ruines de leur mariage. La sérénité reviendrait.

UN AN PLUS TARD

51.

Salut, Jo, j'espère que tu vas bien... J'espère aussi que j'envoie ce message au bon numéro, depuis le temps ! Je me demandais ce que tu devenais... Tu me fais signe si t'es à Paris ?

Bonjour, Joséphine, merci pour ton message. Mon déménagement s'est bien passé, oui. Je suis ravie de retrouver mes compatriotes et de me rapprocher de mon *fille. J'ai suffisamment profité de* ma *fils toutes ces années ! J'attends maintenant de recevoir le petit chérubin. Je me réjouis qu'il traverse la mer pour lui faire découvrir ses racines. À très bientôt.*

Belle dame, je serai en avance au lieu du rendez-vous. Pas pour te presser, mais pour que tu n'aies pas à m'attendre. Je t'embrasse.

Joséphine sourit en rangeant son téléphone dans son sac. Chaque message attendrait sa réponse. Elle avait d'autres priorités : Raphaël avait réussi à grimper tout en haut du toboggan ! Fier de son ascension, il la regardait d'un air de défi. « Cap' ou pas cap', maman ? » Ses yeux parlaient désormais avec aisance. Il s'assit sur le bord de la pente puis, pris de vertige, se mit à crier en lui tendant les bras. Derrière lui, d'autres enfants attendaient pour s'élancer mais Raphaël leur bloquait le passage et refusait de bouger. Pas de doute, c'était bien son fils ! Il croyait être sûr de ce qu'il voulait, se donnait les moyens de l'obtenir, mais… changeait d'avis, effrayé par le challenge.

— Maman va t'aider, mon amour… On va descendre doucement, ensemble. Je te tiens, n'aie pas peur. Il faut juste se laisser glisser. Voilà… Comme ça… Pas trop vite.

Tenant Raphaël par la taille, Joséphine le bascula vers l'avant tout en freinant sa vitesse. Il hurla, avant d'éclater de rire.

— 'Core, core !

— Encore, chéri ? Tu vois, il n'y avait aucune raison de s'affoler. Tu peux le refaire une fois, mais après, je dois filer aux répétitions.

Alors que son fils faisait le tour du toboggan pour remonter son Everest, son téléphone portable sonna de nouveau.

Au fait, au cas où… Peut-être que tu n'as pas reconnu le numéro non plus. C'était Batiste. Je t'embrasse.

Joséphine s'amusa de son insistance. Elle en profita pour relire le précédent message, provenant d'un autre expéditeur et, jetant un rapide coup d'œil à Raphaël qui grimpait l'échelle, pianota rapidement :

Un homme qui arrive volontairement en avance pour ne pas me laisser faire le pied de grue, c'est précieux. Méfie-toi, je risque de m'y habituer.

***

En fin d'après-midi, la comédienne poussa la porte du Théâtre Gérard-Philipe. Kamel l'attendait, le sourire aux lèvres.

— Salut, la star ! Sans vouloir te mettre la pression, on a du pain sur la planche, alors si tu veux bien faire vite fait l'interview... On pourra enquiller dès que tu es prête.

— L'interview ?

Joséphine porta une main sur son front alors que son interlocuteur éclatait de rire.

— Merde ! dit-elle penaude. Je l'avais oubliée ! Je suis désolée... Je n'ai pas encore l'habitude. Promis, je me dépêche.

Devant sa loge, un homme d'une cinquantaine d'années l'attendait. Elle lui serra la main alors qu'il se présentait.

— Madame Duarnet, merci de m'accorder quelques instants. Comme vous le savez, je tiens la rubrique « Souvenirs d'en France » pour le journal francophone *L'Express* du Canada.

— Oui, « Souvenirs d'en France »... J'aime beaucoup le jeu de mots.

Le journaliste la remercia d'un mouvement de tête avant de poursuivre :

— Il s'agit de répondre à seulement trois questions pour les lecteurs francophones outre-Atlantique. La première porte sur votre parcours, et la deuxième, sur votre plus bel accomplissement professionnel. La troisième, enfin, est axée sur vos projets. Je sais déjà que la pièce est un succès, mais j'ai cru comprendre que vous n'alliez pas vous arrêter là...

— Vous êtes bien informé ! Je travaille effectivement sur l'élaboration d'un scénario.

— Vous voulez dire que vous aimeriez réaliser, en plus de jouer ? Ce serait une nouvelle corde à votre arc ?

— Pourquoi pas ? La société exige des femmes d'être de véritables couteaux suisses ! J'aimerais bien aborder la thématique de la charge mentale. Beaucoup d'essais ont été publiés mais le sujet reste peu exploité en fiction. Encore moins en littérature, d'ailleurs.

— Ça vous touche particulièrement ?

— Disons que j'en ai fait l'expérience au sortir de mon congé mat', oui. En plus de devoir embrasser le chamboulement de la naissance, les jeunes mamans doivent aussi apprendre à se réinventer professionnellement, parce que c'est un leurre d'imaginer retrouver la même place qu'avant, dans l'organigramme. Le choc est violent et sans transition. Je me souviens qu'à l'époque, si vous m'aviez demandé de prendre les commandes d'un Boeing 747, ça m'aurait fait le même effet !

Le journaliste hocha la tête en prenant quelques notes.

— C'est valable aussi pour les hommes, vous savez, argumenta-t-il. Il y en a plein qui regrettent de ne pas passer assez de temps avec leurs enfants à cause de leur travail. Ils jonglent aussi, et n'ont pas plus le choix. On ne peut pas tout nous imputer, tout le temps.

— Bien sûr ! Et vous avez raison de le souligner ! Heureusement, le monde évolue et le congé paternité s'est allongé, d'ailleurs. Mais... on pourrait faire tellement plus. On imagine toujours révolutionner le genre, alors que les codes ne sont pas encore cassés. Prenez le mythe de la fameuse *Wonder Woman*. Celle qui sauve tout le monde, dans toutes les situations. Elle est mère, femme, amie, professionnelle... Bref, on enjolive sa situation, mais au lieu d'être comblée, c'est la même femme qui subit le poids de son agenda plus qu'autre chose, à force de se trouver sur tous les fronts. La réalité est moins reluisante que ce qu'on veut nous faire croire.

— Ah ça... Ce n'est pas mon épouse qui vous contredirait ! Elle peste en permanence parce qu'elle n'a jamais le temps de rien. Est-ce que je peux me permettre de vous enregistrer ?

Joséphine posa son sac dans la loge, et accorda la faveur, le sourire aux lèvres.

LOS ANGELES, 2022

52.

— *Cream or sugar?*

— *Just black, thanks.*

— Très bien, mademoiselle !

Joséphine sourit niaisement pour remercier la vendeuse.

« Génial… Trois mots avec mon accent pourri et je suis démasquée… »

Si MJ était là, elle se moquerait de la franchouillarde. Ce serait de bonne guerre. Portant sa boisson aux lèvres, la légèreté de cet *american coffee* rappela aussitôt à la vacancière celui, sans caféine, qu'elle buvait tous les matins lorsqu'elle allaitait Raphaël. Elle fit tournoyer le gobelet entre ses mains. À la même époque, elle jouait également avec sa tasse, en lisant les e-mails de David.

« David. »

L'homme qu'elle avait épousé et choisi pour être le père de son enfant.

— Et le petit deuxième, alors, c'est pour quand ? lui avait demandé Prudence avant qu'elle ne s'envole pour la Cité des anges.

— Minute, papillon !

— Toi, t'aurais pas aimé avoir un frère ou une sœur ?

— Je ne sais pas… Comment regretter une personne ou une relation qu'on n'a jamais connue ?

Devant le coffee-shop, Joséphine aperçut un drapeau américain et se souvint de la première fois qu'elle était venue aux États-Unis non pas comme journaliste, mais comme simple touriste. Combien la flagrance des signes patriotiques l'avait subjuguée. En France à la même époque, brandir l'étendard relevait davantage d'un nationalisme altéré, et cette ambivalence l'avait chagrinée.

Les temps avaient changé, mais elle n'avait rien oublié du regard neuf qu'elle avait porté sur le « Nouveau Monde » – expression qui lui collait à la peau, à elle aussi ! Elle avait réalisé le voyage outre-Atlantique sur les cendres de l'hiver pour marquer la cassure, et apprendre à se déscotcher de Raphaël. La première ville visitée n'était pas la plus charmante, mais elle avait perdu un pari et avait atterri… à Cleveland. Qu'il y avait fait froid ! Pourtant, elle avait adoré l'énergie du *Rock & Roll Hall of Fame* ; le musée promouvait à juste titre le rayonnement mondial de la mégalopole. Elle avait ensuite tracé sa route à l'ouest, vers le lac Michigan, qu'elle avait traversé sur le *SS Badger*, un énorme ferry. Au soir du grand départ, malgré les circonstances, elle avait réussi à rire avec Prudence :

— Je te jure que j'irai à Milwaukee prendre en photo la statue de Fonzie !

Pru était amoureuse du héros de *Happy Days* quand elle était petite, et Joséphine avait tenu parole.

Le pèlerinage l'avait sauvée. Elle avait ressenti l'urgence de partir, pour affronter seule ses démons. Comprendre comment l'adolescente éprise de théâtre, celle-là même qui jetait sans pudeur sa sensibilité sur le papier, avait pu gaspiller autant de temps à faire de sa vie une vaste représentation sociale inéluctablement vouée au fiasco. Désemparée, quittée par son amoureux et incomprise par ses parents, la petite gamine revêche avait compensé sa médiocrité en mettant en scène son existence, compressant ses émotions dans les pages d'un journal pour les empêcher de nuire à la comédienne qui s'attachait à forger son rôle de future adulte. Or, c'était précisément cette comédienne que Joséphine avait fuie de l'autre côté de l'Atlantique.

En une semaine, elle avait vu Chicago, la fabuleuse, où elle avait entonné « And All That Jazz » à tue-tête dans la rue. À Nashville, l'exubérante capitale du Tennessee, elle avait acheté une paire de santiags qu'elle ne quittait plus, après une soirée arrosée avec des Américaines descendues de l'Iowa pour enterrer la vie de jeune fille de l'une des leurs. Puis seulement après avoir compris qu'il n'était pas trop tard pour devenir qui elle voulait, elle était revenue en France en se jurant de s'octroyer d'autres écarts de bonheur comme celui-ci. Il ne s'agissait pas de tout renier ; elle avait toujours adoré voir du pays. Au voyage suivant, elle avait donc emmené Raphaël à Miami voir les anciens qui jouaient aux dominos sur la *Calle Ocho*. La Floride était réputée pour son nombre de Latinos et, un jour peut-être, il apprendrait l'espagnol, en plus de l'anglais. Ce serait formidable pour lui de parler plusieurs langues ! Si une fée s'était penchée sur son berceau, comme dans le conte de Perrault, Joséphine lui aurait demandé d'offrir à son fils le don de communiquer de toutes les manières possibles.

« Tiens, réfléchit-elle. Le revoilà, celui-là ! »

Communiquer : le fameux verbe dont chaque discussion réservée aux copines faisait ses choux gras ! Même à des milliers de kilomètres, les racines et le passé de Joséphine surgissaient à chaque détour de ses pensées. Elle se souvenait bien avoir évoqué avec David son désir que leur fils devienne polyglotte, mais aussi pianiste, explorateur ou écrivain. Au moment du coucher, elle inventait pour lui des épopées pleines de panache dans lesquelles des pirates de mer côtoyaient parfois quelques astronautes égarés, au large de la Lune. David riait de sa fantaisie.

— C'est pour lui ouvrir l'esprit ! justifiait-elle. Pour l'inspirer !

Il critiquait alors son sens de l'exigence, tant pour leur progéniture que pour leur mariage. Un soir qu'elle l'avait supplié de devenir végétarien, il lui avait même dit :

— Mais enfin... tu vas arrêter de m'imposer autant d'épreuves d'amour ?

— Ha ha... Au temps des preuves d'amour, justement... tu te serais rallié à ma cause ! À la belle époque, tu étais prêt à tout pour me plaire.

David avait trouvé le jeu de mots à son goût, et l'en avait félicitée. Il était un bon *sparring partner* de reparties, quand il le voulait. Ensemble, ils avaient connu leurs heures de gloire.

Joséphine avait toujours trouvé poétique, une fois époussetée de sa mièvrerie, l'idée qu'une personne pouvait être un port d'attache où l'on aimerait revenir. Hélas, nourrir l'extase se révélait une entreprise difficile. Avait-elle appris de ses erreurs, ou sa façon d'agir, face à certaines situations, se répétait-elle inexorablement ?

53.

L'éclairage l'éblouit. Elle cligna des yeux pour ajuster sa vision, et scanna la salle en quête de visages complices sur lesquels s'appuyer. Son cœur battait la chamade. Sa gorge était sèche. Elle laissa aller ses doigts sur la statuette, comme pour s'accrocher à la matière qui rendait réelle la situation.

— Être une révélation, à quarante ans…, commença-t-elle.

Enfin, elle l'aperçut parmi les premiers rangs, assis juste devant elle. Elle l'avait cherché des yeux sans le voir, et pourtant, il était là. Il fallait qu'elle accepte sa chance telle qu'elle était. Elle l'avait méritée. Même si, entre deux sanglots, l'incohérence de son discours sur scène l'empêchait de pavoiser ! Un discours de remerciements qui ne resterait pas dans les annales, « mais ce n'est pas si grave », pensa-t-elle. Après avoir bredouillé plusieurs minutes, elle finit par descendre de l'estrade, lorsque le présentateur l'interpella.

— Eh bien… Votre récompense ? Vous ne la voulez pas ?

Joséphine avait regagné son siège en l'oubliant sur le pupitre. Elle remonta, rouge de honte, la démarche embarrassée accompagnée par les rires de la salle. Récupérant son bien, elle se courba en deux pour saluer, et le public l'applaudit. Elle accueillit la célébration telle qu'elle était : acidulée. Piquante, mais délicieuse.

La cérémonie fut suivie par un cocktail, des photos, des accolades. Joséphine ne savait plus où donner de la tête, et elle aimait ça. Son téléphone vibra, Charlotte et Prudence avaient suivi sa consécration en direct. Soudain, la foule présente se fendit pour laisser s'avancer Hélène Esméri. Elle sourit, et Joséphine lui tomba dans les bras.

— Merci pour la dédicace, sur la scène, Jo. C'est adorable, mais je n'ai pas fait grand-chose ! Tu t'es débrouillée toute seule, comme une grande.

— Je sais que tu as l'élégance de l'ombre, Hélène... mais sans toi, je ne serais pas là !

— Sans moi ? Et sans lui, alors ? On ne se serait jamais rencontrées...

D'un mouvement de tête, elle désigna son accompagnateur. Il se tenait en retrait, mais ne perdait pas une miette de la conversation.

— Eh bien, moi, plaisanta-t-il, j'accepte l'éloge, sans fausse modestie ! Oui, c'est vrai... Sans moi, aucune de vous ne serait là aujourd'hui !

Hélène se mit à rire. Victor savait mettre tout le monde à l'aise dans toutes les situations. Il incarnait la galanterie.

— Avance, lui intima Joséphine. Reste à mes côtés.

— Certainement pas. Le prince Philip marchait toujours derrière la reine Élisabeth... C'est le protocole. Et c'est toi la reine, ce soir.

La star en herbe embrassa la comparaison avec allégresse. Le vilain petit canard sur son épaule s'était envolé. Elle se voyait tel un splendide cygne dans le reflet des yeux bruns de Victor Monroi.

— Je te raccompagne ? demanda-t-il à l'issue de la soirée.

Son clin d'œil la chavira.

— On marche un peu ?

Dehors, l'air frais la saisit, et c'était délicieux. Il lui rappelait que cette nuit n'était pas une nébuleuse. C'était réel ! Revigorée, elle s'extasia sur la poésie de l'instant ; le contraste entre la noirceur du ciel et la brillance des trottoirs qu'ils arpentaient, leurs pas éclairés par les réverbères... Joséphine aurait juré qu'ils se courbaient à mesure de leur avancée ! À moins qu'elle ne soit grisée par l'état de grâce, et quelques verres de trop.

— Joséphine, ma révélation. Et celle du public désormais...

Manifestement, elle n'était pas la seule à avoir trop bu ; la liesse enhardissait le Dr Monroi.

— Tu n'en as pas marre de vivre comme deux adolescents ?

Pour toute réponse, elle glissa son bras sous le sien et gloussa, avant qu'il n'impose plus directement :

— Vis avec moi.

Il avait arrêté de marcher pour poursuivre son élan verbal.

— Chez toi, chez moi, ailleurs, en Amérique même... je m'en fous. Mais vis avec moi.

Joséphine se figea à son tour. Elle ne s'y attendait pas ; surtout de la part d'un homme divorcé, épanoui depuis tant d'années ! Elle tenta de jauger son taux d'alcool en scrutant son visage. Qui avait émis la proposition ? Les bulles de champagne ou l'amant torride ? La seconde hypothèse semblait la plus probable.

— Je ne sais pas quoi répondre…

— Alors, dis oui.

— Victor…

Alors qu'elle le regardait, elle perdit le fil de sa pensée. Cet homme était beau. C'était tout ce qui lui venait à l'esprit, et elle en acceptait la superficialité. Le chemin parcouru paraissait déjà bien sérieux pour deux cœurs esseulés ! Pourtant, son cavalier en réclamait encore.

Cela faisait plusieurs mois qu'ils avaient brisé la barrière entre le médecin et la mère du petit patient. Il avait fallu s'apprivoiser. La rupture de Joséphine l'avait rendue farouche. Elle voyait en Victor Monroi le professionnel, et leurs échanges avaient longtemps concerné Raphaël avant qu'ils ne deviennent plus tendres, à force de points communs dévoilés, et de rendez-vous théâtraux bien conseillés par Hélène Esméri.

Une fois les larmes et les armes tombées, elle s'était jetée dans ses bras sans pudeur. Son corps et sa vie de femme lui appartenaient de nouveau. Victor respectait son rythme, n'imposant rien d'autre que son affection. Il avait été facile de tomber amoureuse de lui. Joséphine se sentait belle, intelligente, drôle, parce que c'était ainsi qu'il la voyait. Et puis… « Un pédiatre à domicile, pour une mère hypocondriaque, c'était un atout indéniable », plaisantait-elle !

Ils passaient la plupart de leur temps libre ensemble. Victor avait réussi haut la main le test des meilleures amies. Il marquait des points avec Prudence surtout, depuis la naissance de sa jolie petite Suzanne.

— Victor… Je ne vais pas te faire le coup de la femme traumatisée. La douleur, tu la connais, tu l'as vécue. Je t'aime, c'est vrai… Je t'aime sincèrement, ça ne m'effraie pas. Mais n'est-ce pas parce qu'on échappe aux affres du quotidien que ça colle si bien ? Au risque de paraître triviale… je ne veux plus de chaussettes sales d'un homme dans mon panier à linge. Je ne veux plus qu'il m'inflige sa liste de courses et ses réflexions sur ma façon de gérer mon foyer. Je ne veux plus nettoyer ses poils de barbe dans mon lavabo. Enfin… si, je veux bien, mais pas tout le temps. Je veux le faire pour lui faire plaisir ; pas parce que je m'y sens obligée. Je ne sais pas si je suis très claire… Je ne veux pas te froisser. Je veux juste… des promesses, des partages et des projets en pagaille. Te surprendre, faire durer le plaisir, t'offrir le meilleur de moi-même… Surtout pas mes sautes d'humeur ou mes crises de nerfs quand Raph fait des conneries. Encore moins mes scènes de jalousie parce que j'apprends que mes parents s'éclatent à Honolulu.

Monroi l'écouta en restant impassible. Joséphine craignait qu'il ne la plante sur le trottoir, mais il sourit devant ses sourcils froncés.

— Je comprends. Pourtant… ça pourrait être aussi TES chaussettes sales dans mon panier à linge, non ? Pour les poils de barbe, c'est sûr… je devrais être tranquille. Quant au reste… je ne nous demande pas d'être esclave l'un de l'autre. Je veux juste que tu sois la première personne que j'embrasse le matin, et la dernière le soir. Nos expériences nous poussent à ne pas commettre les mêmes erreurs deux fois, je crois que nous sommes d'accord là-dessus. Nous écrirons la liste des courses ensemble.

Il dit cela dans un nouveau clin d'œil complice. Joséphine cédait sous le poids de son charme.

— On en parlera un autre jour, si tu veux bien ? implora-t-elle.

— À condition que tu remettes sur le tapis le fait d'aller s'éclater à Honolulu, alors… Ça me paraît une bonne idée.

Les deux amoureux se regardèrent langoureusement, complices et ambitieux.

— Bien, monsieur, s'inclina Joséphine avant de se blottir contre Victor. N'a-t-on pas le reste de notre vie pour décider ?

***

L'aube se leva lorsqu'ils commençaient enfin à somnoler. Joséphine rêva. Elle montait sur scène. Victor était là. Il lui avait proposé de vivre avec lui.

Elle se réveilla en sursaut. Tout était calme. Elle tourna la tête ; une statuette était posée sur sa table de chevet. Elle regarda alors l'homme qui partageait son lit.

« Vis avec moi. »

Ne jamais dire jamais. Jamais.

Remerciements

Qui n'a jamais rêvé de faire un discours sur scène ? questionnait Prudence.

Sur la scène de cette page blanche, l'occasion est si belle !

Merci à Virginie Fuertes, ma géniale éditrice, pour avoir accompagné chacun de mes personnages. Merci d'avoir cru en toutes ces femmes, avant que je n'y croie moi-même.

Je me souviens de notre premier échange téléphonique, sur une aire d'autoroute réservée aux poids lourds au fin fond de l'Ohio. J'avais alors pour seul paysage mon mari, mes enfants, et leurs grimaces collées aux vitres du gigantesque bus qui servait notre roadtrip ! Plantée devant eux, le combiné à l'oreille, j'observais leurs mimiques tout en restant captivée par la voix douce et décidée que j'entendais m'encourager.

Cette voix à laquelle je ne pouvais pas encore associer de visage.

Cette voix qui m'a guidée pour construire un manuscrit digne de vous être proposé.

Cette voix, enfin, qui a doublé une séquence plutôt originale de ma vie… elle m'a convaincue d'oser.

À Virginie, donc, et à toutes les autres femmes de mon existence… Ce livre est pour vous !

Ma mère, premier modèle d'amour inconditionnel.

Ma sœur, modèle contemporain de courage, d'engagement, de liberté et d'ambition.

Mes cousines, mes nièces, mes amies, modèles d'affection et d'empathie.

Aux mères des amis de classe de mes enfants : merci pour les conseils, le soutien, les rires, les goûters d'anniversaire.

Merci à la solidarité féminine sans faille.

Aux « Romain est en déplacement ce week-end ? Viens faire un barbecue avec tes petits à la maison, ça te soulagera un peu ! ».

Aux « Ne t'inquiète pas, file au cours de tennis de ton fils, je te ramène ta fille après l'école ».

Aux « Oui, je t'envoie une photo de l'exercice de maths à faire pour demain, pas de souci ! ».

À tous ces « Compte sur moi », ces « Appelle en cas de besoin », ces « Surtout n'hésite pas », parce que chacune sait ce que c'est, d'être mère, sœur, amie.

À Camille, ma fille, ma douce, qui, du haut de ses 6 ans, est déjà un petit bout de femme à part entière, dans sa générosité et sa bienveillance.

Et puis, parce que je ne serais pas honnête si je ne les mentionnais pas…

Merci aux hommes qui m'inspirent et me réconcilient avec l'humanité ! Mon père, mon frère, mes copains de toujours.

Mes fils, Sacha et Simon. À leur ingéniosité… Et à leur idée de vider un lave-vaisselle sale dans les placards de la cuisine pour me faire plaisir.

Comme je vous aime !

À Romain, évidemment, qui incarne à lui seul tous les héros romantiques des temps modernes. Le vilain mari ne tue pas toujours le prince charmant, tu sais me le prouver.

Enfin à vous, lecteurs et lectrices… Merci de vous être laissés guider par votre curiosité, ou toute autre qualité/vice qui vous a poussés à aller plus loin que la première page. J'espère ne pas avoir déçu votre attente. Il me tarde déjà de vous retrouver.

DANS LA MÊME COLLECTION

Sur mes épaules, tu bâtiras ton monde
Julien Aime

Les chats ont neuf vies, moi j'en aurai deux
Julien Aime

Je réveillerai les couleurs du bonheur
Julien Aime

Pas d'ombres sans lumière
Dorothée Catoune

C'est auprès d'elle…
Dorothée Catoune

Les Indécis
Alex Daunel

La Vie selon Hope Nicely
Caroline Day

Quelque part au-dessus du ciel
Ludivine Delaune

Quand les hasards sont des rendez-vous
Magali Discours

Toutes les histoires commencent par une petite faim
Magali Discours

Après nos rêves, enfin le jour
Magali Discours

À la reconquête de l'Ouest
Audrey Françaix

Comme des éclats de toi
Marie Joudinaud

La vie ne se danse jamais seul
Marie Joudinaud

Je suis venue te dire
Cynthia Kafka

Contre vents et secrets
Cynthia Kafka

Si la vie te donne des citrons fais-en une tarte meringuée
Charlotte Léman

La délicieuse imposture du chant des sirènes
Charlotte Léman

Qui sème des graines de folie croque la vie
Charlotte Léman

Elle a tes yeux, mon amour
Typhanie Moiny

Oona et le sens de la vie
Margarita Montimore

Comment les pingouins ont sauvé Veronica
Hazel Prior

Ellie et Dan
Hazel Prior

Dans l'obscurité scintillent les fragiles étoiles
Marjolaine Solaro

Motus et cœurs cousus
Léa Volène

Dans mon sang, la grenade
Léa Volène

Cet ouvrage a été composé
par Atlant'Communication
au Bernard (Vendée)

Impression réalisée par

NORMANDIE ROTO IMPRESSION S.A.S.
à Lonrai (Orne)

en mars 2024
pour le compte des Éditions de l'Archipel
département éditorial
de la S.A.S. Écriture-Communication

Pour plus d'information :

#lisez! engagé
www.lisez.com
Imprimé sur du papier issu de forêts gérées durablement.

Imprimé en France
N° d'impression : 2401090
Dépôt légal : avril 2024